AF400010

UNICORNIS

Buch

Emilias Selbstwertgefühl ist nach der Trennung vom Vater ihres Sohnes im Keller. Da hilft es auch wenig, dass ihre vierfach geschiedene Hippie-Mutter zu Silvester mit ihrem spießigen Scheidungsanwalt im Schlepptau auftaucht, um ihn mit der widerspenstigen Tochter zu verkuppeln.

Nach einer turbulenten Silvesternacht zwischen Feuerwerk, Bleigießen und "Edmund-Sackbauer" sowie einem Mission-Impossible-Neujahrsmittagessen mit der "satanischen" Oma, erfährt Emilia, dass sie ihre beste Freundin auf einer Reise nach Venedig begleiten soll.

Jetzt muss nur noch Mias furchteinflößende Chefin von einem Urlaubstag überzeugt werden. Kein leichtes Unterfangen für die notorische Zuspätkommerin. Und als wäre das nicht genügend seelischer Stress, sitzt dann auch noch der verhasste Scheidungsanwalt im selben Reisebus ...

Autorin

Sabrina Hafenscher wurde am 15. Juni 1985 geboren und ist damit ein waschechter, schizophren veranlagter Zwilling. Nachdem es dem klassischen Wiener Grantler noch nicht gelungen ist, sie aus der Hauptstadt zu vertreiben, lebt sie derzeit in einem Reihenhaus in Wien.

Wenn sie nicht gerade wie aus dem Nichts zu tanzen und zu singen beginnt, dann nutzt sie die Zeit, um Feldforschung für ihre Romane zu betreiben und zu schreiben.

Sabrina Hafenscher

Wo geht's hier bitte zum Karmahöchstgericht?

Roman

2. Auflage 2023
Vorgängerausgabe 2020 erschienen unter dem Titel „Erwachsensein ist ein Arschloch"

Verlagslabel: Unicornis
ISBN Softcover: 978-3-384-01121-3
ISBN E-Book: 978-3-384-01122-0
Druck und Distribution im Auftrag der Autorin:
tredition GmbH, Heinz-Beusen-Stieg 5, 22926 Ahrensburg, Deutschland

Kontaktadresse nach EU-Produktsicherheitsverordnung: sabrina.hafenscher@gmail.com

Personen und Handlungen sind frei erfunden. Ähnlichkeiten mit lebenden oder verstorbenen Personen sind zufällig und nicht beabsichtigt. Die Meinungen und Einstellungen der Protagonisten müssen **nicht** mit **jenen** der Autorin identisch sein.

Für meinen Sohn Nicolas, der mich in all meinen Stimmungslagen tapfer erträgt.

Kapitel 1

Okay, keine Panik. Tief ein- und ausatmen. Eins, zwei. Eins, zwei.

Es klappt nicht. Hiiiiiilfe!!!!

Aber wie soll man sich beruhigen, wenn man Anfang dreißig ist und bisher noch nichts Großartiges geleistet oder erlebt hat? Ich meine, ich habe keinem einzigen Robbenbaby das Leben gerettet, war nie im Regenwald oder Fallschirmspringen, habe keinen Meteoriten unter Einsatz meines Lebens daran gehindert, in unsere Atmosphäre einzudringen und das Allerschlimmste: Ich habe noch nicht einmal die bereits in meinen Teenie-Jahren vorbereitete Oscar-Rede gehalten. Gemäß dem Plan meines pummeligen Mini-Ich's hätte nämlich diese Rede dafür sorgen sollen, dass all jene Burschen, die mich in der Kinderdisco verschmäht haben, mit vor Kummer und Neid erblassten Gesichtern auf Knien winselnd um meine Vergebung bitten. Ja, das klingt vielleicht ein bisschen grausam, aber es ist mindestens genauso erbarmungslos, wenn man in freudiger Erwartung eines Liebesbriefes die Verehrer seiner Schulkolleginnen empfängt, nur um dann als Amor zwischen den beiden zu fungieren.

Mit der flachen Hand schlage ich mir auf den Kopf.

Damned!!!! Ich habe meine geplante Rache total vermasselt und lege sofort eine Beschwerde beim Karmahöchstgericht ein. Die paranormalen Geschöpfe des Himmels sollen sich gefälligst um mein Lebensglück bemühen. Schließlich bleiben mir maximal zwanzig gute Jahre, um all die Dinge nachzuholen, die ich aufgrund serieller Monogamie verpasst habe. Und ich kann doch nicht schon wieder alles auf das nächste Leben verschieben. Wer weiß, ob ich meine Lebensmaximalanzahl nicht bereits erreicht habe.

Nein, nicht weinen Emilia. Das hat keinen Sinn. Rotwein ist da die viel bessere Option. Auch wenn der Alkohol meinen Weg ins Grab wohl eher beschleunigen denn verlangsamen wird. Potenziert mit dem Stress, der dem abrupten Beziehungsende mit dem Vater meines achtjährigen Sohnes geschuldet ist, verkürzt sich meine Lebenszeit beim Alkoholkonsum wahrscheinlich noch einmal um zehn Jahre. Das kann ich doch nicht verantworten. Denn wenn das so weitergeht, dann werde ich nicht einmal alt genug, um in den Genuss einer wohlverdienten Pension zu kommen.

Wie auf Befehl spüre ich meine Wangen feucht werden. Ich hasse das. Wieso bin ausgerechnet ich von meinem Exfreund verlassen worden? Ja, schon klar. Antonio ist mir die meiste Zeit nur mehr auf die Nerven gegangen. Allerdings hat sich diese Tatsache noch nicht bis zu meinem gekränkten Ego durchgesprochen, für das es eben wohl eine Rolle spielt wer mit wem, wann, wo und wie Schluss gemacht hat. Hätte Gott den Menschen nicht einfach ohne Ego erschaffen können? Das würde meine Existenz auf diesem Erdball um ein Vielfaches vereinfachen und ich müsste nicht herumjammern, sondern könnte stattdessen mit vollem Elan an der Erfüllung meines Lebenstraums arbeiten.

Es ist also alles Gottes schuld, der es so ganz nebenbei auch noch verabsäumt hat, mir in einer bedeutungsschwangeren Eingebung zuzuflüstern, was denn nun eigentlich mein Lebenstraum ist. Bei den ganzen Möglichkeiten ist das gar nicht so einfach herauszufinden und selbst wenn der unwahrscheinliche Fall einer endgültigen Entscheidung eintritt, so gehöre ich zu jener Sorte Mensch, die permanent die falsche Wahl trifft.

Meine verflossenen Liebhaber bilden hierfür das beste Beispiel. Andererseits, was kann ich dafür, dass Männer wie Klos sind!? Entweder besetzt oder beschissen. Man sollte den Spruch aus meiner Jugendzeit in Stein meißeln wie einst Gott die zehn Gebote. Dann würden wir Frauen uns nicht ständig irgendwelche Idioten aufreißen, die sich nach neun Jahren Beziehung ohne ein Wort der Erklärung verdünnisieren.

Okay, ich brauche dringend eine Ablenkung, weswegen ich meine Aufmerksamkeit wieder dem Fernsehbildschirm zuwende.

Teleshopping:

»Heute habe ich etwas ganz Besonderes mitgebracht, Jeff.«

»Wirklich!? Was denn Susan?«

»Nun, siehst du diese Duschmatte hier?«

»Ja, Susan, das ist eine wirklich schöne Duschmatte.«

»Ja, Jeff. Das ist sie in der Tat, aber es ist auch eine ganz besondere Duschmatte, denn wenn sie nass wird, Jeff, dann verbreitet sie einen unglaublichen Wellnessduft im Badezimmer.«

Ob die beiden Vollzeit-Euphoriker Klopapier auf ähnlich begeisterte Weise verkaufen könnten?

»Jeff, sieh dir diese wunderschöne Klopapierrolle an. - Susan, die ist wirklich fantastisch. - Aber das Beste hast du noch gar nicht gesehen, Jeff. Auf der Rolle sind nämlich kleine rote Herzen abgebildet. Für die frisch verliebten Toilettenbenutzer, die jede Gelegenheit nutzen wollen, ihrem Schatz eine Liebesbotschaft zu schicken«, imitiere ich die beiden Moderatoren und kichere im Anschluss lauthals.

Mein rotgetigerter Kater Donatello liegt neben mir und beäugt mich misstrauisch. Wahrscheinlich freut er sich schon auf meine Zwangseinlieferung, um dann mit einer Miniaturgitarre auf dem zur Bühne umfunktionierten Couchtisch zu Rammsteins *Feuerfrei* einen Stage Dive in eine jubelnde, geifernde Katzengroupie-Menge zu wagen.

So als hätte er mich verstanden, gähnt mein Haustier effektheischend, streckt sich einmal ordentlich und verlässt mit einem geschickten Sprung das Sofa.

Grinsend nehme ich die Fernbedienung wieder zur Hand und schalte weiter, um bei einem mir bisher unbekannten Thriller hängen zu bleiben. Die nervenaufreibende atonale Musik kündigt das baldige Erscheinen eines Killers an und lässt mich so heftig zusammenzucken, dass ich beinahe das Glas auf dem Tisch umstoße.

Puh, nochmal Glück gehabt. Leider gilt das nicht für das wild kreischende Opfer. Tja, man lässt eben keine fremden Personen in ...

In diesem Augenblick ertönt ein Scheppern in der Dunkelheit des Vorzimmers und ich zucke ein weiteres Mal zusammen.

Fuuuuuuck! Was ist das? Ich habe Angst!

»Hallo!?«, rufe ich vorsichtig Richtung Vorzimmer. »Bist du das Noah?«

Kinder können total unheimlich sein. Insbesondere mein Sohn, der zum Schlafwandeln neigt und bereits ein paar Mal mitten in der Nacht unverhofft in meinem Schlafzimmer gestanden hat.

Stille und dann plötzlich wieder dieses Scheppern.

Bilde ich mir das nur ein oder hat sich da etwas bewegt?

Mit klopfendem Herzen suche ich nach einem Gegenstand, mit dem ich mich zur Wehr setzen könnte, und stelle ernüchtert fest, dass die moderne Welt diesbezüglich nicht besonders pragmatisch ist. Ich meine, ich könnte dem mutmaßlichen Killer natürlich mein Handy an den Kopf knallen oder das Weinglas zerschlagen und mich mit einer Scherbe bewaffnen, aber das alles ersetzt einen Mann im Haushalt nicht.

Memo an mich: Dringend Anzeige aufgeben, in der steht: Suche attraktiven, fürsorglichen, zu Suizid neigenden Mann, der Leben für mich opfert, wenn unheimliche Schatten im Vorzimmer zu sehen sind.

Schon wieder das Scheppern.

Was ist das, verfluchte Scheiße?

Scheppern.

Super, sehr super. Das hat mir zum Abschluss dieses beschissenen Jahres echt noch gefehlt. Ein Einbrecher in meiner Wohnung. Wirklich klasse. ICH WILL NICHT STERBEN!!!!

Mit klopfendem Herzen erhebe ich mich vom Sofa und bewege mich in Slow-Motion Richtung Vorzimmer. Ein weiteres Mal ertönt das Scheppern.

»Nein, bitte tu mir nichts. Ich bin doch noch so jung und habe noch mein ganzes Leben vor mir«, kreische ich und schlage wild auf den Schatten vor mir ein.

Was? Wieso ist der so weich? Was zum Teufel?

Erleichtert atme ich auf, da sich der Schatten als meine Winterjacke entpuppt.

Manno, ist das peinlich. Ich bin so ein verdammtes Weichei, aber was hat dann bitte dieses Geräusch verursacht?

Oh mein Gott. Womöglich gibt es übernatürliche Wesen doch und die gesamte wissenschaftliche Welt weiß schon lange davon, will aber nicht, dass die Menschheit in Panik ausbricht, weswegen sie deren Existenz leugnet und Personen mit medialer Begabung als verrückt abstempelt. Ich habe es schon immer gewusst: *Harry Potter* ist in Wirklichkeit eine Doku.

Schon wieder das Scheppern und dann taucht unmittelbar vor mir Donatello aus der Dunkelheit auf.

»Scheiße, hast du mich erschreckt!«, stöhne ich und entwende meinem etwas beleibten Haustier ein Playmobilmännchen meines Sohnes, das er gerade zweckentfremdet. Strafend sieht mich Donatello an, so als wolle er mir mit spanischem Akzent mitteilen: *»Heute bist du noch einmal mit dem Leben davongekommen, aber beim nächsten Mal bekomme ich dich, elendes Weibsstück.«*

»Tu es nicht, Donatello. Ich warne dich. Ich würde dich auch aus der Hölle noch heimsuchen«, warne ich ihn mit hoffentlich einschüchternder Stimme und kneife dabei die Augen zusammen, um meinem Stubentiger zu signalisieren, dass ich ihn beobachten werde. Dieser zieht jedoch semieingeschüchtert von dannen.

Okay, es wird Zeit, dass ich den Männern in meinem Haushalt Manieren beibringe ... Und ... Keine Ahnung. Kann ich das nicht auf morgen verschieben?

Kapitel 2

»Und dann lebten sie glücklich bis ans Ende ihrer Tage«, beende ich die Geschichte von Dornröschen und muss mich in Zurückhaltung üben, um meinen achtjährigen Sohn nicht eines Besseren zu belehren.

Wer lebt schon glücklich bis ans Ende seiner Tage? Was für ein Schwachsinn. Es kann doch keiner ernsthaft davon ausgehen, dass eine Beziehung langfristig hält, in der eine schlafende Frau nach hunderten Jahren von einem wildfremden Mann wachgeküsst wird. Davon abgesehen wäre ein derartiges Vorgehen nach gegenwärtiger gesetzlicher Lage ein sexueller Übergriff und Dornröschen würde sich in der Hashtag-Me-Too-Kampagne wiederfinden.

»Kannst du mir noch etwas vorlesen, Mama?«, fragt mich Noah mit diesem erwartungsvollen Rehblick, den er definitiv von seinem Vater hat.

Meine Augen gleiten auf den Staubsauger und ich antworte stöhnend: »Das geht leider nicht. Ich muss noch fertig aufräumen, damit es nicht wie in einem Saustall ausschaut, wenn die Lilly-Oma dann kommt. Aber du kannst ja schon selbst lesen.«

Mein Sohn verzieht das Gesicht und entgegnet: »Selbst lesen macht aber nicht so viel Spaß.«

»Das ist sehr lieb von dir, Noah. Aber du solltest trotzdem ein bisschen üben.«

Mein Sohn ignoriert meinen Einwand gekonnt und wechselt das Thema.

»Wann kommt denn die Oma endlich?«

Sehe ich aus, wie das Auge Saurons? Obwohl es eine verlockende Vorstellung wäre, meine Mutter mit diesem finsteren Mordorgemurmle auf dem Silvesterpfad heimzusuchen und zu erschrecken. Andererseits befürchte ich, dass ihr Schock eher gering ausfallen und sie Tolkiens dunklem Herrscher ihre Unterstützung in einem Asylverfahren anbieten würde.

»Mamaaaaaa ... wann kommt denn jetzt die Oma?«, fragt mich Noah ein weiteres Mal und zupft dabei am Ärmel meiner Weste.

Ich werfe einen Blick auf die Uhr und zucke mit den Schultern: »Ich weiß nicht. Eigentlich sollte sie schon da sein. Wahrscheinlich hat sie sich auf dem Silvesterpfad vertratscht.«

»Was ist ein Silvesterpfad, Mama?«

Wie erklärt man einem Kind, dass das eine gute Möglichkeit für Erwachsene ist, sich bereits am Nachmittag zu betrinken, um dann berauscht in die Silvesterpartynacht überzugehen?

»Das ist so ähnlich wie ein Christkindlmarkt. Da kann man sich etwas zu essen kaufen, Punsch trinken und sich mit Leuten treffen und unterhalten.«

Irgendwie klingt das ohne übermäßigem Alkoholkonsum ziemlich langweilig.

Noah nickt: »Und kann man da auch Spielzeug kaufen, wie auf dem Christkindlmarkt?«

»Ich habe nicht den blassesten Schimmer, aber man bekommt da auf jeden Fall eine Menge Glücksbringer und die sind zum Jahreswechsel besonders wichtig.«

»Warum?«

Verdammt. Warum stellen Kinder eigentlich dauernd Warum-Fragen?

»Na ja Schatz, weil man eben im neuen Jahr besonders viel Glück braucht und dafür sollen die Glücksbringer sorgen«, erkläre ich und erinnere mich an den Wutanfall, den ich vor ungefähr einer Woche hatte, als ich festgestellt habe, dass eine dieser Schokolademünzen in meiner einzigen teuren Handtasche geschmolzen ist. Von Glück kann da keine Rede sein. Stellt sich nur die Frage, wem ich dieses Ding zu verdanken hatte. Bestimmt meinem Ex, der mich mit dem Geschenk in den Wahnsinn treiben wollte.

»Aber du hast mir doch letztes Jahr ein Schweinchen geschenkt. Wie soll denn ein Schweinchen Glück bringen?«, hakt Noah weiter nach.

»Na weißt du. Das Schwein war für manche Völker ein heiliges Tier. Die Germanen zum Beispiel haben so einen Gott gehabt, dessen Wagen von einem Eber, also einem männlichen Schwein, gezogen wurde. Deshalb ist das Schwein ein Zeichen für Wohlstand und Reichtum. Wenn ich dir also eine Schweinchenfigur zu Silvester schenke, dann ist das quasi nur symbolisch zu verstehen.«

Mein Sohn kratzt sich ratlos am Kopf: »Das versteh ich nicht. Was ist denn symbolisch?«

»Na schau. Ich schenk dir zu Silvester ja kein richtiges Schwein.«

»Aber warum nicht? Ich hätte gern ein richtiges Schweinchen. Die sind so niedlich«, erklärt mir mein Sohn mit strahlenden Augen. »Bitte Mama, kann ich ein richtiges Schwein haben?«

»Nein, Noah. Wir können kein Schwein kaufen. Wo sollten wir es denn unterbringen und dann braucht das Schwein ja auch viel Auslauf und so«, gebe ich meinem Sohn zu bedenken, der sich davon wenig berührt zeigt.

»Na ja. Es könnte ja im Badezimmer schlafen und wir gehen im Park damit spazieren und außerdem könntest du mich in der Früh auch auf dem Schweinchen in die Schule bringen.«

Ich kichere: »Ja klar und dabei lässt du dich dann mit Blütenblättern bewerfen und grüßt deine Untertanen als Erlöser.«

Seine Augen leuchten: »Jaaaaaaaaaa!«

Böser Fehler. Kinder verstehen Sarkasmus nicht.

»Nein, Noah. Wir kaufen uns kein Schwein, auch wenn das total unkonventionell und cool wäre.«

»Okay.« Er macht eine kurze Pause, in der er offenkundig über etwas nachdenkt und setzt dann nach: »Mama, darf ich wenigstens fernschauen, bis die Lilly-Oma da ist?«

»Nein, Noah. Ich möcht nicht, dass du so viel fernschaust. Das weißt du doch.«

»Bitte Mama. Nur einen Film. Lego-Batman, der dauert ch nicht lang.«

»Noah, ich hab ›nein‹ gesagt und ich hab auch echt keine Lust auf Diskussionen.«

Schade, dass man mit Männern nicht ähnlich kommunizieren kann.

»Aber ich geb' dann auch wirklich eine Ruh und ich schau auch bei der Oma nix mehr. Mama, bitte!«

»Noah, Fernschauen macht nur dumm im Kopf.«

»Aber ich schau dann den Rest der Woche nix mehr. Versprochen. Und ich dreh auch gleich nach dem Film wieder ab.«

»Wenn du dein Zimmer in Ordnung bringst, dann darfst du später vielleicht noch ein bisserl fernschauen, okay?«

Bevor Noah motiviert in sein Zimmer verschwindet, um meiner Aufforderung nachzukommen, umarmt er mich überschwänglich: »Du bist die beste Mama der Welt!«

Erpressung zieht immer. Zu dumm, dass es niemanden gibt, der mich mit positiven Verstärkern zur Hausarbeit motiviert und als wäre das Ausbleiben einer Motivation nicht schon genug, wickelt sich jetzt noch dieses dämliche Staubsaugerkabel aus purer Absicht um den Couchtisch.

»Wahhhhhhh ... So ein beschissenes Drecksklumpert. Ich hasse es!«, fluche ich deshalb und misshandle dabei mein Haushaltsgerät mit einem deftigen Tritt.

Aua, das war mein Zeh!

Genervt stöhne ich und entwirre den Kabelsalat, komme allerdings nicht weit, da ein Klopfen an der Eingangstür ertönt.

»Die Oma ist da!«, höre ich Noah rufen und kurz darauf trippeln seine nackten Kinderfüße über den Parkettboden des Vorzimmers.

Komisch. Wenn ich ihn von der Schule abhole, hält sich sein Begeisterungsgrad in Grenzen.

Humpelnd folge ich meinem Sohn und lehne mich an den Türstock, um ihm dabei zuzusehen, wie er die Tür öffnet.

»Hallo Oma. Wir haben schon ur lange auf dich gewartet. Kann ich heute bei dir einen Film anschauen?«

»Hallo Spatzl«, entgegnet meine Mama freudestrahlend. »Wahnsinn wie groß du schon geworden bist, Bärli. Nicht mehr lang und du überragst mich«, ignoriert sie den Einwand meines Sohnes mit dieser übertrieben fröhlichen Stimme, die die Einnahme von aufputschenden Substanzen vermuten lässt. Ohne mich eines Blickes zu würdigen, entledigt sie sich ihres bunten Hippie-Mantels.

»Hallo Mama«, versuche ich meine Mutter auf mich aufmerksam zu machen, woraufhin sie überrascht aufblickt und mit ausgestreckten Armen auf mich zukommt, um mich überschwänglich an sich zu drücken.

Oh mein Gott. Was ist das bitte für ein Geruch in ihrem grellroten Haar? Hat sie etwa Gras geraucht, bevor sie hierhergekommen ist? Das kann doch nicht ihr Ernst sein?

»Servas Schatzl. Du hast übrigens noch immer keine Türklingel. Wolltest du das nicht letzte Woche erledigen?«

Genervt verdrehe ich die Augen: »Ja, ich hab keine Zeit gehabt.«

»Aber du hast ja Urlaub gehabt, oder?«

»Ja, und? Was soll das jetzt heißen? Dass ich in meiner Urlaubszeit dazu verpflichtet bin, irgendwelche Arbeiten in meiner Wohnung zu verrichten?«, gebe ich patzig von mir und sehe, wie mein Kind wieder in seinem Zimmer verschwindet.

Merkwürdig. Wieso hat er es denn so verdammt eilig? Normalerweise hängt er wie eine Klette an meiner Mutter.

Des Rätsels Lösung folgt rasch, als ich einen Blick hinter meine Mutter werfe und einen Mann in einer schwarzen gefütterten Lederjacke ausmache, der peinlich berührt im Gang steht.

Wer ist denn der Typ bitteschön?

Meiner Mutter scheint meine leichte Irritation nicht zu entgehen, weshalb sie den Fremden so feierlich vorstellt, als wäre er der Bundespräsident persönlich: »Das ist übrigens der Raphael, mein Scheidungsanwalt.«

Na und? Muss ich ihm jetzt den roten Teppich ausrollen, oder was?

Der Mann mit dem Dreitagesbart und den dunkelblonden Haaren macht einen vorsichtigen Schritt in meine Wohnung und beugt sich dann zu meinem neugierigen Kater hinunter, um ihn zu streicheln. Meine ehemals Erziehungsberechtigte – es grenzt an ein Wunder, dass sie diesen Status je erhalten hat - wartet indessen geduldig auf eine Wiedererkennungsreaktion in meinem Gesicht.

»Ich will ja nicht unfair klingen, Mama, aber du hast bereits vier Hochzeiten und vier Scheidungen hinter dir. Also wie zum Teufel soll ich mir da merken, wer dich in dem jeweils betreffenden Verfahren rechtlich vertreten hat?«

Und selbst sollte sich diese Frage beantworten lassen, ist damit noch immer nicht erklärt, was der geleckte Typ in meiner Wohnung zu suchen hat.

»Geh jetzt tu nicht so. Ihr seid euch doch schon öfters über den Weg gelaufen.«

»Äh ... nein. Aber freut mich trotzdem«, lüge ich und strecke dem Separationsadvokaten zur Begrüßung die Hand hin.

»Hi! Ich hoffe ich störe nicht.«

»Geh Raphi. Du störst doch nicht. Komm nur weiter«, mischt sich postwendend meine Mutter ein.

»Schön, dass du mich auch fragst«, raune ich ihr latent aggressiv zu, während sie den Mann in meine Wohnung schiebt und hinter ihm die Tür verschließt.

Was für eine Frechheit. Wie kann sie einfach so einen wildfremden Mann in meine Wohnung mitnehmen?

»Ich will aber wirklich nicht stören«, setzt Raphael noch einmal an.

Dann mach es nicht, Lustiger und schleich dich wieder.

»Kein Problem«, bemühe ich mich um einen versöhnlichen Ton.

»Wirklich?«, hakt der unverhoffte Besucher nach.

»Ja, ich kann dir aber auch gern eine schriftliche Einwilligung zukommen lassen.«

»Der war gut. Deine Mutter hat bereits erwähnt, dass du zum Sarkasmus neigst.«

»Achso? Ich hab gar nicht gewusst, dass meine Mama mich so interessant findet, dass sie sich mit ihrem Scheidungsanwalt über mich unterhält«, erwidere ich spitz und werfe meiner Mutter dabei einen erbosten Seitenblick zu, den sie ignoriert. Ganz im Gegensatz zu diesem Raphael, der unwillkürlich lächelt, sodass sich in seinen Wangen kleine Grübchen bilden, was ich irgendwie ... na ja ... wie soll ich das sagen ... süß finde. Puh ... jetzt ist es raus. Aber das darf doch nicht sein. Ich darf ihn schon rein aus Protest nicht mögen.

»Ach was. Ich rede immer viel von dir und deiner Schwester. Schließlich seid ihr meine Kinder«, verharmlost meine Mutter ihre Mundpropaganda, während sich ihr Anwalt seiner Jacke entledigt und einen wenig einfallsreichen Kleidungsstil bestehend aus einem dunkelblauen Pullover und Jeans entblößt.

Offenbar legen Männer ab dreißig jede Form der kreativen Kleiderwahl ab, was man von meiner Aufmachung leider keineswegs sagen kann. Diese ist an Einfallsreichtum aber auch an Peinlichkeit kaum zu übertreffen. Bestimmt sehe ich super sexy in meinen schwarzen Leggins aus, über denen ich eine kurze, hellrosa Pyjamahose trage. Nicht zu vergessen: die grauen Hausboots, die das erotische Outfit perfekt abrunden.

»Ich wusste gar nicht, dass du zwei Töchter hast, Sophia«, hält Raphael fest und betrachtet mein Snoopy-T-Shirt schmunzelnd, um schließlich heftig zu erröten.

Fuck! Ich habe vergessen, dass ich keinen BH unter dem Shirt trage. Der Tag wird immer grauenvoller!

»Aber geh, ich habe dir doch sicher von meiner Ältesten und ihrem Mann erzählt«, fabuliert meine Mutter weiter, während ich meine Weste hastig um meinen Oberkörper wickle.

»Na ja, bei der Menge an Gesprächsthemen, die wir bereits durchhaben, kann es schon sein, dass ich das nicht mitbekommen hab«, erklärt Raphael höflich und zwinkert mir dann zu.

Was ist denn das jetzt bitte? Der soll das Flirten mit mir gefälligst unterlassen.

»Magst du vielleicht einen Kaffee?«, fragt meine Mutter ihr Mitbringsel.

»Das wäre wirklich cool, danke.«

Schön, dass die beiden sich so gut verstehen und es nicht der Mühe wert finden, mich um meine Zustimmung zu bitten.

Während ich mich auf dem Weg in die Küche befinde, um den Wünschen meines uneingeladenen Gastes zu entsprechen, ruft mir meine Mama zu: »Kannst du mir auch einen Kaffee machen, Mia!?«

»Ja, kein Problem. Ich spiel gern deine Sklavin und mach dir zum Dank für den Versuch deiner Zwangsverheiratung auch noch einen Kaffee«, murmle ich in mich hinein und befülle den Tank meines Kaffeeautomaten mit frischem Wasser, um ihn danach anzuwerfen und wie paralysiert auf die blinkenden Lichter zu starren.

»Du Schatz«, lässt mich die Stimme meiner Mutter erschrocken zusammenzucken.

»Ja?«

»Kannst du mir morgen bitte die leeren Kaffeekapseln mitnehmen?«

»Äh ... ja schon, aber was willst du damit machen?«

»Na du weißt ja, dass es rein ökologisch gesehen ein Verbrechen ist, auch nur einen solchen Automaten zu besitzen.«

»Rein ökologisch gesehen, ist es auch ein Verbrechen mit dem Auto zu fahren«, verteidige ich mich, greife in den Schrank über mir und stelle drei bunte Keramiktassen bereit, um mich dann an das Befüllen derselben zu machen.

»Ja, eh und deshalb ist es ja wichtig, darauf aufmerksam zu machen. Meine nächste Ausstellung wird der Sexualisierung unserer Umwelt gewidmet sein. Deshalb brauche ich unbedingt diese Kapseln«, erklärt mir meine Mutter in diesem unerträglich pseudointellektuellen Tonfall.

Insofern ist es gar nicht so schlecht, dass ich die Hälfte von dem, was sie sagt, über das Getöse der Kaffeemaschine hinweg nicht verstehe.

»Schade, und ich hab schon gedacht, dass du unter die Schmuckbastler gehst.«

»Du, das ist noch immer besser, als die Kapseln einfach wegzuwerfen.«

»Eh. Deshalb überleg ich mir schon den passenden Kleiderschnitt für meine Plastiksackerlsammlung, die sicher perfekt zum Kapselschmuck passt«, stelle ich trocken fest und befülle dabei die nächste Tasse.

In der Zwischenzeit hat sich der Scheidungsanwalt meiner Mutter zu uns gesellt und mischt sich nun in das Gespräch ein.

»Du, wenn du zu viel von diesen Plastiktüten hast, könntest du mir welche aufheben. Als Aktentaschenersatz.«

»Ja, ja. Macht euch nur über mich lustig. Aber ich sag euch eines: unsere Umwelt muss man ernst nehmen. Sie ist wie ein zartes Wesen, das man pflegen muss. Deshalb baue ich auch die sexuelle Komponente mit ein. Das steht quasi stellvertretend für die entsprechende Pflege der Umwelt«, erläutert meine Mutter. »Im Übrigen, wäre es klasse, wenn du mir auch die Klopapierrollen aufheben könntest. Aus denen würde ich gerne eine Skulptur formen.« Ihre Augen leuchten plötzlich auf: »Dabei könnte mir Noah helfen. Das macht ihm sicher Spaß.«

»Du, solange du dabei keinerlei illegale Substanzen konsumierst, ist alles okay«, erkläre ich und überreiche unserem Gast die Kaffeetasse, wobei ich tunlichst darauf achte, ihn nicht anzusehen.

Meinen Zorn nicht erahnend nimmt meine Mutter am Esstisch Platz. Gott sei Dank stolpert sie dabei nicht über ihren bunten langen Rock, an den sich mein Kater soeben heranpirscht.

»Kann man sich deine Arbeiten eigentlich einmal ansehen? Ich würde das echt spannend finden«, fragt Raphael meine Mutter.

»Wirklich? Ja klar. Meine Familie zeigt ja leider kein besonders großes Interesse.«

»Das liegt vor allem daran, dass sich Töchter nicht unbedingt mit der erotisch-abstrakten Kunst ihrer Mutter auseinandersetzen wollen«, erläutere ich frostig, während ich eine Packung Milch und Zucker auf dem Tisch platziere und mich entschuldigend an Raphael wende: »Tut mir leid. Das ist nicht besonders hübsch, aber ich hab ja nicht gewusst, dass ich heute noch Besuch bekomme.«

»Passt schon. Kein Problem. Mir tut der plötzliche Überfall leid.«

»Aber geh. Jetzt mach dir keinen Kopf, Raphi. Meine Tochter ist ein sehr gastfreundlicher Mensch. Das hat sie von mir.«

»Ja, Gott sei Dank habe ich nicht auch noch deine Unverschämtheit geerbt«, grummle ich, werde allerdings von der Empfängerin meiner Botschaft überhört.

»Was deine Frage von vorhin betrifft: Ich werde im Februar meine Arbeiten bei mir im Haus ausstellen. Also wenn du wirklich Interesse hast, kannst du natürlich auch gerne kommen.«

»Hey, das ist ja cool. Da bin ich auf jeden Fall dabei«, antwortet Raphael. »Am besten du schickst die Einladung an die Kanzlei. Dann kann das meine Sekretärin gleich in meinen Kalender eintragen.«

Scheiß Smalltalk. Scheiß Spießer-Typen. Ich kotz mich gleich an, so übel wird mir von der Schleimerei.

»Vielleicht solltest du deinem Best Buddy zuerst einmal einen Link von deiner Website schicken. Könnt sein, dass er es sich dann nochmal anders überlegt«, schlage ich meiner Mutter deshalb selbstgefällig vor.

»Was ist denn mit dir heut los, Kind? Bist du mit dem falschen Fuß aufgestanden?«

»Gar nix ist mit mir los. Was soll denn los sein? Nicht jeder läuft wie du den ganzen Tag im Hopsalauf durchs Leben.«

»Jetzt wirst aber echt unfair, Mia. Vielleicht probierst du es auch mal mit morgendlichem Yoga, so wie ich. Das könnte für mehr Ausgeglichenheit in dir sorgen.«

Muss sie mir jetzt mit diesem Öko-Scheiß kommen?

»Im Übrigen würde dir auch keine Perle aus der Krone fallen, wenn du einmal wieder eine Ausstellung deiner Mutter besuchen kommst.«

Es ist noch nicht medizinisch erwiesen, dass es sich bei ihr tatsächlich um meine leibliche Mutter handelt.

»Ja, okay, ich komm vielleicht auch. Bist du dann zufrieden?«, erkläre ich mich einverstanden und geselle mich mit den letzten beiden Kaffeetassen zu meinen Gästen an den Tisch.

Fröhlich klatscht meine Mutter in die Hände: »Sehr schön. Das wird ja wieder einmal so richtig familiär.«

»Yeah!«, gebe ich wenig motiviert von mir und nippe an meinem Kaffee.

»Bei der Gelegenheit fällt mir ein: Ich hab dich ja noch gar nicht gefragt, wie es bei dir mit der Wohnungssuche ausschaut, Raphael?«, fragt meine Mutter wenig diskret.

»Hm ... eher schlecht. Ich wohn' zurzeit bei einem Kumpel, aber keine Ahnung wie lang ich die WG noch aushalte. Davon abgesehen ist das mit meiner Tochter auch nicht unbedingt optimal.«

Was? Der geleckte Typ ist Vater? Unfuckingfassbar!

»Das kann ich mir gut vorstellen. Obwohl ich in meinen Zwanzigern auch lang in einer WG gewohnt hab.«

»Es war eine Hippie-Kommune, Mama. Das ist etwas anderes als eine Wohngemeinschaft«, berichtige ich ihre Ausführungen.

Richtig. In zweckmäßigen Wohngemeinschaften wissen die Beteiligten zumeist, wer ihr Vater ist.

»Aber geh, du hast keine Ahnung Kind. Ich hätte mir ja auch immer gewünscht, dass du mal die Erfahrung einer WG sammelst, aber dafür warst du immer schon zu häuslich.«

Ich und häuslich? Das ich nicht lache.

»Na ja ... jedenfalls kannst du dich jederzeit an mich wenden, Raphi, wenn du irgendetwas brauchen solltest. Ich weiß ja noch wie anstrengend das bei der Mia war, nach der Trennung von ihrem Ex. Die zwei haben am Stadtrand Haus gebaut.«

»Jep ... und dann hat der Arsch beschlossen, dass eine Trennung doch die bessere Option für unseren weiteren Lebensweg ist«, platzt es aus mir heraus. »Und ich hab auf Wohnungssuche gehen müssen.«

»Das klingt echt hart. Tut mir leid für dich, Emilia.«

Sein beschissenes Mitleid brauch ich nun wirklich nicht. Mir tut's ehrlich leid für ihn, dass er so ein geleckter Affe ist.

»Und das Haus hast du ihm überlassen?«, hakt Raphael weiter nach.

»Ja.«

»Meine liebe Tochter war der festen Überzeugung, dass sie so ein Haus überfordern würde.«

Mürrisch zucke ich mit den Schultern: »Mir tut's nicht im geringsten Leid. Ich mein, das Haus war sowieso nur so ein großer, liebloser, moderner Würfel. Wer will schon in so einem Ding wohnen und dann war es auch noch in so einer hässlichen Industriegegend. Soll er es sich doch behalten, wenn er es unbedingt haben will. Ich brauch's nicht. Ich mag die Wohnung viel lieber. Die ist klein und überschaubar. Allerdings glaub ich nicht, dass unser Gast ein besonderes Interesse an meiner Lebensgeschichte hat.«

»Ach halb so wild«, erklärt mir Raphael mild lächelnd. »Ich verstehe das gut. Ich wäre ja überhaupt dafür, einen Paragraphen einzuführen, der den oder die Ex dazu verpflichtet nach einer Trennung das Land zu verlassen und zuvor den gemeinsamen Wohnsitz abzufackeln.«

»Dann müsste sich meine Mutter nach einem neuen, für die Menschheit beziehbaren Planeten umsehen«, entgegne ich grinsend, woraufhin meine Mutter erbost ihre Lippen zusammenpresst.

Raphael versucht schließlich die Situation mit einem Kompliment zu entspannen: »Sieht übrigens echt nett aus hier. Hast du alles selbst ausgesucht?«

»Jep. Ist eine Leidenschaft von mir und wahrscheinlich haben sich alle Möbelhäuser aus ganz Österreich eh schon eine goldene Nase an mir verdient.«

»Weißt du Kind, bei diesen großen Unternehmen einzukaufen ist eigentlich ein Verbrechen. Die meisten zahlen nicht einmal Steuern hier. Ist dir eigentlich bewusst, was uns da jährlich entgeht?«, erklärt meine Mutter in heroischem Tonfall und streift sich zur Unterstreichung ihrer pathetischen Worte die langen, roten Locken über die Schultern nach hinten.

»Nein, und mir wär's auch lieber, du würdest das mit der *Justice League* besprechen, weil ich mal prinzipiell davon ausgehe, dass die wohl nicht den Konkurs anmelden müssen, wenn ich nicht mehr bei denen einkaufe. Aber wie du wohl weißt, war ich schon immer total schlecht in Mathe.«

»Mia, wo bleibt dein Einsatz für die Welt?«

»Mama lass das bitte. Diese ganzen Regeln nerven total. Ich will einmal einfach nicht über die ganze Welt nachdenken müssen. Ich bin ja nicht Mutter Theresa.«

Raphi grinst, so als habe er verstanden, worum es mir geht.

»Man muss aber auch nicht Mutter Theresa sein, um sich Gedanken über unseren Planeten zu machen, Kind«, ermahnt mich meine Mutter und wendet sich dann mit einem gänzlich anderen Thema an Raphael, um mir jede Möglichkeit der Verteidigung zu nehmen: »Hast du eigentlich schon Pläne für heute Abend?«

»Nein, nichts Besonderes. Ein gutes Bierchen und viel Selbstmitleid. Ein klassisches Silvesterfest also.«

Wieso denn Selbstmitleid? Jetzt bin ich neugierig. Aber ich kann ihn doch schlecht danach fragen. Vielleicht mit ein wenig Kreativität auf subtile Art und Weise nach dem Quid-pro-quo-Motto Hannibal Lecters: »Hm ... dann haben wir was gemeinsam.«

Meine Mutter wirkt irritiert: »Ich dachte, du fährst zu Freunden auf eine Party!?«

»Ja, aber das heißt ja noch lang nicht, dass man sich da nicht bemitleidet. Ich mein, stellt euch das nur mal vor. Ich werde Stunden vorm Spiegel verbringen, nur um mich dann zu fragen, wozu ich das alles gemacht habe, weil ich bei meinen Freunden auch in einem Sack aufkreuzen könnte und denen der Unterschied nicht auffallen würde.«

»Aber so übel ist ein Sack doch gar nicht. Solltest du wirklich kotzen müssen, hättest du die Tüte wenigstens schon dabei.«

Ha ha ... Juristen haben offenbar keinerlei Ahnung wie sie mit einer erwachsenen Frau umgehen sollen. Idiot.

Ich räuspere mich kurz und wende mich dann ab, um nach meinem Kind zu rufen und der peinlichen Stille zu entfliehen: »Noah! Kommst du dann? Deine Oma und du müsst schön langsam aufbrechen.« Etwas leiser füge ich hinzu: »Damit sich die Mama dann zum Betrinken fertigmachen kann.«

Betreten steht dieser Raphael auf und stellt die Kaffeetasse im Waschbecken ab. Die Botschaft ist also durchgedrungen.

»Aber Schatz, zu Silvester geht's doch nicht ausschließlich darum, sich zu betrinken«, belehrt mich meine Mutter indessen.

»Was ist denn betrinken? Darf ich mich heute auch betrinken, Oma?«, wirft Noah ein, der wie aus dem Nichts hinter mir auftaucht.

»Betrinken darfst du dich erst, wenn du groß bist«, erklärt meine Mutter ihrem Enkel.

»Aber ich bin doch schon groß.«

Damit hat er nicht Unrecht. Mittlerweile reicht er mir schon fast bis zur Schulter, wobei dafür auch seine dichten Locken verantwortlich sein könnten, die ihm wild vom schmalen Kopf abstehen und ihn bestimmt um vier Zentimeter größer erscheinen lassen, als er ist.

»Na aber noch nicht so groß wie deine Mama.«

»Aber ich bin größer als die meisten in meiner Klasse«, verteidigt sich mein Sohn empört.

»Die Oma meint ja nur, dass du dich erst betrinken darfst, wenn du erwachsen bist, und dann ist es auch nicht unbedingt ratsam, das zu tun.«

Es ist nicht ratsam, aber unterhaltsam.

Er nickt: »Okay.«

»Und hast du schon alles eingepackt?«, frage ich ihn, woraufhin er mir einen prall gefüllten Rucksack vor die Nase hält: »Ja, ich hab alles dabei. Meinen Nintendo DS, ein paar Hörspiele und meine Lego-Ninjago-Figuren.«

»Oh ... du hast Lego Ninjago. Das ist aber echt cool«, wendet Raphael ehrlich interessiert ein. »Meine Tochter mag die auch die total gern.«

»Wie alt ist denn deine Tochter und wie heißt sie?«, fragt mein Kind nach, während er strahlend den gesamten Inhalt seines Rucksacks auspackt, um unserem Gast seine Legofiguren vorzuführen.

»Sie wird im Sommer acht und heißt Jana.«

Noahs Augen leuchten auf: »Dann ist sie ja genauso alt wie ich.« Nach einer kurzen Nachdenkpause fügt er hinzu: »Und spielst du auch gerne Lego-Ninjago?«

»Ja, ab und zu kann mich die Jana zum Spielen überreden. Weißt du, als ich noch ein Kind war, gab es so tolle Spielsachen nicht.«

Mein Sohn reißt erstaunt seine dunklen Augen auf: »Echt? Aber was hast du dann gespielt?«

»Na ja. Ich hab halt meine Fantasie benutzt. Und da hab ich auch echt tolle Sachen gebaut.«

»Was hast du denn gebaut?«

»Na ja ... alles was mir so in den Sinn gekommen ist. Zum Beispiel hab ich meiner Schwester einmal ein rosa Wohnmobil gebaut.«

»Wäh ...«

Raphael lacht: »Daraus schließe ich, dass du rosa nicht magst.«

»Nein, niemals. Das ist nur etwas für Mädchen.«

»Aber Jungs können doch auch mit rosa Spielsachen spielen, nicht?«, wirft meine Mutter ein.

»Nein, rosa ist schirch«, sagt Noah im Brustton der Überzeugung und folgt, nachdem er wieder alles zurück in seinen Rucksack gestopft hat, seiner Oma und Raphael ins Vorzimmer, wo die drei in ihre Schuhe schlüpfen und sich raschelnd ihre Jacken überstreifen. Als sie fertig sind, streckt mir Anwalt meiner Mutter als erster seine Hand entgegen: »Danke für den Kaffee.«

»Bitte. Kein Ding«, murmle ich.

»Kommst du wieder mal zu Besuch und nimmst deine Tochter mit? Dann könnte ich mit ihr gemeinsam spielen«, fragt Noah plötzlich an Raphaels Ärmel zupfend.

»Mal sehen«, antwortet dieser.

»Ich glaub nicht, dass unser Gast sehr viel Zeit hat, uns zu besuchen. Aber du hast ja genügend Freunde, die du einladen kannst«, tröste ich Noah und drücke ihn dann noch einmal fest an mich, bevor er meiner Mutter in den Hausflur folgt.

»Hat mich gefreut, dich kennenzulernen, Emilia«, verabschiedet sich Raphael höflich und verlässt dann als Letzter meine Wohnung.

»Auf Wiedersehen«, entgegne ich und ziehe die Tür mit Donatello auf dem Arm zu.

Hoffentlich sehe ich diesen spießigen Kerl nie wieder!

Kapitel 3

Manno. Wie mich diese Bleigießerei nervt. Nachdem meine Freunde vor Mitternacht vor der exklusiven Edmund-Sackbauer-Silvester-Folge gesessen haben und um zwölf mit vollen Sektgläsern in den Miniaturgarten von Marlene und Hans-Ulrich gewatschelt sind, um das Feuerwerk zu sehen, habe ich einen der kleinen Löffelchen in die Hand gedrückt bekommen, den ich jetzt schon seit einer gefühlten Ewigkeit über die Flamme halte. Aber diese dämliche Figur will und will einfach nicht schmelzen und zu allem Überdruss bin ich noch nicht einmal betrunken, weswegen das ganze Theater kaum zu ertragen ist.

Gute Idee. Trinken.

Ich greife nach meinem Glas und leere mindestens die Hälfte des Inhalts – Wodka Red Bull - in meinen Rachen. Im Hintergrund läuft irgendein schnulziges Album von Robbie Williams.

»Hey du. Na, wie schaut's aus? Bist du bald fertig?«, fragt mich meine beste Freundin Kim, die ich bereits seit meiner Volksschulzeit kenne, und lässt sich neben mich auf die Couch plumpsen.

Ich stöhne genervt: »Soll das eine Scherzfrage sein?«

»Sorry. Jetzt weiß ich wieder, warum ich diesen unnötigen Mist nicht mitmache. Diese dämlichen Figuren verliert man doch sowieso nur«, entgegnet Kim grinsend und zückt dann ihren Taschenspiegel, um ihren knallroten Lippenstift nachzutragen.

»Aber das ist doch so ein schöner Brauch«, verteidigt die blonde Marlene, die zu meiner Linken sitzt, das Bleigießen. »Schau mal was ich gegossen hab. Sieht ein bisschen wie eine Münze aus. Wahrscheinlich gewinn ich heuer im Lotto.«

Sie reicht die Figur an meine beste Freundin weiter.

»Also ich find ja, dass das mehr wie ein Donut aussieht«, erklärt Kim nach einer eingehenden Musterung.

»Mmh ... voll«, stimme ich ihr zu, woraufhin Marlene enttäuscht das Gesicht verzieht und ich zu ihrer Aufmunterung hinzufüge: »Na ja, vielleicht eröffnet ihr heuer einen Donut-Laden und werdet dadurch Millionäre oder so. Ausschließen kann man das ja nie.«

Marlene nickt mir dankbar zu und reckt dann das Kinn nach vorne, um zu sehen, wie weit die Liquidierung meiner Figur fortgeschritten ist.

»Also ich versteh wirklich nicht, wieso das heuer so lange dauert. Letztes Jahr sind die Figuren wesentlich schneller geschmolzen. Denen werde ich einen saftigen Brief schreiben«, erklärt sie kämpferisch, woraufhin die dralle, wasserstoffblonde Brigitta, die meine Freundinnen und ich auf der Maturareise bei einem Wet-T-Shirt-Contest kennengelernt haben, von ihrer Broschüre über Hüttenurlaube aufsieht und trocken entgegnet: »Am besten du tust dich diesbezüglich mit dem Toby zusammen. Der liefert dir dann noch eine perfekte Verschwörungstheorie zwecks stichhaltiger Argumentation.«

»Mit welcher Verschwörungstheorie sollte er denn kommen?«, hakt Marlene nach.

»Na ja ... es könnte ja sein, dass die Regierung diese Figuren mit irgendwelchen Chemikalien versetzt, die sie langsamer schmelzen lassen, damit man allmählich auf die althergebrachten Bräuche verzichtet und stattdessen ... Keinen Plan. Irgendwie ergibt das keinen Sinn«, erläutere ich und achte dabei kaum auf den Löffel in meiner Hand.

Kim schüttelt den Kopf und dabei streifen mich ihre langen, schwarzen Haare, um die ich sie so sehr beneide: »Mia Moon, du kommst nur deshalb auf so seltsame Ideen, weil du noch immer keinen Mann ausprobiert hast. Wenn du so weitermachst, endest du noch wie deine Nachbarin, die Katzenlady.«

»Geh, du bist gemein«, verteidigt mich Lena.

»Ja, oder du schaust zu viel Simpsons«, stellt Gitti unberührt fest und widmet sich dann wieder der Broschüre.

»Macht euch nichts daraus. Ich glaub sowieso, dass der Begriff Katzenlady viel zu negativ behaftet ist. Ich meine, Catwoman hat es immerhin zu einer heißen Affäre mit Batman gebracht«, verteidige ich mich, woraufhin wir beinahe gleichzeitig in schallendes Gelächter ausbrechen und die Aufmerksamkeit der Männerrunde an der Bar auf uns ziehen.

»Worüber amüsiert ihr euch denn, Ladys?«, fragt uns der etwas nerdige Kollege Hans-Ulrichs, dessen Name mir entgangen ist.

»Den angle ich mir heute noch«, zischt mir Kim zu und antwortet dem Mann dann etwas lauter: »Wir haben nur über heiße Frauen in engen Latex-Overalls gesprochen.«

Dem Typen ist eindeutig anzusehen, dass ihm ein Bild in den Kopf gepflanzt wurde, dass ihn nervös stimmt, denn er schluckt einmal kräftig und weiß dann nichts mehr zu sagen, sondern läuft bloß rot an und vertieft sich wieder in ein technisches Gespräch mit den anderen Herren.

Zweifelnd wende ich mich an Kim: »Ich weiß nicht, ob du da heute noch was reißt. Er wirkt mir ein bisschen schüchtern.«

»Ja, aber gerade die Schüchternen haben's faustdick hinter den Ohren. Die explodieren geradezu vor Verlangen.«

»Wie du meinst«, erkläre ich schmunzelnd. Dann wende ich mich an Marlene: »Das habt ihr übrigens super eingefädelt mit diesem ... wie auch immer er heißt.«

Sie drückt sich ein wenig vor der Antwort: »Na ja ... eigentlich ... Eigentlich wollten wir ihn nicht mit Kim verkuppeln.«

»Mit wem denn sonst?«, hake ich wenig überlegt nach, bis es mir wie Schuppen von den Augen fällt: »Doch nicht etwa mit mir, oder!?«

Super. Was ist denn bitte mit meiner Familie und meinen Freunden los? Erscheint ihnen mein Fall als so hoffnungslos, dass sie sich alle in mein Liebesleben einmischen? Und täglich grüßt die Dauerdemütigungsshow.

»Sorry Mia«, entschuldigt sich Marlene rasch. »Wir haben uns gedacht ... na ja ... Vergiss es.«

»Ach was ... entschuldige dich nicht, Lena«, wirft Brigitta ein und wendet sich dann an mich. »Ich mein, schau dich doch mal an, Mia. Du bist so eine hübsche Frau in den besten Jahren. Du solltest diese nicht verschwenden, indem du einsam in deiner Wohnung sitzt und um deinen Ex trauerst.«

»Aber wer sagt denn, dass ich um Toni trauere?«

»Ach komm schon. Das ist doch nicht dein Ernst«, erklärt mir Kim und lehnt sich dabei auf meine Schulter, sodass ich ihre Fahne rieche. Ohne mir die Möglichkeit einer Entgegnung zu bieten, spricht sie weiter: »In deinem Blick liegt irgendwie so eine tiefe Traurigkeit, wie bei einem Hundewelpen, der einfach nur gestreichelt und liebgehabt werden will.«

»Vergleichst du mich gerade mit einem Hundewelpen? Hat die Katzenlady nicht gereicht?«

Hilflos zuckt Kim mit den Schultern: »Sorry.«

»Du musst eben dringend an deiner Ausstrahlung arbeiten, Mia. Schließlich willst du bestimmt keinen Mann, der dir ein Körbchen zum Schlafen hinstellt und dir am Esstisch über den Kopf streichelt. Und glaub mir, soetwas gibt es«, hält Brigitta fest und legt ihre Brille mit der dicken schwarzen Umrandung ab.

»Weise Worte, Gitti. Im Übrigen«, wendet sich Kim dann an mich, »ich nehme den Typen sofort, wenn du ihn nicht willst.«

»Ja, das hast du bereits gesagt«, antworte ich.

»Du sollst ihn aber nicht nehmen!«, zischt Lena Kim wütend zu, woraufhin diese die Hände in ihre ausladenden Hüften stemmt.

»Wieso denn nicht? Denkst du etwa ich sei nicht gut genug für den Nerd, dessen Namen wir uns nicht einmal merken können?«

»Das nicht. Aber ich befürchte, dass der Typ nichts mehr mit uns zu tun haben will, wenn du ihn erst einmal mit deinen Perversitäten gebrochen hast.«

»Na und?«, stellt Brigitta nüchtern fest. »Wäre das denn so schade? Er ist ja nicht gerade die Unterhaltungskanone schlechthin, oder?«

»Ja, du hast eh Recht, Gitti, aber mein Spatzi will sich selbstständig machen und er wäre eben ein potenzieller Partner.«

»Das finde ich aber äußerst reizend, dass ihr mich mit einem Langweiler verkuppeln wolltet«, erkläre ich beleidigt.

»Geh, so war das ja gar nicht gemeint.«

»Wie denn dann?«, hake ich provokant nach.

Lena will gerade antworten, wird dann allerdings von Kim unterbrochen: »Und wer sagt, dass ich den Typen brechen würde? Vielleicht verhelfe ich ihm nur dazu, seinen Mann zu stehen und er wird nach mir der Ober-Super-Macho schlechthin.«

»Ja klar«, verteidigt sich Lena. »Wenn der arme Kerl tatsächlich den Mut aufbringen würde, eine Nacht mit dir zu verbringen, dann würde er vermutlich im Anschluss daran auf dem Boden im Badezimmer vor und zurückwippend kauern, seine Arme um die Beine geschlungen wie ein Verrückter.«

»Hey, du bist gemein«, wendet sich Kim an Marlene.

»Såg Maus, kenn ma ka åndere Musik hearn?«, unterbricht die Steirische Eiche Hans-Ulrich vorsichtig unser Gespräch und flüstert ihr zu: »Ihr sulltats a bissl leiser reden. I håb mein Kollegen gånz sche åblenken miassn, damit a eich ned heart.«

»Ja, ja ... wir haben sowieso schon alles besprochen«, entgegnet Marlene und taxiert Kim mit ihren blauen Augen, sodass man meinen könnte, es würden jeden Moment tödliche Laserstrahlen aus ihnen dringen.

What the Fuck! Die kühle Blondine mit dem strengen Dutt wäre der perfekte Endgegner in einem Videospiel.

Mit neu erworbener Lebensenergie und furchteinflößend hochgezogener Augenbraue wendet sich Marlene ihrem Gatten zu. »Wieso willst du eigentlich andere Musik hören, Spatzi? Gefällt dir der Robbie nicht?«

Stille und ein Schlucken von Hans-Ulrich: »Na Maus, da Robbie is eh super. Es is nur so ...«

Ich beobachte, wie sich Schweißperlen auf seiner Stirn bilden.

»Was?«, hakt Marlene mit provokant vorgerecktem Kinn nach.

»Na jå ... vielleicht kunntat ma wås auflegen, wås a wenig mehr für Stimmung surgt«, erklärt Hans-Ulrich mit dem Mut der Verzweifelten, während sich die anderen Herren, die in die Waschlappenliga gewechselt sind, hinter ihm ausschweigen.

»Hm ... wenn du meinst«, gibt sie empört von sich. »Offenbar weißt du den besten Musiker unserer Zeit nicht zu schätzen.«

»Geh Lena, mach nicht so ein Drama. Nicht jeder hat so einen guten Musikgeschmack wie du«, wirft Brigitta ein, um die Wogen wieder zu glätten.

»Ja klar. Marlene ist die Einzige, die etwas von den musischen Begabungen der Menschheit versteht«, flüstert mir Kim ins Ohr, woraufhin ich kichere. »Ich glaub übrigens es ist endlich so weit.«

»Was denn?«

»Na deine Figur ist flüssig geworden.«

»Yeah. Dann kann ich jetzt meinen Unglücksbringer gießen«, entgegne ich mit wenig Begeisterung.

»Geh bitte, jetzt sei doch nicht so negativ.«

»Bin ich ja eh nicht. Ich akzeptiere bloß mein Schicksal. Man nennt das Resignation.«

»Weißt du«, setzt Kim zur Preisgabe einer ihrer Lebensweisheiten an, »vielleicht solltest du bei Männern künftig auf Quantität, denn auf Qualität setzen.«

»Häh?«

Mit einer schwungvollen Bewegung werfe ich meine flüssig gewordene Figur in das kalte Wasser und lausche dabei Kims Erläuterung.

»Na ja, wenn du fünf Männer hast und jeder von denen etwas anderes gut kann, dann ist es so als hättest du einen perfekten Mann.«

»Deiner Logik kann ich nicht wirklich folgen«, mischt sich Marlene in unser Gespräch ein. Ihren Mann hat sie ungeköpft in die Freiheit entlassen, sodass er sich umringt von den anderen Männern um die Vernetzung seines Fernsehapparats mit YouTube kümmert. Und da heißt es noch einmal, dass Frauen nichts mit Technik anfangen können. Männer schaffen das offenbar nur im Rudel.

Ich greife mit meiner Hand in das kalte Wasser und fische die neu entstandene Figur heraus, während ich Marlene zustimme: »Ich versteh das auch nicht. Ich mein, kein Mensch kann mehrere Männer gleichzeitig lieben.«

»Aber darum geht's ja auch gar nicht«, erklärt uns Kim mit leuchtenden Augen. »Liebe macht doch nur unglücklich. Aber wenn du ein paar Männer hast, die du nicht liebst und von denen jeder irgendetwas anderes Cooles für dich macht, dann schützt dich das voll vor Verletzungen.«

»Was auch immer du unter ›etwas Cooles‹ verstehst«, werfe ich ein.

Sie zwinkert: »Da gäbe es Vieles.«

»Hoffentlich zu vieles, um es hier aufzuzählen«, stoppt sie Marlene.

»Ja, ja. Ich sag eh schon nix mehr. Ich wollte Mia damit nur sagen, dass sie sich nicht immer so schnell festlegen soll.«

»Aber dafür bin ich einfach zu altmodisch, Kim. Ich glaub halt daran, dass mich irgendwann vielleicht doch noch mein Prinz findet.«

»Schön und gut, aber was machst du, wenn es den nicht gibt?«, fragt mich Brigitta.

»Keine Ahnung. Darüber denke ich lieber nicht nach. Verdrängung ist ein sehr hilfreiches Mittel, um glücklich zu bleiben und die Hoffnung nicht zu verlieren.«

Was habe ich eigentlich gegossen? Vielleicht bringt das mehr Aufschluss. Ich muss schlucken. Es ist eine Sense. Was bedeutet das denn? Werde ich etwa sterben?

»Unsere Mia ist einfach unbelehrbar«, bleibt Brigitta indessen hartnäckig.

»Ja, sie hat das Aschenputtel-Syndrom«, stimmt ihr Kim zu.

»Hey, ich bin anwesend. Habt ihr das vergessen?«

»Man sollte den Mädels heutzutage echt sagen, dass es keine Prinzen mehr gibt«, klärt uns Gitti weiter auf und bestätigt damit alle meine Befürchtungen in einem Satz.

»Und was ist dann bitte dein Dieter?«, hakt Marlene nach.

»Mein Partner, den ich aufgrund einer ausgeklügelten Matrix ausgesucht habe«, erläutert sie.

»Das klingt auch wirklich total romantisch«, stelle ich nicht ganz frei von Sarkasmus fest.

»Geh bitte. Lass dich bloß nicht von der Gitti irritieren, Mia«, wendet sich Lena mitfühlend an mich. »Ich glaube fest an die echte Liebe. Mein Spatzi und ich sind ja das beste Beispiel dafür. Im Übrigen, Gitti: Weiß dein Dieter eigentlich, wie du über Beziehungen denkst?«

»Klaro. Wir führen schließlich eine ehrliche Beziehung. Ich leb' halt damit, dass er nicht mein Traumprinz ist und er lebt mit dem Wissen darum.«

»Gut, mit einem Altersunterschied von zwanzig Jahren, kann er ja nur schwer davon ausgehen, dass er ihr Traumprinz ist, oder?«, flüstert mir meine beste Freundin zu.

»Du, in der D-Promi-Welt gibt es genügend unreflektierte Beispiele, in denen männliche Wesen der festen Überzeugung sind, sie seien der Adonis ihrer maximaloptimierten zwanzigjährigen Angebeteten«, antworte ich und wende mich dann an Brigitta: »Und wenn du nicht willst, dass ich heute noch Selbstmord begehe, dann solltest du sofort damit aufhören, mich mit so desillusionierenden Zukunftsaussichten zu deprimieren.«

»Glaub mir, deprimierend ist es nur, wenn man an die große Liebe glaubt und mitten drinnen feststellt, dass es die nicht gibt. Wenn man von Anfang an weiß, woran man ist, dann gibt's eigentlich nix Trauriges, nicht Schatz?«, fragt sie Dieter, der bei den anderen Herren steht, um das technische Problem der Vernetzung zu lösen.

Der Anfang-Fünfziger mit den deutschen Wurzeln, dreht sich etwas ratlos um: »Was denn?«

»Na ja ... es ist doch gut, zu wissen, dass es diese Traumvorstellung der wahren Liebe nicht gibt!?«

»Na klar. Es ist doch wissenschaftlich erwiesen, dass Liebe nur eine Wunschvorstellung unserer Gesellschaft ist. Man ist wohl viel besser dran, wenn man nicht an so etwas glaubt, ne.«

»Was habt ihr vor? Wollt ihr meine Resignation verzehnfachen, oder was? Ehrlich gesagt, bleib ich dann lieber allein, bevor ich mich mit so etwas Halbem zufriedengebe.«

Dieter wirkt, ob meiner unverhohlenen Worte beleidigt: »Also willst du jetzt damit behaupten, dass ich nur etwas Halbes bin?«

Eher ein Viertel in einem hässlichen Karohemd, aber das kann ich ja schlecht sagen.

»Nein, natürlich nicht. Ich wollte damit lediglich zum Ausdruck bringen, dass ich mich ...«

Okay, es ist vollkommen gleich, was ich jetzt von mir gebe. Ich würde die Situation nur verschlimmern. Deshalb bin ich erleichtert, dass es den anderen Männern in der Zwischenzeit gelungen ist, das technische Problem zu beheben und aus dem Flimmerkasten »Alter Mann« von Knorkator tönt.

He he ... jetzt ist Dieter so von der Songauswahl verunsichert, dass er mich vergessen hat.

»Danke Toby. Das hast du ganz super gemacht«, ertönt plötzlich die Stimme meines Sandkistenfreundes, der meine beste Freundin unsanft zur Seite drängt, um neben mir auf dem Sofa einen Platz zu finden.

»Du bist echt überhaupt nicht eingebildet, gell?«

»Worüber regst du dich auf? Ich hab dir doch gerade das Leben gerettet.«

»Wieso müssen Männer eigentlich jede noch so kleine positive Geste betonen, als hätten sie sich soeben ohne Schutz in ein brennendes Haus begeben, um dort eine Mutter und ihr kleines Baby vor den tödlichen Flammen zu retten?«, wende ich ein.

Toby kippt den Kopf nach hinten: »Weil ihr Frauen ohne den Mut der Männer einfach aufgeschmissen wäret. Außerdem ist es keine kleine Geste, wenn man den Robbie abstellt. Immerhin riskiere ich damit mein Leben. Deshalb wird dich das auch noch teuer zu stehen kommen, Mia. Muah Muah.«

»Oh mein Gott, Mia. Du hast dich gerade verkauft«, mischt sich Kim in die Konversation ein.

»Ja, aber ich bin eine super Nummer im Bett, Mia
Moon. Ich werde dein Leben verändern«, erklärt mir
Toby grinsend.

»Das glaub ich dir gern«, gebe ich augenzwinkernd
zurück. »Stellt sich nur die Frage, ob das eine Veränderung zum Positiven wäre. Obwohl du bestimmt
spannender bist als dieser spießige Scheidungsanwalt
von meiner Mutter.«

»Was für ein Anwalt?«, fragt mich Kim aufgeregt.

»Na ja ... meine Mama war offenbar derselben Ansicht wie ihr und hat heut ihren Scheidungsanwalt
mitgeschleppt, damit sie mich mit ihm verkuppeln
kann. Wahrscheinlich glaubt sie, dass ich nix davon
weiß, aber ich bin ja nicht blöd.«

»Das wurde noch nicht ganz geklärt«, wirft Tobias
mit erhobenem Zeigefinger ein.

»Ha ha ha ... du hast heut auch im Witzkisterl geschlafen, gell?«

»Immer, Mia, immer. Ich bin einfach der beste Comedy-Star ever.«

»Und eingebildet bist du auch gar nicht«, steht mir
Kim zur Seite.

»Das ist doch alles wurscht«, eilt mir Marlene aufgeregt zur Hilfe. »Schaut er wenigstens gut aus, der
geheimnisvolle Anwalt? Ich meine, wäre er potenzielles Heiratsmaterial?«

Oh no, ihre Augen leuchten, als hätte sie soeben
höchstpersönlich einen Antrag bekommen.

»Gut aussehen ist wahrscheinlich das Einzige, was der Typ kann. Sonst ist er der totale Langweiler. Außerdem hat er nicht mal eine eigene Wohnung, sondern wohnt in einer WG.«

Tobias klopft sich stolz auf die Brust: »Tja, es kann halt nicht jeder so super sein, wie ich.«

»Was ist denn bitte los? Ich dachte die Brunftzeit beginnt erst im Frühling«, entgegne ich.

»Wieso håt der ka Wohnung?«, wirft Hans-Ulrich ein.

»Keine Ahnung. Vielleicht ist er ein bissi spätpubertär, weshalb ihn seine Frau rausgeschmissen hat.«

»Oder er hat seinen Anwalts-Abschluss in einem Abendkurs gemacht und kann sich deshalb keine vernünftige Unterkunft leisten«, mutmaßt Toby und bindet sich dabei seine langen Haare zu einem Zopf.

»Voll. Der war wahrscheinlich im Scheidungsanwalt für Arme eins und im Werksmeister«, steige ich lachend ein.

»Aber du könntest ihn ja trotzdem mal testen!«, schlägt Kim vor.

»Wohl eher nicht. Weißt du, das ist wie bei einem Tattoo Studio: wenn das von außen schon unsauber aussieht, wirst du wohl kaum reingehen und dich auf ein Beratungsgespräch einlassen.«

»Nun wirst du aber schon ziemlich beleidigend, ne?«, ermahnt mich Dieter.

Ich zucke mit den Schultern: »Wer weiß, was der über mich redct.«

»Du bist so lieb und fesch, Mia. Der kann gar nix Schlechtes über dich reden«, schmeichelt mir Marlene.

»Es wäre mir aber total egal, wenn der schlecht über mich redet. Soll er doch. Der ist sowieso nur ein hirnloser, verwöhnter Anwalt, der seine Wochenenden damit zubringt, bei einem Glas Wein an seinen Fällen zu arbeiten, anstatt auszugehen und sich zu amüsieren und wer will das schon?«

Toby streicht sich über seinen Wikinger-Vollbart, in dem sich bereits ein paar Brösel vom Knabbergebäck verfangen haben: »Tja ... es kann halt nicht jeder so männlich und unterhaltsam sein wie ich.«

»Damit hast du in der Tat Recht. Nicht jedem entströmt dieser grausame, typisch männliche Schweißgeruch und nicht jeder furzt während eines liebevoll zubereiteten Essens ungeniert«, stellt Brigitta fest und klopft dabei mit ihren Nägeln auf die Tischplatte.

»Ich will ja nix sagen, Mia ...« Dann tu es nicht. »...aber stille Wasser sind tief«, setzt Kim ihre Aufklärungsstunde fort.

»Soll heißen?«, frage ich sie.

»Na ja ... wer weiß. Der hat's vielleicht total drauf im Bett und steht auf Extremsport und so. Keine Ahnung. All das, was du halt als ausgeflippt bezeichnen würdest.«

»Ja klar. Wahrscheinlich tanzt der Trennungsraphi jedes Wochenende im roten String-Tanga an einer Stange in einem Nachtclub.«

Ein Königreich für die Ursache meiner seltsamen Gedanken. Es würde mich nicht wundern, wenn der arme Kerl Schluckauf hätte. Ich komme allerdings nicht mehr dazu, meine Gedankengänge fortzusetzen, da in diesem Augenblick »Macarena« von Los del Rio aus dem Lautsprecher ertönt, woraufhin Kim den Inhalt ihres alkoholhaltigen Getränks in einem Zug hinunterkippt und sich schwankend von der Couch erhebt. Mit glasigen Augen packt sie mich an den Händen, um mich hochzuziehen.

»Los geht's. Party overload! Wuhh!«

»Wuhh!«, erwidere ich gemeinsam mit den beiden anderen Mädels und begebe mich auf der kleinen freien Fläche im modern eingerichteten Wohnzimmer inmitten der anderen Gästen in Stellung. Mit einem breiten Grinsen im Gesicht stelle ich fest, dass Toby meine Freundin mit wenig zum Rhythmus passenden Hüftbewegungen antänzelt. Der Nerd, dessen Namen ich mir nicht merken kann, beobachtet die beiden mit neidischem Blick. Hans-Ulrich hüpft indessen wenig taktvoll durch die Runde und erfreut sich an der Partystimmung. Und Dieter nähert sich seiner Angebeteten wie ein Leopard, um ihr ... Oh Gott, kennt der Typ denn kein Schamgefühl? Er fasst ihr doch tatsächlich mit beiden Händen an den Busen. Was geht denn mit ihm ab?

Hastig wende ich den Blick ab und stelle fest, dass sich bei Kim die ersten Gleichgewichtsstörungen bemerkbar machen. Ich will gerade auf sie zustarten, um sie zu fragen, ob alles in Ordnung ist, da beugt sie sich mit einem würgenden Laut nach unten und erbricht den Inhalt ihres Magens auf den hellblauen Teppich von Marlene und Hans-Ulrich. Ab diesem Augenblick läuft für mich nur noch alles in Zeitlupe ab.

Lena erblasst und öffnet den Mund zu einem langgezogenen Schrei: »Neeeeeeein!«, woraufhin die Partystimmung auch für ihren Mann passé ist. Toby hilft meiner Freundin einstweilen auf. Und weil ich kein Interesse daran habe, der Gruppe Schaulustiger anzugehören, die sich am Leid anderer erfreuen, eile ich meinem Sandkistenfreund zur Hilfe und gemeinsam setzen wir Kim auf dem Sofa ab. In der Zwischenzeit hat sich Hans-Ulrich um einen Kübel bemüht, den er zu ihren Füßen abstellt.

»Ich weiß nicht, was los ist. Gerade ist es mir noch gut gegangen«, rechtfertigt sich meine beste Freundin ratlos vor mir.

»Na ja ... vielleicht hättest du deinen Teufelsmisch vor dem Tanzen nicht in einem Zug hinunterleeren sollen«, antwortet ihr Tobias und erntet dabei einen erbosten Blick von mir.

»Danke, sehr hilfreich. Wirklich. Das ist so typisch für euch Männer. Null Gefühl.«

»Was kann ich denn dafür?«

»Vergiss es«, erkläre ich ihm giftig und halte Kim ihre Haare aus dem Gesicht, damit diese nicht mit dem Erbrochenen in Kontakt kommen.

Marlene schrubbt indessen auf allen vieren ihren Teppichboden sauber und wirft meiner Freundin dabei immer wieder mörderische Blicke zu, sodass ich Bedenken hätte, die beiden allein zu lassen. Auf jeden Fall bräuchten wir dann keinen Scheidungsanwalt, sondern einen Strafverteidiger.

»Hey, Kleines! Alles in Ordnung«, ertönt Brigittas Stimme.

»Es ist ihr schon mal besser gegangen«, antworte ich für sie.

Gitti geht in die Hocke und flüstert mir zu: »Die Marlene ist echt sauer. Ich glaub die beiden müssen wir jetzt längere Zeit voneinander trennen.«

»Man kann's ihr nicht mal verübeln, oder?«

»Wohl nicht«, antwortet Gitti.

»Das liegt nur daran, dass ihr Frauen immer so nachtragend seid. Wir Männer hauen uns einmal kräftig in die Goschen und dann ist alles okay.«

»Ach komm uns jetzt nicht mit diesem Macho-Scheiß, Toby«, faucht ihn Gitti an.

»Hm ... wahrscheinlich hat er eh Recht. Das Leben als Mann ist in vielerlei Hinsicht wesentlich einfacher, wenn auch deutlich mehr geprägt von körperlichen Verletzungen. Allerdings liegt das nur an dem äußerst einfach gestrickten Verstand von Männern«, gebe ich süffisant von mir.

»Ich war aber nicht derjenige, der den gesamten Teppichboden angekotzt hat«, verteidigt sich Toby seelenruhig, doch kommen wir nicht mehr dazu, dies näher zu erläutern, da wir von Marlenes schriller Stimme unterbrochen werden. »Findest du das etwa witzig, Hans-Ulrich?«

»Na, åber so schlimm is jå a ned, oder?«

»Wie alt bist du? Häh?«

»Geh beruhig di do wieda, Lena. I håbs jå ned so gmoint.«

»Der ganze Boden ist vollgekotzt und du hast keine bessere Idee, als blöde Scherze zu reißen.«

»I håb jå nur ...«

»Bist du wieder zum Teenie geworden, oder was?«

Was ist denn bitte passiert? Früher wäre das kein großes Drama gewesen, sondern hätte zur Tagesordnung einer Party gezählt. Wir sollten uns doch alle ins Gedächtnis rufen, dass wir ebenso in Kims Haut stecken könnten.

Na ja, vielleicht nicht jeder ... Ich wäre ein heißer Tipp.

Prosit Neujahr!

Kapitel 4

Scheiße. Tut mir der Kopf weh.

Qualvoll wälze ich mich von einer Seite des Doppelbettes auf die andere, sodass sich mein Magen schmerzhaft zusammenkrampft. Irgendwie seltsam, denn als mich das Taxi gestern Nacht gemeinsam mit Tobias nach Hause gefahren hat, habe ich nicht den geringsten Brechreiz verspürt. Obwohl das angesichts der Tatsache, dass wir zum Missfallen des Fahrers eine Flasche Sekt im Auto geleert haben, an ein Wunder grenzt.

Ich kichere, als ich mich an den sorgenvollen Gesichtsausdruck des Mannes erinnere, der offenkundig um das Wohlergehen seiner Rücksitze gebangt hat, während ihm Toby irgendwelche Verschwörungstheorien über Wanzen in Autos aufgetischt hat.

Verdammt, ich möchte gar nicht wissen, was sich der über uns gedacht hat. Wahrscheinlich war er bereits versucht, uns auf der psychiatrischen Station eines Krankenhauses abzusetzen. Ich meine, welcher Regierungsbeamte ist an den Silvesternachtsgesprächen in Taxis interessiert? Zum einen dürfte es wohl eine Herausforderung sein, überhaupt eines der gelallten Worte zu verstehen, und sollte dieser unwahrscheinliche Fall eintreten, dann drehen sich die Themen sowieso meist um Liebe, Alkohol und Sex.

Da fällt mir ein ... War da nicht noch irgendetwas?

Mein äußerst analytischer Verstand, der zugegeben an diesem trüben Tag sehr langsam arbeitet, rät mir dazu, die Themen Schritt für Schritt abzuarbeiten.

Also gut. *Liebe* ... Toby ist in Kim verliebt und hat mir das gestern gestanden. Nein, das war es nicht. *Alkohol* ... davon gab es reichlich im Auto. Auch nicht. *Sex* ... Oh mein Gott. Ich habe mich doch hoffentlich nicht im Taxi auf meinen ehemaligen Schulkollegen gestürzt?

Wie von der Tarantel gestochen richte ich mich auf und halte angesichts der aufkeimenden Übelkeit kurz inne, ehe ich mich im Schlafzimmer umsehe, um festzustellen, ob hier irgendwelche Männerklamotten vorzufinden sind.

Inmitten meiner auf dem gesamten Parkettboden verstreuten Kleidungsstücke sind keine fremden Klamotten auszumachen. Das ist allerdings von keinerlei Bedeutung, denn Tobias könnte sich bereits angezogen haben, um das Frühstück zu holen. Womit er mich wohl überraschen wird? Mit ein paar frischen Semmeln und einem heißen Café Latte. Nein, wohl eher mit einem Päckchen Zigaretten und einer Dose Red Bull.

»Scheiße!«, fluche ich erschüttert, als mir klar wird, dass ich keine Kondome zu Hause hatte. »Bitte nicht. Bitte, bitte nicht«, flehe ich Gott, Buddha oder irgendein anderes übernatürliches Wesen an, von dem ich mir Hilfe erhoffe. Ich meine, das Einzige, was in dieser

Wohnung aus Gummi besteht, sind die Geburtstagsluftballons meines Sohnes, der wahrscheinlich bald seinen Einzelkindstatus verliert.

Verdammt. Ich bekomme keine Luft mehr. Es fühlt sich so an, als würde mir irgendeine fremde Macht die Kehle zuschnüren. Welcher Gott ist denn bitte daran interessiert, ein Kind in die Welt zu setzen, das zu fünfundsechzig Prozent aus Wodka besteht und schon bei der Geburt statt einem Schnuller nach einer Zigarette verlangt? Mein Albtraum wird wahr!

Bei diesen Zukunftsaussichten ist es besser, ich lege mich auf die Straße und warte darauf, überfahren zu werden. Gut, ich könnte mich auch aus dem Fenster stürzen oder ...

Okay es wird nicht besser. Für Selbstmord bin ich definitiv zu feig. Deshalb werde ich wohl oder übel Kinderwagen schiebend durch den Arenbergpark laufen, während mir der rauchende Toby an meiner Seite erklärt, dass die Stofftiere und Rasseln unseres Kindes verwanzt sind.

»Oh Gott. Nein«, sage ich ein weiteres Mal und stelle fest, dass die Vorstellung, mich in meiner Wohnung zu verbarrikadieren und zu warten, bis alles vorbei ist, eine durchaus beruhigende Option darstellt.

Ja, schon klar, es könnte mit der Geburt so ganz allein in der Wohnung etwas schwierig werden, aber bestimmt gibt es für diesen Fall ein Online-Tutorial von einer perfekt gestylten Hebamme, die neben der Beihilfe zur Entbindung Schminktipps für das Neugeborene gibt.

Mein Blick fällt urplötzlich auf das auf dem Bett abgelegte Smartphone. Womöglich ist es mir beim Sex aus der Tasche gefallen. Stellt sich allerdings die Frage, wozu ich diese beim Liebesakt benötigt habe. Vielleicht hatte ich doch ein Kondom eingesteckt und entgehe damit einer Schwangerschaft. Und nachdem Toby jetzt kein Kind der Traurigkeit ist, können wir die gemeinsam verbrachte Nacht und meinen Hangover danach vergessen.

Voller Vorfreude greife ich nach dem Handy und entsperre es. Um Himmels willen da ist ein halber Roman auf dem internen Speicher meines Smartphones. Alles Nachrichten von Tobias. Wahrscheinlich ist er derselben Meinung wie ich und hat mir nur mitgeteilt, dass wir am besten alles vergessen, was geschehen ist.

Ich kichere, während ich den Chat öffne und die erste Nachricht lese:

Toby: Lieb Mio! Bist du schon Wohnung? Ich bin noch Taxi und der Orsch lasst mich nicht auf den Beifahrersitz, weil ich noch eine Würstelsemmel haben wollte. Sagt immer irgendetwas wie: Bitte nicht. Bitte nicht. Musst du zahlen. Ich zahl fix keine Würstelsemmel. Ich bin doch kein Trottel. Was glaubt der denn?

Okay, wenn er wirklich noch in meiner Wohnung war, wieso fragt er mich dann, ob ich schon zu Hause bin? Seltsam.

Toby: Fuck off. Mein Handy dreht sich voll. Was haben die beiden siamesischen Zwillinge denn in den Sekt gegeben. Ich kann nicht mal gerade atmen.

Toby: Oida ... das ich pack nicht. Steh auf der Straße

und da kommen Lichter auf mich zu.

Gut, wenn ich schwanger bin, dann wird mein Kind ohne Vater aufwachsen müssen.

Toby: Scheiße. Ich glaube, ich werde von einem Mann mit Hut auf einem Elefanten verfolgt. Weißt du, wo das nächste Polizeikommissariat ist, damit ich das melden kann?

Toby: Was ist eigentlich los mit dir Emilia? Lebst du noch oder bin ich dir einfach so scheißegal? Hähhhh??? Ich will ja nur sagen, dass ich wenigstens nicht so behaart bin, wie dein geliebter Toni.

Toby: Ich glaub, ich hab vergessen, wo ich bin. Bitte hilf mir! Wien ist ein Dreckslabyrinth und irgendwie hab ich das Gefühl, dass ich schon zum zehnten Mal bei dieser seltsamen Auslage vorbeilaufe, in der diese beschissenen Porzellanpuppen sitzen. Wahrscheinlich bin auf irgendeinem Video zu sehen, dass sich ein fetter, gelangweilter Regierungsbeamter reinzieht.

Toby: Du kannst mich mal, Mio. Ich mache jetzt Urlaub auf einer Insel.

Wo hat er denn Urlaub gemacht? Auf einer Verkehrsinsel? Der spinnt total. Oh Gott, mein Kind wird furchtbare Gene haben.

Toby: Ich muss schon so dringend pissen.

Diese wertvolle Information hätte er durchaus beiseitelassen können.

Toby: Ich glaub, ich hab's endlich geschafft, aber verdammt. Meine Mitbewohnerin ist echt scheiße alt geworden. Und warum droht sie mir mit der Polizei?

Toby: Fuck. Ich glaub, ich hab das Zimmer meiner Mitbewohnerin mit dem Klo verwechselt und jetzt schreit sie wie verrückt herum.

Toby: Ich kann nicht schlafen.

Dann kann der Liebesakt nicht so aufregend gewesen sein, wenn er noch genug Energie hatte, womit erklärt wäre, weshalb ich bar jeder Erinnerung bin.

Mein Blick fällt träge auf den Radiowecker neben mir: **10:30 Uhr**. Das wird echt knapp mit dem klassischen Neujahrs-Mittagessen bei meiner Mutter.

Memo an mich: Nächstes Jahr keine Zusage erteilen und so lange im Bett liegen bleiben, bis die Nachbarn den Rettungsdienst oder das Bestattungsinstitut rufen.

Bibbernd vor Kälte nähere ich mich der Tür zum Haus meiner Mutter, betätige die Klingel und warte dann geduldig darauf, dass man mich einlässt. Eine eisige Windböe bläst mir um die Ohren und ich drehe mich mit mulmigem Gefühl im Bauch um. Es hat sich zu meinem Erschrecken bereits eine so dicke Nebelwand gebildet, dass ich nicht einmal bis zum Ufer der Alten Donau hinuntersehe.

Kopfschüttelnd lasse ich mich von Lilly am Arm ins nach Räucherstäbchen duftende Innere des Hauses führen.

»Man schickt keine SMS mehr, Rainer. Man schickt nur noch WhatsApp Nachrichten. Oder man postet einfach seinen Standort auf Facebook oder Instagram, um auch wirklich auf Nummer sicher zu gehen.«

»Ganz wie du meinst«, murmelt er bloß minderbeeindruckt in sich hinein, schließt hinter mir die Tür und drückt mir dann einen Kuss auf die Wange.

Was ist denn dem über die Leber gelaufen? Ich meine, eigentlich gehört Rainer zu den Menschen, die permanent mit einem freundlichen Lächeln im Gesicht durchs Leben gehen. Aber heute wirkt er total angespannt. Oh Gott, vielleicht will sich meine Schwester von ihm scheiden lassen und nun brodelt diese innere Wut in ihm, die ihn alsbald dazu bringen wird, ein Blutbad in meiner Familie anzurichten. Stichwort Ehrenmord. Oder aber er hat Kathi des Geldes wegen geheiratet und will meine gesamte Familie mit einem Giftanschlag töten, um unsere Besitztümer zu erben. Na warte! Das werde ich zu verhindern wissen!

»Wir haben kein Geld, Rainer«, erkläre ich, ohne großartig darüber nachzudenken, woraufhin mich mein Schwager irritiert mustert.

Hab ich das laut gesagt? Bestimmt wird er mich jetzt als Erste killen, damit ich die anderen nicht vorwarnen kann. Ich bin quasi das Bauernopfer.

»Wie kommst du jetzt auf Geld, Mia? Das ist mir eindeutig zu hoch für heute. Du bist wohl noch nicht ganz nüchtern, häh?«, fragt er mich mit vor der Brust verschränkten Armen.

»Ich ... äh ... na ja ...«, stottere ich, während ich mich beschämt aus meinen verdreckten, grauen Chucks schäle. »Ich bin wohl ...«

»Rainer!?«, ertönt die rettende Stimme meiner Mutter aus der dampfenden Hexenküche.

»Ja.«

»Kannst du mir bitte mal kurz helfen? Mia soll einstweilen ins Wohnzimmer zu Kathi und den Kids gehen.«

»Als hätte ich freiwillig auch nur einen Fuß zu ihr und ihrem Grünzeugs in die Küche gesetzt. Danke nein«, brumme ich.

»Kommst du soweit klar oder brauchst du eine Stütze?«, fragt Rainer nach.

»Ich bin eine emanzipierte Frau und schaff das auch allein«, entgegne ich in lässigem Tonfall, woraufhin Rainer mit den Schultern zuckt und dann durch den bunten Perlenvorhang in den Nebelschwaden der Küche verschwindet.

Mit einem Plastiksackerl in der Hand, in dem sich die Kaffeekapseln für meine Mutter befinden, passiere ich die am Treppenabsatz platzierte, grinsende Buddha-Statue und trete ins lichtdurchflutete Wohnzimmer.

Untermalt von indischer Entspannungsmusik finde ich meine Schwester, ihre fünfjährige Stieftochter und meinen Sohn in seltsam verrenkten Positionen auf dem Boden vor.

Zwischen ihren Beinen hindurch entdeckt mich Kathrin im Türrahmen und ruft mir zu: »Griaß di, Mia Moon. Kannst du mal am Zeiger drehen, bitte.«

»Hallo Mama! Wir spielen gerade *Twister*. Können wir das für zu Hause auch kaufen?«, bombardiert mich Noah sogleich.

»Na solang es kein Porsche oder Ferrari ist, lässt sich da bestimmt was machen«, antworte ich meinem Kind augenzwinkernd und drehe dann am Twister-Zeiger, woraufhin sich meine Schwester stöhnend vor Anstrengung in Bewegung setzt.

Angesichts der engen Jeans bin ich ehrlich verwundert, dass sie überhaupt noch einen Fuß vor den anderen setzen kann. Ich weiß nicht so recht, ob ich sie für ihre schlanke sportliche Figur beneiden oder verachten soll.

»Okay. Ach ja, Mamaaaaa.«

Du sollst den Namen der Mutter nicht missbrauchen.

»Bitte?«, frage ich meinen Sohn.

»Die Oma hat gestern erzählt, dass die Feuerwerksraketen zu einer Feenstaubbelastung im Himmel führen und das ist ganz schlecht.«

»Ich glaube da hat die Oma ein bisschen zu viel von der *grünen Fee* getrunken, wenn sie diese schon durch den nächtlichen Silvesterhimmel fliegen sieht«, stelle ich kichernd fest.

»Schatzi, ich glaub die Oma hat Feinstaub gemeint, nicht Feenstaub«, klärt ihn meine Schwester keuchend auf, wobei er weniger enttäuscht wirkt als seine Cousine.

»Du bist ein Lügner, Noah!«, stellt Sarah beleidigt fest.

»Geh Sarah, sei doch nicht so eingeschnappt«, versucht meine Schwester ihre Stieftochter zu beschwichtigen, während sich auch noch die letzte Dame gegen meinen Sohn verschwört und sich schwanzwedelnd auf seinen Rücken stürzt.

»Aua ... Mama ... die Lilly gibt schon wieder keine Ruhe«, schreit mein Kind wutentbrannt.

»Dann schubs sie doch einfach weg!«, erklärt Sarah ihrem Cousin, der dem Ratschlag sogleich nachkommt, was allerdings dazu führt, dass Lilly noch aufgekratzter ist.

»Nein, aus, Lilly! Ich mag das nicht! Geh weg!«, schreit Noah.

»Gib deine Hand da weg!«, schimpft ihn Sarah, woraufhin mein Kind der Aufforderung augenblicklich nachkommt.

Woher kommt denn diese übermäßige Folgsamkeit? Ich meine, wenn es zu Hause um das alltägliche Zähneputzen geht, so muss ich ungefähr eine halbe Stunde lang alle mir in den Sinn kommenden Argumente vortragen, um ihn davon zu überzeugen, dass es durchaus zweckmäßig ist, sein Gebiss sauber zu halten. Aber wenn ihn die kleine engelsgleiche Sarah kurz und bündig anschnauzt, er möge seine Hand wegnehmen, tut er das, ohne zu zögern. Allmählich begreife ich, wie sich Schwiegermütter in Gegenwart der zukünftigen Frau ihres Sohnes fühlen, die dann die Lorbeeren der mütterlichen Mühen erntet.

»So Leute. Das war's jetzt. Ich kann nicht mehr. Sorry«, erklärt meine Schwester und lässt sich dabei keuchend auf ihr Hinterteil plumpsen, um sich danach seufzend mit den Fingerspitzen durch die kurz geschnittenen Haare zu streichen.

»Nein«, jammern Sarah und Noah beinahe gleichzeitig. Lilly hat sich in der Zwischenzeit ebenfalls hingesetzt und blickt Kathi mit ihren braunen Augen erwartungsvoll an.

»Bitte spielen wir noch einmal!«, bettelt mein Sohn.

»Ja. Ich will auch noch mal spielen«, stimmt die blonde Sarah in die Bettelei mit ein.

»Nein, meine Lieben. Ich bin jetzt raus. Aber ihr könnt ja auch ohne mich weiterspielen«, schlägt Kathrin diplomatisch vor, während sie sich etwas schwerfällig in eine aufrechte Position begibt.

»Aber mit dir macht das viel mehr Spaß!«, erklärt mein Sohn und versucht seine Tante am Bein zurückzuhalten, während ihn Sarah mit eifersüchtigem Blick bedenkt.

»Und wie geht's dir? Hast du die Feiertage gut überstanden?«, fragt mich Kathrin, nachdem es ihr gelungen ist, sich den Kindern zu entreißen.

»Jep ... so einigermaßen. Ich mein, was kann man sich mehr wünschen, als sich zu Weihnachten mit seiner jammernden Single-Mutter *Plastic Planet* reinzuziehen. Stimmungsvoller geht's nicht und gestern hab ich einen mörderischen Rausch gehabt und kann mich nach der Taxifahrt an nix mehr erinnern. Also eigentlich verlässt mich mein Erinnerungsvermögen schon irgendwo im Taxi.«

Rainer, der soeben mit einer zugedeckten Auflaufform das Wohnzimmer betritt, um diese in der Mitte des bunt gedeckten Esstisches abzustellen, wirkt bestürzt: »Was heißt, du kannst dich an nichts erinnern, Emilia?«

Kathrin verdreht die Augen: »Jetzt bekommt er wieder einen Fürsorglichkeitsanfall.«

»Du darfst aber schon noch allein die Toilette benutzen?«, frage ich meine Schwester kichernd.

»Noch darf ich das. Wobei die Betonung auf noch liegt.«

»Alles klar.«

»Kathi, gerade du solltest wissen, wie gefährlich es da draußen ist«, verteidigt sich Rainer und spielt dabei auf ihren Job als Polizisten an, bei dem die beiden sich kennengelernt haben.

»Ach komm schon. Mach nicht so ein Drama. Ich hab doch nur mit dem Toby gemeinsam eine Flasche Sekt im Taxi getrunken und das war halt scheinbar zu viel für mich«, kläre ich die Situation rasch auf.

Scheiße, was ist denn jetzt los? Rainer sieht so aus, als hätte ich ihm eröffnet, dass ich in der gestrigen Nacht einem Serienkiller entkommen bin.

»Du bist mit einem Mann allein Taxi gefahren und kannst dich danach an nichts mehr erinnern?«, fragt er mich entsetzt und wendet sich dann an seine Ehefrau: »Hast du das gehört, Schatz? Wir sollten augenblicklich aufs Kommissariat fahren. Das riecht doch förmlich nach K.O.-Tropfen.« Um seine These zu untermauern, mustert er meine Pupillen, indem er so nahe an mich herankommt, wie es seine guten Manieren und vor allem seine Ehefrau zulassen.

»Schatz, kannst du Mia bitte zufriedenlassen. Tobias ist unser Sandkistenfreund. Er wird ihr wohl kaum K.O.-Tropfen verabreicht haben.«

Nein, es kann nur sein, dass er der Vater meines zweiten Kindes ist. Aber das war's auch schon.

»Wer ist Tobias?«, hakt er streng nach und seiner gerunzelten Stirn ist deutlich zu entnehmen, dass er in seinem Gedächtnisspeicher nach einem Gesicht kramt.

»Das ist der Typ, der sich im Suff ein Smiley auf den Arsch tätowieren hat lassen. Weißt du nicht mehr? Er hat uns das letztes Jahr auf Mias' Geburtstagsparty gezeigt.«

»Kathi, ich bitte dich. Kannst du dich vor den Kids nicht ein bisserl zusammenreißen?«, ermahnt sie meine Mutter, die sich mit einer dampfenden Schüssel und in einer Schürze, auf der eine nackte Frau abgebildet ist, zu uns gesellt und mir eilig einen Kuss auf die Wange haucht.

Seltsam. Wieso hat sie denn die Haare zu einem Pferdeschwanz gebunden? Das sieht ihr gar nicht ähnlich und was ist das, was da unter der Schürze hervorblitzt? Doch nicht etwa eine stinknormale Blue Jeans. Meine Mutter trägt nie Blue Jeans. Irgendetwas ist hier faul.

»Stell dir mal vor Noah und Sarah brabbeln deine Kraftausdrücke nach«, setzt Muttern ihre Verwarnung fort.

»Du ich glaub Noah kann man diesbezüglich nicht mehr viel Neues beibringen. Den Spitznamen ›kleiner Edmund‹ hab ich schließlich nicht umsonst bekommen«, erkläre ich und klopfe mir dabei auf die Brust.

»Na super. Und da bist du auch noch stolz darauf?«, fragt mich meine Mutter.

»Sowieso, besser er sagt hin und wieder mal ›Scheiße‹, wenn er sich über etwas ärgert, als er schlägt ein anderes Kind«, entgegne ich nüchtern.

»Gewalt ist nie eine Lösung. Ob verbal oder physisch.«

»Da stimme ich dir voll zu, Sophia«, wirft Rainer ein. »Im Übrigen, Mia, musst du echt froh darüber sein, dass du nicht mit einem Penis-Tattoo im Gesicht aufgewacht bist.«

»Na das findet der kleine Rainer wieder besonders lustig«, kontere ich

»Kinder, Kinder. Jetzt reißt euch doch bitte zusammen«, mischt sich meine Mama ein.

»Und das von einer Frau die Aktbilder und Vaginas gemalt hat. Aber wenn Rainer das Wort ›Penis‹ in den Mund nimmt, ist das ein Problem.«

»Was ist ein Penis und eine Vagina, Tante Mia?«, fragt mich Sarah.

Meine Mutter bedenkt mich mit diesem klassischen Ich-habs-dir-doch-gesagt-Blick, kommt aber Gott sei Dank nicht mehr dazu, sich verbal einzubringen, weil Noah schneller ist: »Ich weiß schon, was das ist!«

»Herzlichen Dank, Mia«, mault Rainer. »Wie soll ich das denn ihrer Mutter erklären.«

»Echt jetzt!? Du hast doch nicht alle Tassen im Schrank. Ich meine, du hast doch mit dem Thema angefangen, nicht ich. Außerdem, was ist denn da so schlimm dran? Irgendwann muss man ihr den Unterschied sowieso erklären.«

»Ja, irgendwann, Mia. Irgendwann.«

»Was ist denn jetzt ein Penis und eine Vagina, Tante Mia?«, bleibt Sarah hartnäckig.

»Ja, Emilia. Was ist das denn nun? Klär uns doch auf«, wirft Rainer provokant ein, woraufhin ich meinem Schwager den besten Killerblick zuwerfe, den ich zustande bringe.

»Na ja ... du kennst doch den Unterschied zwischen Burschen und Mädchen, oder?«, überprüfe ich das bereits vorhandene Wissen von Sarah, die allerdings nicht dazukommt, mir zu antworten, da mein Sohn schneller ist.

»Ich weiß das schon. Mädchen spielen gerne mit rosa Autos und Puppen und rosa Lego und sie haben lange Haare und ziehen Kleider an.«

»Woher hat er denn dieses Rollenbild?«, fragt mich Kathi grinsend.

»Keinen Plan. Ich trage keine rosa Kleider.«

»Das liegt vielleicht an den Playmobilprinzessinnen, die du gekauft hast und an dem rosa Lego«, wirft meine Mutter in mahnendem Tonfall ein. »Ich hab dir ja gesagt, dass du damit nur die Klischees bedienst.«

»Na und. Ich wollte mich beim Spielen mit meinem Sohn eben auch amüsieren. Was ist daran bitte falsch? Muss ich jetzt so tun, als würde ich gerne mit Matador spielen, nur damit er denkt, dass alle Mädchen das cool finden?«

»Aber Matador ist doch voll langweilig«, klärt uns Noah auf. »Lego ist viel cooler. Nur rosa Lego ist sch...«

Gutes Kind. Er unterbricht sich rechtzeitig.

»Mia, du hast wieder einmal nichts von diesen Geschlechterstereotypen verstanden«, belehrt mich meine Mutter.

»Achso? Habe ich das nicht? Ich dachte, jeder Mensch soll das machen können, was er gerne macht, unabhängig vom Geschlecht, der Herkunft und so weiter. Das ganze Bla Bla kennst du dann ja eh bestens«, erkläre ich ihr herausfordernd.

»Aber es gibt viele Mädchen, die nur glauben, dass sie gern mit Barbiepuppen spielen, weil man ihnen das so anerzieht und sie mit diesen Rollenbildern aufwachsen und diesen Stereotypen sollte man in der Erziehung eben entgegenhalten und sie nicht auch noch verstärken«, spricht sie weiter, woraufhin ich die Augen verdrehe.

»Boah ... du hast uns ja auch nicht stereotyp erzogen und ich mochte dennoch gern Barbies. Wo liegt da denn das Problem?«

Kathrin grunzt, um ihr Lachen zu unterdrücken.

»Das Problem liegt darin, dass in unserer Gesellschaft ein Bild von puppenspielenden und damit kinderversorgenden Mädchen gezeigt wird und sich allein schon deshalb viele Mädchen gar nicht erst für etwas anderes interessieren«, argumentiert meine Mutter.

Ich zucke mit den Schultern: »Das Problem liegt wohl eher darin, dass die Gesellschaft generell etwas mitzureden hat, wenn es um die Interessen von Kindern geht. Kann man nicht einfach nur die Hobbys und Vorlieben der Kinder fördern, ganz gleich welche das sind und ganz gleich welches Geschlecht das Kind hat? Bestimmt würde sich dann alles von selbst ausgleichen.«

»Du lebst halt auch noch in einer Zuckerwattescheinwelt, Mia Moon. Es wird Zeit, dass du aufwachst«, sagt meine Mutter bestimmt und wendet sich dann Sarah und Noah zu: »Kinder, wollt ihr mir vielleicht ein bisschen in der Küche zur Hand gehen?«

»Aber ...«, protestiert mein Sohn.

»Na kommt schon. Dafür gibt's ein Stück Schokolade für jeden von euch beiden«, besticht meine Mutter die Kids geübt, woraufhin Noah und Sarah ihrer Oma mit strahlenden Gesichtern in die Küche folgen.

»Das seht ihr wieder einmal ähnlich. Wenn ihr die Argumente ausgehen, dann tut sie so, als sei man blöd«, lästere ich empört.

»Geh, jetzt seid's doch nicht immer so kleinlich. Sie meint es ja nicht so«, wirft Rainer ein.

»Doch, sie meint es genauso. Gerade sie traut sich über Emanzipation reden. Würde sie wirklich verstehen, worum es da geht und nicht nur leere Phrasen von sich geben, dann würde sie sich nicht ständig irgendwelche Trottel aufreißen, die heiraten und sich dann wieder scheiden lassen, wenn sie plötzlich aufwacht und feststellt, dass sie schon wieder alle schlechten Eigenschaften ausgeblendet hat«, verteidige ich mich leidenschaftlich.

Kathrin zuckt mit den Schultern: »Sie hat leider nicht ganz unrecht.«

»Ja, aber das ist doch Sophias Sache, findest du nicht?«

»Nein, finde ich nicht. Immerhin müssen Kathi und ich ständig als große Trösterinnen einspringen und das wird allmählich mühsam und dann stellt sie sich hin und erklärt was von nicht-stereotyper Erziehung. Kotz. Speib. Sie ist schließlich der Inbegriff einer von männlicher Liebe abhängigen Frau.«

»Du, das mag schon sein, Mia, aber heut ist Neujahr. Können wir uns nicht einfach vertragen und mal nicht diskutieren?«, versucht mich Rainer zu beschwichtigen, woraufhin ihm meine Schwester liebevoll über den Kopf streicht.

»Im Inneren bist du halt doch noch ein naives und verletzliches Kind, das an den Weihnachtsmann und den Osterhasen glaubt.«

Was will sie damit sagen? Dass es unmöglich ist, mit mir einen friedlichen Neujahrstag zu verbringen oder was? Frechheit. Das stimmt doch nicht. Na warte. Der werde ich jetzt das Gegenteil beweisen.

»Hey, wir glauben an das Christkind«, kläre ich meine Schwester deshalb grinsend auf und schlucke meinen Grant hinunter.

In diesem Augenblick klingelt es an der Tür und kurz darauf hetzt meine Mutter mit einer Flasche Rotwein in der Hand ins Wohnzimmer, wo sie sich hastig ihre Schürze vom Leib reißt und diese hinter einem Kissen auf dem Sofa verschwinden lässt.

Ratlos sehe ich meine Schwester an: »Was ist denn jetzt los?«

»Keinen Plan. Vielleicht stellt sie uns heute den nächsten Ehemann vor«, antwortet Kathi.

»Hallo, mein Mädchen«, ertönt eine süßliche Stimme aus dem Vorzimmer.

»Oh nein. Jetzt weiß ich, warum sie so nervös war«, flüstere ich meiner Schwester zu, die eindeutig an Gesichtsfarbe eingebüßt hat.

»Sie hat die Oma eingeladen!«, stellen wir gleichzeitig fest.

Kapitel 5

Nach einer schieren Ewigkeit, in der ich mich wie eine Todeszellenkandidatin vor der Henkersmahlzeit fühle, taucht meine Großmutter im Türrahmen auf und streckt erwartungsvoll beide Arme von sich, so als wäre sie eine lange erwartete, ägyptische Göttin.

»Hallo ihr Lieben! Da warte und warte ich auf eine Begrüßung und keiner kommt zu mir«, schnattert sie mit ihrer affektierten Stimme, während Lilly mit ihrem feuchten Hundespielzeug im Maul um sie herumscharwenzelt.

»Ja, Lillylein. Du bist brav und kommst die Oma begrüßen, gell. Da können sich die anderen noch ein Beispiel an dir nehmen.« Sie streichelt ihr über den Kopf: »Ja, braver Hund. Nicht, nein Lilly. Nicht springen.«

»Jetzt kommt bestimmt gleich wieder der überaus bedeutsame Hinweis auf ihre Osteoporose, um Mitleid von den Anwesenden zu erhaschen«, flüstere ich meiner Schwester hinter vorgehaltener Hand zu.

»Nein, Lilly. Meine Knochen. Das geht nicht. Nicht springen«, bestätigt mich meine Großmutter kurz darauf. »Sitz, Lilly. Sitz.«

Die Golden Retriever Hündin meiner Mutter lässt sich augenblicklich auf ihr Hinterteil fallen, nachdem meine Großmutter mit einer Packung Hundekekse eine Belohnung in Aussicht stellt.

»Verdammt, Lilly hat soeben ihre Seele verkauft«, säuselt mir meine Schwester ins Ohr, woraufhin ich mir ein Lachen nur schwer verkneifen kann.

»Jaaa. So ist's brav. Guter Hund. Schau da bekommst ein Kekserl von der Oma.«

»Ist dir schon mal aufgefallen, dass ältere Menschen in Gegenwart von Kindern oder Haustieren in der dritten Person von sich sprechen?«, frage ich Kathrin im Flüsterton.

»Stimmt. Ob die das auch machen, wenn sie alleine zu Hause sind?«

Scheiße. Ich weise das Verhalten einer Pensionistin auf. Aber in meinem Fall ist das etwas gänzlich anderes, denn ich trage schließlich so viele Persönlichkeiten in mir, dass es unmöglich ist, diese zum Schweigen zu bringen, weswegen sie einfach laut miteinander sprechen müssen ... und ich zwangsläufig eines Tages wegen einer multiplen Persönlichkeitsstörung in eine Nervenheilanstalt eingewiesen werde. Das dortige Personal wird allerdings restlos an mir verzweifeln, weil ich das ganz so wie die Hydra aus der griechischen Mythologie halte. Sobald ein Kopf abgehackt wird, wachsen einfach zwei neue nach. Wieso auch nicht? Immerhin hat es viele Vorteile, so ein vielköpfiges Wesen zu sein. Nicht zuletzt jenen, dass man sich gegenseitig die Haare stylen könnte. Auch am Hinterkopf, was einen überaus wichtigen, wenn auch deutlich unterschätzten Aspekt des menschlichen Daseins darstellt. Und man ist nie allein. Wirklich *nie*! Okay gut. Vielleicht ist es doch keine so gute Idee, eine Hydra zu sein. Zeit für einen Gedankenstopp!

»Ja Schnurli. Wieso hast du es denn so eilig?«, fragt meine Großmutter ihr Enkelkind, das sich soeben hastig zwischen ihr und Türrahmen vorbeiquetscht. Vermutlich in der Hoffnung, den Liebesbekundungen der älteren Dame zu entgehen. Doch das Auge Saurons sieht alles.

»Ich will mit Sarah spielen«, erklärt Noah fröhlich und deutet auf Kathis Stieftochter, die soeben auf ihn zueilt.

»Also will das Schokopfötchen gar nichts zum Naschen von seiner Urli?«, fragt sie meinen Sohn und hält ihm eine Tafel Schokolade vor die Nase.

»Ja. Doch. Aber wir haben von der Oma gerade eine Schokolade bekommen, weil wir ihr beim Geschirrspüler einräumen geholfen haben«, antwortet Noah.

»Darf ich auch Schokolade haben, Oma Eleonore?«, fragt Sarah mit unschuldiger Miene.

»Aber die Oma hat doch gesagt ...«, wirft mein Kind vergeblich ein, denn blitzschnell hält seine Cousine eine Tafel Schokolade in der Hand, während meine Großmutter in ihrer schwarzen Lederhandtasche nach einer weiteren Leckerei kramt.

»Die Oma muss es ja nicht erfahren, Schnurli«, animiert sie Noah augenzwinkernd zur Lüge.

»Gott, sie ist wie Luzifer«, stellt meine Schwester fest, nachdem mein Sohn die zweite Tafel an sich genommen hat.

»Geh, das glaubst du nur, weil sie immer Stöckel-
schuhe anhat«, ergänze ich.

»Mädels, jetzt seid's ned so gemein zu eurer Oma.«

»Du sei nicht so ein Spielverderber, Rainer«, entgegnet Kathi. »Die Mia hat Recht. Ihre Füße in den Stöckelschuhen haben wirklich Ähnlichkeit mit den Hu-
fen Satans.«

Wortlos verdreht Rainer die Augen und widmet
sich dann wieder seinem Smartphone, während meine
Oma sich uns mit diesem Blick, der so viel sagt wie
»Legt euch doch zu meinen Füßen und küsst
dieselben« zuwendet.

»Na ... was ist denn mit euch los? Habt wohl zu
lange gefeiert gestern, häh? Sitzt da so tatenlos herum
und kommt eure Oma nicht einmal begrüßen.«

Einfach so machen wie bei einem Haifisch im Wasser: ruhig bleiben und wenig bewegen, dann
»schwimmt« sie vielleicht weiter, ohne zuzubeißen.

Zu spät. Sie hat mich ins Visier genommen und ich
höre in meinem Kopf die Musik, die im gleichnamigen
Film den weißen Hai ankündigt. Mit strahlenden Augen mustert sie mich, um nach einer Umarmung festzustellen: »Mia, du siehst furchtbar aus. Diese Ringe
unter deinen Augen. Du solltest mehr trinken und
mehr schlafen. Erst unlängst habe ich diesen Artikel in
der Zeitung gelesen, in dem sie darauf hingewiesen
haben, wie wichtig ausreichend Schlaf und Wasser
ist.«

Nein, kein Augenrollen, Mia. Lass es einfach. Sie
sieht es und das macht es nicht besser. Aber hey, diese

Fröhlichkeit in ihrer Stimme, während sie ihr Gegenüber beleidigt, hat schon etwas Psychopathisches an sich.

»Schau dir meine Haut an, Emilia. Seit meinem zwanzigsten Lebensjahr schmiere ich *Oil of Olaz* und erst unlängst hat mir der Ferdinand aus dem Pensionistenheim gesagt, ich hätte Haut wie eine Vierzigjährige«, sinniert sie und streicht sich in dieser effektheischenden Art durch das braun gefärbte, toupierte Haar, während sie den Kopf leicht nach hinten kippt und die Augen für einen kurzen Moment schließt.

»Mmh…«, murmle ich bloß, aber sie bemerkt das eher unverhohlene Desinteresse in meiner Stimme sowieso kaum.

»Der Ferdinand ist ja überhaupt so ein netter Mann. Jetzt hat er mir doch glatt den Kronleuchter montiert, was mir ja eigentlich der Rainer versprochen hat«, erklärt meine Oma unbeirrt und wirft meinem Schwager dabei einen mahnenden Seitenblick zu, ehe sie weiterspricht: »Der Ferdinand – wir nennen ihn ja alle Ferry.« Sie kichert. »Unser Ferry Ferrari. Ma … da haben die Gerlinde und ich beim Kartenspielen so gelacht. Der erzählt ja einen Witz nach dem anderen. Und der kann das auch noch so gut. Unglaublich.«

»Tut mir leid, Eleonore, aber bei uns war relativ viel los in den letzten Wochen. Deshalb hab ich mich nicht gemeldet«, rechtfertigt sich mein Schwager mit schuldbewusster Miene.

»Ja, das glaub ich euch eh. Seit der Flüchtlingswelle traut man sich ja kaum noch auf die Straße. Da muss es bei euch auf dem Kommissariat ja furchtbar zugehen«, fügt meine Oma dann theatralisch hinzu.

»Es sind ja nicht alle Migranten und Flüchtlinge gleich Schwerstverbrecher. Du solltest die Menschen nicht über einen Kamm scheren, Oma«, entgegne ich und flüstere meiner Schwester zu: »Ich würde mich ja nur dann nicht auf die Straße trauen, wenn ich weiß, dass sie gerade mit ihrem Kraftfahrzeug unterwegs ist.«

Kathrin nickt: »Eigentlich ist es bei ihren hervorragenden Eigenschaften als Selbstmordattentäterin eh verwunderlich, dass sie der IS noch nicht angeheuert hat.«

»Man liest ja so viele schreckliche Dinge über Vergewaltigungen und so. Kein Wunder. Das gleicht ja allmählich einer Invasion«, höre ich meine Oma sagen.

»Positive Schlagzeilen will ja auch keiner lesen. Der Österreicher braucht es dramatisch«, kontere ich.

»Der Österreicher braucht es nicht nur dramatisch, er hat das Recht auf Drama«, ergänzt meine Schwester.

»Aber bitte Kinder, ihr könnt's doch nicht leugnen, dass man kaum noch ein deutsches Wort hört, bei den ganzen Ausländern«, sinniert der Satan in Stöckelschuhen unbeirrt.

Ich zucke mit den Schultern: »Könnte aber auch am falsch eingestellten Hörgerät liegen oder daran, dass viele Menschen mit Migrationshintergrund besser Deutsch sprechen als Österreicher, weswegen die wiederum bei einem grammatisch korrekt ausformulierten Satz denken, er bestünde aus keinem Wort Deutsch«, halte ich dagegen und beobachte Rainer, wie er seine Nase immer tiefer in sein Handy steckt.

»Du immer mit deinem Verharmlosen und lustig machen, Emilia. Das hat schon dein Opa immer gesagt. Ich hoffe nur, dass du auch gut auf dich aufpasst, wenn du am Abend unterwegs bist. Bei den ganzen Ausländern kann man schließlich nie wissen. Die Gerlinde hat mir unlängst erzählt, dass sie bei einem Flüchtlingsheim vorbeigegangen ist und die dort auf Arabisch gesprochen und sie dabei angegrinst haben. Ich mein, wer weiß, was die gesagt haben.«

»Ja du, die haben bestimmt schon konkrete Pläne geschmiedet, wie sie die gute Gerlinde am besten überfallen können, um sie dann als lebende Bombe zu benutzen«, stelle ich trocken fest.

»Na bei deren frauenfeindlicher, rückständiger Kultur kann man ja nie wissen.«

»Und was sind deiner Meinung nach die Indikatoren für rückständige Kulturen?«, hake ich provokant nach. »Davon abgesehen, rückständig oder nicht, ist es unsere verdammte menschliche Pflicht anderen zu helfen. Dasselbe würden wir uns in einer Notlage auch erhoffen.«

»Ach du und dein Gerechtigkeitssinn, Mia. Das musst du wohl von deiner Mutter haben, Kind.«

»Wenigstens etwas Gutes, das sie mir vererbt hat«, murmle ich in mich hinein und setze mich auf einen der freien Stühle am Esstisch, um in meinem Rucksack nach meinem Handy zu kramen.

»Ich hoffe ja nur, dass du in der Nacht nicht mehr alleine nach Hause fährst«, fügt meine Oma hinzu, woraufhin mein Schwager bedeutungsschwanger lacht.

Schweigend werfe ich Rainer einen erbosten Seitenblick zu, doch mein Schwager grinst bloß.

Indessen wendet sich meine Oma bestürzt an mich: »Emilia, also wirklich.«

»Geh bitte, was ist denn schon dabei, wenn ich alleine heimfahre? Wien ist total sicher und ich bin eine erwachsene Frau. Zum Kinderkriegen war ich ja auch alt genug«, entgegne ich schulterzuckend.

»Du hast keine Ahnung, Mia, was da draußen alles passiert.«

»Aber du schon, oder? Ich meine, du bist ja nicht jeden Samstagabend in einer Wiener Disco unterwegs. Ich sag dir, dass es total sicher ist in Wien.«

Sie lacht dieses allwissende, geringschätzende Lachen, das wir auch als Kinder oft zu hören bekommen haben. »Kindchen, das war noch vor fünf Jahren. Aber seit diese ganzen Ausländer gekommen sind, ist man als Frau einfach nicht mehr sicher auf der Straße. Die lauern hinter jeder Ecke. Sogar am helllichten Tag ist man nicht mehr sicher. Wahrscheinlich sind sie ausschließlich ins Land gekommen, um sich an den österreichischen Frauen zu vergehen.«

»Bitte Oma. Es ist total sicher«, halte ich stur dagegen.

»Nichts und niemand ist mehr sicher. Ihr werdet schon sehen, wenn aus unseren Kirchen Moscheen geworden sind, dann erst werdet ihr mir Glauben schenken, Kinder. Im Übrigen finde ich es einfach furchtbar, dass dich dieser Versager von Antonio einfach so im Stich gelassen hat und sich nicht einmal um deine Sicherheit kümmert.«

Wem sagt sie das? Finde ich auch, aber hat mich die höhere Macht um meine Meinung gefragt? Nein.

»Unsere Emilia und die Männer. Hoffentlich bist du jetzt klüger und angelst dir einen gescheiteren Mann«, hält sie fest.

»Als wäre es meine Schuld, dass ich nur Idioten an Land ziehe. Ich meine schließlich haben die Männer nicht ›Ich bin ein Arschloch‹ auf die Stirn tätowiert«, verteidige ich mich.

Obwohl ich eine Markierung dieser Art als durchaus brauchbar befürworten würde. Dann könnten sich die Arschloch-Frauen die Arschloch-Männer suchen und gemeinsam Arschloch-Kinder zeugen.

»Arschloch darf man nicht sagen, Mama«, ermahnt mich mein Kind.

Ich setze zu einer Erklärung an, als meine Mutter das Wohnzimmer mit einer Suppenschüssel betritt. Den kleinen Pupillen in ihren Augen entnehme ich, dass sie offenbar heimlich einen Joint geraucht hat.

Verdammte Scheiße. Sie hätte mich zumindest dazu bitten können.

»So meine Lieben! Ich hoffe ihr habt ordentlich Hunger mitgebracht«, erklärt sie mit gekünstelter Stimme, sodass es für mich nur noch eine Frage der Zeit ist, bis sie für diese furchtbaren Werbespots engagiert wird.

»Ja, Mama. Ich habe den unglaublichsten Hunger mitgebracht, den du je gesehen hast. Findest du das nicht einfach fantastisch?«, antworte ich deshalb wenig respektvoll.

»Emilia Schatz, ist alles in Ordnung? Du wirkst so überdreht«, fragt mich meine Mutter.

Da redet gerade die Richtige. Auf sie wirkt im Augenblick wahrscheinlich auch eine Schnecke überdreht.

»Ja, alles klar, Mutter.«

Sichtlich beruhigt – das ist heute besonders einfach gegangen – wendet sie sich wieder der gerechten Aufteilung der Suppe zu und wird dabei misstrauisch von Sarah und Noah beäugt.

»Na jetzt war's aber wirklich langsam Zeit mit dem Essen, Mädchen. Wir sind ja schon halb verhungert«, gibt meine Großmutter, die sich betont langsam und stöhnend an den Kopf der Tafel setzt, von sich.

»Tut mir leid, aber ich musste leider noch etwas erledigen«, entschuldigt sich meine Mutter.

Das ich nicht lache. Als würde der Mutter aller Verräterinnen etwas leidtun. Unglaublich wie gut sie schauspielert und mit dieser Unschuldsmiene am Tisch steht und die Teller weiterreicht.

Mein Blick gleitet auf den Tellerinhalt. Was ist denn das für ein Baby-Gemüsebrei? Mir wird ganz übel von dem Geruch.

Memo an mich: Nach dem Essen bei meiner Mutter unbedingt einen Abstecher zu *MC Donalds* machen.

Langsam und vor allem schweigend mache ich mich über die Suppe her und lasse meine Augen dabei über die Gäste schweifen. Kathi hat wie immer das perfekte Pokerface aufgesetzt, während mein Schwager zwischendurch immer wieder ein bedeutungsschwangeres »Mmh« oder »Gut« von sich gibt. Sarah umklammert ihre Barbiepuppe, als würde es sich um einen Rettungsring handeln und mein Sohn schiebt nach einem Löffel Suppe den kompletten Teller von sich, um festzuhalten, dass er heute keinen Hunger hat. Allerdings wäre meine Oma nicht meine Oma, wenn sie sich kampflos geschlagen geben würde, weswegen sie ihren Enkel ermahnt und dann den Blick auf die Barbiepuppe meiner Nichte richtet.

»*Au* ... deine Barbie ist aber schön. Wie heißt denn deine Puppe?«

Der Hai hat sein Opfer in die Falle getrieben und bald schon wird sich das Wasser blutrot färben.

»Das ist die Vagina, die Freundin von Ken«, antwortet Sarah mit ihrer engelsgleichen Kinderstimme.

Augenblicklich tritt eine peinlich berührte Stille ein. Rainer wirkt so als würde ihn irgendeine unsichtbare Macht daran hindern, sich zu bewegen. Kathrins Gesicht nimmt eine rote Färbung an, weil sie sich ein Lachen nur schwerlich verkneifen kann und das Gehirn meiner Mutter ist eindeutig in seiner Funktionsfähigkeit eingeschränkt, was ich aus ihren faultiergleichen Bewegungen ableite.

»Das ist aber wirklich ein schöner Name«, antwortet meine Oma mit strahlenden Augen und beweist ein weiteres Mal, dass sie nicht dazu in der Lage ist, zuzuhören. »Und schau Sophia, wie schön dein Enkelkind schon das Besteck halten kann.« Voller Stolz ruhen ihre eisblauen Augen auf Sarah, die manierlich aber wenig begeistert ihre Suppe löffelt.

Wie in Zeitlupe wendet meine Mutter ihren Kopf meinem Schwager zu, der bei ihr ums Eck sitzt, sieht ihm eine Weile schweigend beim Essen zu, was bei meiner Großmutter für Verständnislosigkeit sorgt

und antwortet schließlich: »Ja, wirklich. Sehr schön
machst du das, Rainer.«

Kapitel 6

Puh ... das war ja eine richtige Mission Impossible diesen wenig schmackhaften Tofubraten in meinen Magen zu befördern, während dieser sich knurrend nach einem saftigen Schweinsbraten mit Knödel und Sauerkraut gesehnt hat. Hoffentlich zerstört sich das vegane Zeugs nicht von selbst.

Vorsichtig spähe ich an der angelehnten Küchentür vorbei und lausche den dumpf zu mir durchdringenden Schilderungen meiner Großmutter, die wieder irgendeine Anekdote über diesen Ferdinand aus dem Pensionistenheim zum Besten gibt. Ob dem *Oldfather of Pensioners* im Seniorenheim der rote Teppich ausgerollt wird, während er flankiert von Groopie-Damen, den Speisesaal betritt, um dort die Gehhilfen zu signieren und mit den fleischfarbenen Büstenhaltern der geifernden Altdamenwelt beworfen zu werden?

Okay, stopp. Ich sollte mich besser um meine WhatsApp-Mitteilungen kümmern, die mich beim Hauptgang etwas aus der Fassung gebracht haben. Aber ich trau mich nicht! Ich meine, ich habe nicht die geringste Ahnung, was mich nach Entsperren meines Mobiltelefons erwartet.

»Was machst du da, Mia Moon?«, ertönt die Stimme meiner Schwester und veranlasst mich dazu, heftig zusammenzuzucken.

»What the Fuck? Kannst du dich nicht vorankündigen? Ich hab fast einen Herzinfarkt bekommen«, entgegne ich aufgebracht.

Kathrin wirkt irritiert: »Wieso bist du denn so aufgeregt, Mia? War irgendetwas, von dem ich wissen sollte?«

Immer diese lästigen Fragen. So als hätten meine Mitmenschen kein eigenes Leben, um das sie sich kümmern könnten.

»Ich hab nur ein paar Nachrichten bekommen, die ich in Ruhe lesen wollte.«

Verschwörerisch zwinkert mir Kathrin zu: »Das hab ich mitbekommen.«

Was mache ich denn jetzt? Wenn ich ihr sage, dass ich von Toby schwanger sein könnte, dann springt sie entweder in die Luft wie ein frisch lackiertes Schaukelpferd oder sie stimmt ein Klagelied an und versucht mich dazu zu überreden, das Baby wieder wegmachen zu lassen, weil sonst die Ehre der Familie gefährdet ist. Wenn ich ihr nichts sage, dann bleibt alles beim Alten, was jetzt irgendwie auch total langweilig ist und womit ich mir außerdem eine hervorragende Chance auf einen guten Ratschlag verwehre.

Damned fucking Bullshit. Ich komme mir schon vor wie eine Kandidatin in der *Millionenshow*, die soeben den Fifty-fifty-Joker gewählt hat.

»Jetzt sag doch schon! Was war zwischen dir und Toby. Ich bin doch nicht blöd, Mia Moon und außerdem warten ja eh schon alle darauf, dass aus euch ein

Paar wird. Na ja ... alle außer Rainer vielleicht. Aber der zählt nicht.«

»Toby? Wie kommst du denn auf Toby? Ich hab doch nie erwähnt, dass ich von Toby Nachrichten bekommen hab.«

»Jetzt komm schon. Tu nicht so.«

»Wie tue ich denn?«, frage ich sie schnippisch.

»So scheinheilig«, klärt mich meine Schwester auf.

»Ich tu überhaupt nicht scheinheilig und außerdem wie bitteschön kommst du auf die Idee, ich würde zu Toby passen? Das kann, nein, das darf nicht sein. Ich meine, ich wasche mich, furze nicht beim Essen und lasse andere aussprechen – zumindest hin und wieder – und ich bin glückliche Besitzerin mehrerer Paar Schuhe und nicht nur zweier. Ich ... okay, mir fallen noch tausend Gründe ein, warum Toby nicht die beste Wahl für mich wäre.«

»Das sagst du nur, weil dir das dein Bewusstsein ausredet, aber in Wirklichkeit findest du den Tobias total klasse. Ihr seid doch voll auf einer Wellenlänge und blödelt immer total viel herum. Mit ihm hättest du es wenigstens lustig.«

»Häh? Mein Bewusstsein redet mir das aus, weil er einfach nicht der passende Mann für mich ist«, entgegne ich trocken und füge nach einer kurzen Pause etwas leiser hinzu: »Aber vielleicht geht dein Wunsch ja zwangsläufig in Erfüllung.«

Mit gerunzelter Stirn hakt Kathrin nach: »Wieso zwangsläufig? Du musst doch nicht ... Ich versteh das nicht.«

»Na ja ... bevor ich dir das sage, musst du mir schwören, dass du keinen Ton verlierst. Auch nicht bei Rainer!«, ermahne ich Kathi ernst.

»Wieso denn das? Was ist denn passiert?«

Die Ratlosigkeit in ihren Augen finde ich schon beinahe komisch. Wenn da nicht meine schreckliche Situation wäre. Verdammt. Wieso habe ich nicht einfach meine Klappe gehalten? Jetzt muss ich ihr alles beichten.

Mir wird ganz heiß im Gesicht, als ich antworte: »Es kann sein. Na ja ... ich weiß nicht, ob ich nicht gestern die Nacht mit Toby verbracht habe und ich hatte keine Kondome mehr daheim und da könnte es sein, dass ich ...«

Entzückt vor Freude klatscht Kathrin ihre Hände zusammen: »Ich werde also nochmal Tante! Ur cool. Ich freu mich ja so für dich.«

»Jetzt sei doch nicht so laut. Wenn das wer hört.«

Sie hält sich bestürzt die Hand vor den Mund: »Oh sorry.« Dann spricht Kathrin im Flüsterton weiter: »Sind die Nachrichten von ihm?«

Ich schlucke, so als hätte sie mich gefragt, ob ich mich schon aufs Schafott freue, und nicke mit starrem Blick.

»Na und? Was schreibt er?«, fragt sie mich weiter aus, woraufhin ich mit den Schultern zucke: »Das weiß ich nicht. Ich hatte ja noch keine Zeit, sie zu lesen.«

»Und was bitteschön hast du bisher gemacht? Du bist mindestens schon seit fünfzehn Minuten in der Küche. Wie lange kann es dauern so ein Smartphone zu entsperren?«

»Ich wollte mich halt noch geistig auf die Katastrophe vorbereiten«, antworte ich kleinlaut.

»Aber das ist doch keine Katastrophe, Mia Moon. Jetzt sei ned immer so negativ.«

»Na du hast ja auch leicht reden. Du musst dann schließlich nicht mit der Gewissheit leben, ein Alkbaby zu bekommen.«

Flugs reißt sie mir das Mobiltelefon aus der Hand: »Jetzt gib schon her. Lösen wir das Problem auf.« Sie entsperrt das Display und summt vor sich hin: »Juhu ... ich werde bald wieder Tante. Okay, Mia Moon, welche Nachrichten willst du zuerst hören? Da sind vier von Toby drauf und eine von Kim. Wähle weise.«

»Keine Ahnung. Vielleicht beginnen wir mit denen von Tobias. Dann hab ich's endlich hinter mir.«

Ich komme mir wie in der Schule bei der Rückgabe einer Mathe-Schularbeit vor. Selbst wenn es nur einen Fetzen gegeben hat, wusste ich, dass ich die Schülerin war, die diesen geschrieben hat.

»Alles klar. Los geht's: ›Morgähn! Hoffe du hast gut geschlafen und bist schon wieder halbwegs nüchtern. Mir geht's saudreckig. Was war denn bitte in diesem verdammten Sekt drinnen? Hast du mir Wahrheitsserum verabreicht, oder was?‹« Kathrin muss lachen. »Wenn ich es nicht besser wüsste, würde ich euch beide für Bruder und Schwester halten. Hammermäßig.«

»Ha ha ... du bist so lustig. Im Übrigen finde ich es echt erstaunlich, dass mich gerade der König der Säufer zu meinem Restalkoholspiegel befragt. Das grenzt schon beinahe an eine Frechheit.«

»Ja ja ... schon gut. Also als nächstes schreibt er: ›E-
milia. Lebst du noch? Schön langsam mach ich mir
Sorgen. Wieso meldest du dich nicht? Ist eh alles in
Ordnung?‹ Ohhh ... wie süß. Er hat sich Sorgen um
dich gemacht. Aber wieso eigentlich? Ich mein, es ist
schon ein bisschen übertrieben, gleich zu denken, dir
sei etwas passiert, weil du dich nicht sofort auf eine
Nachricht von ihm meldest.«

»Na ja ... es war nicht seine erste Nachricht. Er hat
mir in der Nacht schon ein paar geschickt.«

Kathrin runzelt die Stirn: »Aber wie kommst du
dann auf die Idee, er sei bei dir gewesen? Er wird dir
doch kaum Nachrichten geschickt haben, wenn er neben dir im Bett gelegen hat, beziehungsweise auf dir.«
Sie kichert.

»Keine Ahnung. Ist mir auch wurscht. Lies einfach
weiter. Ich will endlich wissen, was er sonst noch geschrieben hat. Kannst du das denn nicht verstehen?
Über Logik mache ich mir dann im Anschluss Gedanken.«

»Mann, was ist denn aus dir für ein Diktator geworden? Früher warst du nicht so angespannt.«

»Früher hab ich auch keinerlei Vermutungen ange-
stellt, etwas mit Toby gehabt zu haben, verstehst!?«

»Ich versteh eigentlich gar nicht wie du ...«

»Kathrin, kannst du bitte einfach die Nachrichten
vorlesen und es weniger spannend machen«, unterbreche ich sie rüde, weil mir mein Herz vor Aufre-
gung bis zum Hals klopft.

»Pudel dich nicht so auf. Ich mach eh schon weiter.
Also die nächste ist kurz. Da steht nur: ›Okay, also gut.
Scheinbar möchtest du nicht mit mir sprechen. Kann

ich auch verstehen. Vielleicht sollten wir dann generell unsere Freundschaft überdenken.‹ Huch, der war wohl ziemlich böse. Aber ich versteh noch immer nicht, warum du denkst, du hättest mit ihm geschlafen.«

»Aha ... wieso glaubst du das denn nicht? Bin ich jetzt etwa nicht gut genug für Toby, oder was!?«

Ich könnte auf der Stelle losheulen. Wenn ich nicht mal für unseren Sandkistenfreund gut genug bin, für wen bin ich es dann? Ich bin so ein Loser!

»Geh bitte. Jetzt reg dich ab. So hab ich das gar nicht gemeint.« Ohne eine Reaktion von mir abzuwarten, spricht Kathrin weiter: »Ich glaub, die Nachricht könnte dich jetzt überraschen.«

»Was? Wieso denn das? Was steht denn da? Hatten wir einen Dreier mit dem Taxifahrer? Shit! Hab ich das gerade laut gesagt?«

Kathrin grinst: »Nö und jep ... aber vielleicht solltest du einfach mal zuhören, ehe du irgendwelche wilden Spekulationen anstellst. Also, er schreibt ...«

Ich kneife die Augen zusammen: »Du lässt dir absichtlich Zeit, du Mistkuh.«

»Hey, jetzt werde nicht beleidigend.«

Ich ignoriere ihren Einwand: »Du ergötzt dich an meinem Leid.«

»Blödsinn. Ich mach dein Leben einfach nur ein bisschen spannender.«

»Verarschen kann ich mich selbst«, erkläre ich und strecke die Hand nach meinem Mobiltelefon aus. »Jetzt gib schon her. Ich les das selbst.«

Kathrin ist jedoch schneller und hält das Smartphone auf Abstand, sodass ich aufstehen muss. In dem Augenblick, in dem ich gerade im Begriff bin, mich wutentbrannt auf meine Schwester zu stürzen, erscheint meine Großmutter im Türrahmen.

»Na was macht ihr beiden denn so ganz alleine da?«

»Vor dir flüchten, Oma. Vor dir flüchten«, murmle ich in mich hinein.

»Gar nichts«, erklärt ihr meine Schwester, während sie sich das Smartphone hastig an ihre Brust drückt.

Der Fokus meiner Großmutter richtet sich auf die abwechselnd pink und dunkelblau gestrichenen Küchenschränke, in denen sie etwas zu suchen scheint. Eine Weile beobachten wir sie dabei, ehe ich mich dazu durchringe, ihr zur Hilfe zu eilen: »Was suchst du eigentlich, Oma?«

»Ich wollte Kaffee machen, aber in diesem Chaos findet man ja rein gar nichts. Von mir kann das mein Mädchen kaum haben.«

»Hm ... ich hab leider auch keine Ahnung, wo sie den Kaffee aufbewahrt«, antworte ich wenig hilfreich und wende mich dann Kathrin zu, die nicht lange zaudert, sich von ihrem Stuhl erhebt und zielstrebig auf einen der Schränke zugeht. »Schau Oma, da hast du die Filter und da ist der Kaffee drinnen«, erklärt sie.

»Also Emilia, du siehst aber wirklich nicht gut aus heute«, stellt meine Oma fest, nachdem sie die Kaffeemaschine einsatzbereit gemacht hat.

»Echt? Wahrscheinlich spüre ich den Alkohol noch ein bisschen«, antworte ich wenig motiviert, während mir meine Schwester ihren Arm um die Schulter legt: »Ja, Ömchen, du weißt ja, unsere Mia Moon verträgt nicht besonders viel.«

Die eisblauen Augen meiner Großmutter mustern mich ernst, wobei in ihrem Hirn wahrscheinlich eine schriftliche Kurzbeschreibung meiner Person erscheint: Emilia. Single. Mutter. Dreißig. Verzweifelt und einsam.

»Emilia, trinkst du eh nicht zu viel? Ich meine, ich verstehe ja, dass deine Situation im Moment nicht die einfachste ist, aber sei dir gewiss, du wirst auch noch deinen Deckel finden. Jeder findet seinen Deckel.«

»Super«, murmle ich bloß.

Lauthals lacht meine Oma: »Ja, stell dir vor. Die Gertrude hat jetzt erst ihren Traummann im Otto gefunden und die sind so ein liebes Paar. Halten immer Händchen beim Frühstück und schmusen wild herum, was ja für meinen Geschmack während dem Essen nicht unbedingt sein muss, aber manche sind eben jung geblieben. Du brauchst dir also keine Sorgen machen, Emilia.«

»Juhu ... wie erbauend. Jeder Topf findet seinen Deckel. Manche zwar erst im Altersheim, aber was solls«, gebe ich von mir.

Dann gibt es halt Seniorensex, bei dem man sich das künstliche Hüftgelenk verrenkt. Oh Scheiße. Ich glaube, ich bekomme keine Luft mehr. Schon wieder so eine verdammte Panikattacke. Kann es denn sein, dass mein einziger Ausweg Toby ist? Ich will sterben! Hilfe! Grabt mich doch einfach gleich ein!

»Geh Mia. So schlimm ist das nicht. Dieser Otto zum Beispiel ist noch immer äußerst fit für sein Alter. Jeden Samstag holt ihn seine Familie ab und dann fahren sie in den Stall zu ihren Pferden und stell dir vor, Emilia, der Achtzigjährige reitet sogar noch selbst.«

»Yeah ... ein achtzigjähriger Ritter Otto, der Prinzessin Gertrude vor dem drohenden Erstickungstod durch das künstliche Gebiss gerettet hat.« Wenn das meine Zukunft sein soll ... Darüber will ich gar nicht weiter nachdenken.

»Ich hab mich nicht mal mit fünfzehn auf ein Pferd getraut«, lenkt Kathrin geschickt vom Thema ab.

Wie einem Hund zerstrubbelt ihr meine Oma die Haare, ehe sie mit süßlicher Stimme entgegnet: »Ach du bist ja kein Maßstab, Kathi. Du warst ja schon immer eine feige Memme. Das hat auch dein Opa immer gesagt, als er noch gelebt hat.«

Oh nein. Jetzt bekommt sie wieder diesen traurigen Gesichtsausdruck und sieht mit dramatisch aufgeschlagenen Augen zum Küchenfenster in den unkrautüberwucherten Vorgarten hinaus, in den soeben ungeniert der Malteser einer alten Dame uriniert.

»Er fehlt mir schon, euer Opa. Er war einfach ein so toller Mensch und so einfühlsam und verständnisvoll. Ich bekomme noch immer Anrufe von seinen Mitarbeitern.«

Als wolle mich das Schicksal verhöhnen, ertönt plötzlich ein lautstarker Furz, dem ein Gestank folgt, der auf eine innere Verwesung meiner Großmutter schließen lässt.

Also gut. Bisher konnte ich den Brechreiz unterdrücken, aber allmählich ist das Maß voll und als wäre das nicht schon genug der Tortur, spricht meine Oma weiter, so als wäre rein gar nichts passiert.

»Seine Sekretärin, die Susi, hat wieder erwähnt, dass er einfach an allen Ecken und Enden fehlt.«

»Mmh«, stimme ich kurz angebunden zu, in der Hoffnung, sie würde endlich die Küche verlassen. Aber nichts da. Sie ist einfach zu hartnäckig und Kathrin scheint das zu genießen.

»Ja, das versteh ich gut. Der Opa war wirklich ein besonderer Mensch«, erklärt sie.

»Wie wahr. Wie wahr. Eure Mutter hab ich auch schon lang nicht mehr so traurig gesehen, wie auf seinem Begräbnis.«

Meine Oma entnimmt ihrem Blazer ein Taschentuch und tupft sich damit die feucht gewordenen Augen ab, während meine Schwester ihr die Schulter tätschelt.

»Schon gut, Oma. Lass dir nur Zeit.«

Nein, verdammte Kacke. Ich habe keine Zeit. Ich will jetzt endlich wissen, was Toby geschrieben hat. Kann sie nicht an einem anderen Ort traurig sein? Das hier ist mein Ort der Traurigkeit und Verzweiflung. Mein persönliches Asyl sozusagen.

»Du bist so ein liebes Kind, Kathi«, gibt sie schniefend von sich.

Und was bin ich bitteschön? Das Arschloch-Kind oder was? Nur weil ich nicht so tue, als sei unser Opa ein Heiliger gewesen, werde ich gleich als empathielos abgestempelt. Das ist wieder mal typisch. Kathrin ist die Gute und ich die Böse.

»Aber geh. Ich mach das doch gern, Omi.«

»Urli, spielst du mit mir und Sarah *Mensch-ärgere-dich-nicht*?«, wird die unerträgliche Szenerie endlich von meinem in die Küche stürmenden Kind unterbrochen.

Mit erhobenem Zeigefinger antwortet meine Oma: »Schatzi, das heißt ›mit Sarah und mir‹ nicht ›mit mir und Sarah‹. Du weißt ja: Nur der Esel nennt sich zuerst.«

Genervt verdrehe ich die Augen.

»Kannst du mit Sarah und mir spielen. Biiiiiiitte!«

Meine Oma tupft sich ein weiteres Mal die Augen ab und lächelt meinem Sohn zu: »Schnurli, die Urli muss ja auf den Kaffee schauen.«

»Kein Problem, Oma. Das kann ich übernehmen«, platzt es aus mir heraus.

»Wirklich? Das ist aber lieb von deiner Mama, nicht?«, erklärt meine Großmutter meinem Kind und würdigt mich keines Blickes.

»Ja klar. Geht nur spielen«, antworte ich.

Schwerfällig erhebt sich meine Oma und stöhnt dabei mitleiderregend.

»Na dann komm. Spielen wir *Mensch-ärgere-dich-nicht*«, sagt sie und ergreift die Hand meines Sohnes.

Als die beiden außer Hörweite sind, wende ich mich mit in die Hüfte gestemmter Hand an Kathrin.

»Jetzt gib mir endlich mein Handy«, fordere ich sie auf.

»Handy? Welches Handy denn?«

Oh wie ich sie hasse.

»Jetzt gib schon her. Ich will endlich wissen, was Tobias geschrieben hat.«

Hastig greift sie in die Hosentasche, holt das Smartphone heraus und hält es mit ausgestrecktem Arm in die Luft.

»Du dämliches Biest. Jetzt gib es mir endlich! Wieso machst du das immer mit mir?«

»Nur wenn du bitte sagst.«

»Och ... ich könnte dir an die Gurgel springen, aber keinesfalls werde ich dich darum bitten, dass du mir mein Eigentum wieder aushändigst.« Richtig. Stattdessen bemühe ich mich keuchend darum, es zu ergattern. Doch sind meine Bemühungen von wenig Erfolg gekrönt. »Kathrin, jetzt hör endlich auf. Ich mein das ernst«, gebe ich schnaufend von mir.

»Ich auch«, entgegnet sie bloß mit zuckenden Schultern und legt das Smartphone in die andere Hand.

Ich mache mich so lange, wie es mir möglich ist und ...

Scheiße. Gleichgewichtsverlust. Ich spüre plötzlich keinen Halt mehr und kippe nach vorne auf meine Schwester, um schließlich krachend mit ihr auf dem Boden zu landen. Aber aufgeben gibt's nicht. Hastig sehe ich mich nach meinem Handy um, entdecke es etwas abseits vom Küchentisch auf dem Fliesenboden und strecke sogleich meine Hand danach aus. Allerdings kann ich nicht darauf zukriechen, weil Kathrins und meine Beine sich ineinander verkeilt haben.

»Hey, du spielst mit unfairen Mitteln. Lass das«, sage ich wutentbrannt, als sie mich kitzelt. »Lass ... Hey ... Geh runter von mir.«

Ich habe nicht die geringste Ahnung wie, aber plötzlich bin ich frei und robbe unter Aufbietung all meiner Kräfte zu meinem Handy, um es erleichtert zu ergreifen und das Display zu entsperren.

Da ist sie. Die letzte Nachricht meines Sandkastenfreundes und sie ist lang:

Toby: Okay, sorry, dass ich dich damit quäle, aber ich kann einfach nicht so lange warten und so egal, dass ich gar nichts sage, bist du mir eben nicht. Ich liebe dich, Emilia. Hab ich immer getan. Vom ersten Moment an, als ich dich gesehen habe und es war ein riesiger Fehler, mich damals auf Kim einzulassen und nicht dich anzubraten. Ich weiß, dir das im Taxi zu sagen, war jetzt ned grad der beste Augenblick, aber ich wollt halt nicht schon wieder eine Gelegenheit verstreichen lassen. Vor allem weil du die ganze Zeit von diesem seltsamen Anwalt gesprochen hast. Na ja ... okay: gelästert ist wohl treffender. Na jedenfalls wäre ich am liebsten mit dir nach Hause, aber das wolltest du ja nicht. Vielleicht überlegst du es dir ja mal anders und bis dahin bleiben wir hoffentlich Freunde ☺. Dein Toby

Stille. In mir und in der Küche. Ich höre nur das Blut in meinen Ohren rauschen.

»Also schwanger bist du definitiv nicht«, stellt meine Schwester fest, während sie sich die Hose abklopft. »Es sei denn der Heilige Geist hat dich geschwängert.«

»Ja, aber viel besser ist dieses Liebesgeständnis auch nicht. Was mache ich denn jetzt? Ich will ihn nicht und werde ihm das Herz brechen müssen. Wieso haben Männer einfach keinerlei Gefühl für den richtigen Augenblick?«

»Wäre er denn wirklich nichts für dich?«, hakt Kathi nach.

Entschieden schüttle ich den Kopf: »Never ever.«

»Ich fände es gar nicht so schlecht, wenn ihr es mal versuchen würdet. Du bist schließlich nicht mehr die

Jüngste, Mia und du hast einen Sohn. Hegst du denn nicht den Wunsch nach einer Familie?«

Na sehr fein. Jetzt bin ich auch noch ein alter Topf ohne Deckel.

»Ach was ... dieses klassische Familienbild ist sowieso restlos überbewertet. Ich glaube nicht, dass ich für die Liebe geschaffen bin. Mich hat noch jeder Mann, mit dem ich zusammen war, irgendwann mit seiner Tatenlosigkeit genervt. Ich glaube, ich bin eher dazu verdammt allein durch die Welt zu gehen, wie all die bemitleidenswerten Superhelden.«

»Red nicht so einen Schwachsinn, Mia. Ich kenn dich doch. Du bist für das Alleinsein einfach nicht geschaffen.«

Stimmt, aber das würde ich in diesem Moment niemals vor dir zugeben, du unsensible Kuh.

»Da kennst du mich aber schlecht, Kathi«, entgegne ich bloß und widme mich schnell Kims Nachricht, die deutlich kürzer und ... Cool. Sie schreibt etwas von einer Reise nach Venedig und ob ...

»Ur geil«, stelle ich fest und all meine Probleme sind für den Augenblick wie weggewischt.

»Was denn?«, fragt mich Kathrin neugierig. »Hast du es dir doch anders überlegt?«

»Was für ein Blödsinn? Ich werde es mir nie anders überlegen. Eher sterbe ich. Selbst wenn Toby der letzte Mann auf Erden wäre. Aber Kim hat mich gerade gefragt, ob ich sie im Karneval nach Venedig begleiten möchte«, antworte ich hellauf begeistert.

Kapitel 7

So ein Mist. Ich bin viel zu spät dran für meine Verabredung mit Kim und jetzt blockiert auch noch so ein stoisches Mädchen mit mindestens fünf Einkaufstüten die Rolltreppe. Erahnt sie denn nicht, dass ich mich in Eile befinde und meine Freundschaft davon abhängt? Und was ist das bitte für ein Geruch, der mich an den Rand des Brechreizes treibt? Hoffentlich stinke ich nicht so.

Verzweifelt und möglichst unauffällig richte ich meine Nasenspitze auf meine Achselhöhle und schnüffle. Nein, das bin nicht ich. Aber wer oder was ist das dann? Mein Blick gleitet über die junge Frau vor mir und bleibt an ihrem Döner hängen, von dem sie soeben genüsslich abbeißt.

Okay. Jetzt ist mir alles klar. Und weil die Shopping Queen offensichtlich auf der Suche nach Gegnern ist, kommt sie am Ende der Rolltreppe auf die glorreiche Idee, ihr Smartphone zu zücken, um dann einhändig mit ihren falschen Fingernägeln eine Nachricht zu verfassen, sodass ich beinahe über sie stolpere. Das Ganze wird auch nicht besser, als die Frau meinem Blickfeld entschwindet und ich mit meinen neuen Stiefeletten über so eine beschissene Bodenwelle stolpere.

Aua... verdammter Mist. Dieser Stress bringt mich noch einmal um.

Beim Erklimmen der zweiten Rolltreppe stelle ich fest, dass sich vor mir wieder diese Shopping Queen befindet, deren Survival-Schwierigkeitslevel sich gesteigert hat. Immerhin verspeist sie jetzt nicht nur einen Döner mit fünf Einkaufstüten am Arm, sondern hält sich mit der anderen Hand ihr Smartphone in pinkfarbener *Princess*-Hülle ans Ohr, um wenig rücksichtsvoll zu telefonieren.

»Was? Ja, du sagst es. Der ist ja wirklich ziemlich crazy. Ich meine, der hält mich scheinbar für eine Zirkusartistin oder so, bei den ganzen akrobatischen Einlagen beim Sex.«

Pause. Dann geht's weiter.

»Ja, eh. Du ich hab ihm sowieso gesagt, dass das nix für mich ist, aber weißt, es fällt mir halt so schwer, weil der Typ echt nicht schlecht bestückt ist, wenn du verstehst, was ich meine.«

Pause, in der offenbares Erstaunen geäußert wird.

»Ja, ein Wahnsinn. Ich sag's dir. Ich hab sogar diese Kondome in Übergröße kaufen müssen. Also das hat der wirklich drauf.«

Kann sie nicht leiser reden? Das macht mich noch neidisch.

»Na auf *Tinder* hab ich den kennengelernt und der hat mir auf den Fotos auch gleich gefallen.«

Logisch, sonst hätten die beiden sich höchstwahrscheinlich nicht gematched.

»Nein zusammen sind wir nicht. Er will ja keine Beziehung. Deshalb weiß ich ja auch nicht mehr, wie lang ich da noch mitspiele.«

Also wenn sie den Kerl nicht will, nehme ich ihn ihr gerne ab. Allerdings bleibt mir keine Zeit mehr, ihr diesen Vorschlag zu unterbreiten, da ich mich, oben angekommen, erst einmal orientieren muss, weshalb ich verzweifelt und gehetzt meinen Rucksack nach meinem Smartphone durchforste, um Google Maps nach dem rechten Weg zu fragen. Meine Suche bleibt jedoch erfolglos.

So ein Dreck. Wo ist denn bitte mein blödes Handy?

Meine Hand ertastet alte Rechnungen, die Hülle eines Regenschirms, eine kleine Bürste, aber mein Smartphone ist nicht dabei. Hoffentlich habe ich das verfluchte Ding nicht in der Arbeit vergessen. Fieberhaft wühle ich mich durch das Chaos in meinem Rucksack und ...

Puh ... ich hab's doch nicht vergessen.

Mitsamt einem Bonbon, das sich in den Kabeln meiner Kopfhörer verheddert hat, gelingt es mir, mein Smartphone aus dem Rucksack zu ziehen und das Display zu entsperren.

Manno, braucht das Ding heute wieder lange. Vielleicht sollte ich mal auf die ganzen Benachrichtigungen hören, die es mir unentwegt zuschickt und ein paar der unnötigen Dateien löschen. Aber jetzt mal ehrlich: Welche Dateien sind schon nutzlos und wie verdammt noch mal kann sich die Software meines Handys herausnehmen, mir vorzuwerfen, ich hätte wertlosen Datenmüll auf meinem internen Speicher? So eine Frechheit. Wenn ich aufgrund meiner mangelnden geografischen Kenntnisse nicht so von der

Fürsorge meines Handys abhängig wäre, würde ich es glatt in den nächsten Mülleimer werfen ...

Leider gehöre ich nicht zu den Freiheitskämpferinnen, weswegen ich die Zieladresse in Google Maps eintippe, um dann geduldig darauf zu warten, dass mein Handy eine passende Route errechnet. Nach einer schieren Unendlichkeit in der Kälte, gelingt es meinem neuen Erziehungsberechtigten, einen entsprechenden Weg für mich festzulegen und ich setze mich gehetzt in Bewegung ... Allerdings in die falsche Richtung, wie ich natürlich erst nach ein paar Minuten des Gehens feststelle.

War ja klar. Ich meine, da ist man einmal zu spät dran. Nur ein einziges Mal und dann passiert das. Scheiß Karma und scheiß kleiner blauer Pfeil, der sich zeitverzögert bewegt. Wenn die Techniker schon so ausgeklügelte Smartphones zur Verfügung stellen, dann könnten die sich auch hinsichtlich der Geschwindigkeit etwas einfallen lassen.

Mit einer Vibration, die mich so zusammenzucken lässt, dass ich mein Handy beinahe auf den Asphalt knallen lasse, kündigt Google Maps an, dass ich mein Ziel erreicht habe und als ich vom Display aufsehe, fällt mein Blick auf ein Kostümgeschäft, über dessen messingumrandeter Glastür ein Schild mit der Leuchtschrift *Madame Fleurs* prangt.

Fuck, das sieht ja aus wie ein verlassener Puff aus einer postapokalyptischen Welt. Angst!

»Suachst wås, Madl?«, fragt mich ein dickbauchiger Security mit rauchiger Stimme, die das baldige Ableben des Mannes durch Lungenkrebs vermuten lässt.

Reflexartig schüttle ich den Kopf und suche die Gasse nach Kim ab.

Verdammte Scheiße, ich will sofort weg hier. Ich meine, beim Anblick dieses Sicherheitsmannes lässt sich nicht ausschließen, dass es sich bei dem Laden um so einen geheimen Treffpunkt der Mafia handelt. Wozu sonst sollten die Sicherheitspersonal benötigen?

Zur Vorsicht mache ich ein paar Schritte zur Seite und öffne dann schnell den WhatsApp-Chat mit Kim, um noch einmal die Adresse zu überprüfen und meiner Freundin eine Nachricht zukommen zu lassen:

Hi, steh schon vor dem Laden. Bist du auch schon da?

Blöde Frage. Ich sehe doch, dass sie nicht da ist. Egal.

Ich warte nach dem Senden einen Augenblick, doch die Nachricht bleibt ungelesen.

Verdammt Kim. Wo steckst du denn? Mein blöder Akku ist auch bald leer und dann bin ich nicht einmal mehr zu erreichen. Ich hätte das Ding echt noch aufladen sollen. Wahrscheinlich bin ich der einzige Mensch auf Erden, den das FBI im Falle einer Entführung nicht einmal orten kann.

»Wüst a Tschick?«, fragt mich der Sicherheitsmann.

Oh nein! Ich will nicht mit ihm reden. Wieso hat er mich nicht ignoriert? Ich meine, da will man ein einziges Mal in seinem Leben nicht wahrgenommen werden und was passiert? Genau, das Karma, das sonst total unzuverlässig ist, sorgt dafür, dass man angesprochen wird.

»Obst a Tschick wüst, hob i di gfrågt, Madl?«, reißt mich der Mann aus meinen Gedanken und mir steigt eine Bierfahne in die Nase, als er unmittelbar vor mir haltmacht und mir eine Schachtel *Marlboro* hinhält.

»Nein danke«, antworte ich und will mich wieder der Straße zuwenden, da spricht der Typ weiter.

»I bin übrigens da Schurl.«

Es interessiert mich wirklich brennend. Ohne diese wertvolle Information wäre ich meines Lebens nicht mehr froh geworden und dieser klangvolle Spitzname lässt mich körperlich erschaudern vor Erregung.

»Emilia«, stelle ich mich vor und strecke ihm meine Hand entgegen. Man will ja nicht unhöflich sein.

»Wårtst scho lång då?«

Was hat der bitte intus? Zehn Liter Bier oder was? Ich meine, in welchem Universum ist der Mann unterwegs? Er hat doch mitbekommen, dass ich vor wenigen Minuten hier angekommen bin.

»Nein«, entgegne ich so knapp wie möglich und wende mich dann hastig der Auslage zu.

»Du bist echt a haßer Feger. Auf wen wårtst du eigentlich då? Auf dein Månn. Ålso wånn i dei Månn warat, i liaßat di ned so allanich då wårten.«

Wenn du mein Mann wärst, würde ich mich erschießen.

»Ich wart auf den Weihnachtsmann. Wird also noch länger dauern.«

»Und is a wenigstens liab zu dir, dei Månn?«

»Ja, sowieso. Er hat mir extra den Coca-Cola-Weihnachtstruck gekauft. Als Hochzeitsgeschenk quasi und ich durfte mir sogar seine Elfen als Brautjungfern ausleihen. Die haben mich begleitet von ›Stille Nacht‹

zum Traualtar geführt, wo Santa rotbackig grinsend auf mich gewartet hat.«

Hey, Blödheit gehört bestraft.

Schurl wirkt verwirrt: »Wieso håts auf deiner Hochzeit ›Stille Nåcht‹ gspült?«

Okay, ich glaube, es ist sinnlos. Ich gebe es auf. Er versteht es nicht.

»Ich hab nur einen Spaß gemacht. Ich bin nicht verheiratet und warte auf eine Freundin«, erkläre ich ihm deshalb.

»Und is de a so fesch wie du, dei Freundin?«

Alter Schwede. Es wird ja immer besser, aber vielleicht sollte ich mich ja an der Tatsache erfreuen, dass mich der Schurl fesch findet. Wenn das meine Zukunft ist, dann ... Gut, ich kann nichts anderes mehr machen, als innerlich würgen und schreien.

»Ja, sie ist sehr hübsch«, antworte ich widerwillig.

»Na dånn håb i wenigstens wieder amoi wås Schens zum Schauen. Waßt, normalerweise kummen då jå nur die ålten Weiber und so her. De kånnst jå ned ånschaun, so schirch wia de san. Åber di dedat i ned von da Bettkantn stoßen.«

»Mmh«, nicke ich ihm zu. »Danke.«

Juhu ... der Traummann aller Frauen würde mich nicht von seiner Bettkante stoßen. Was habe ich falsch gemacht im Leben? Ich will auf der Stelle tot umfallen! Bitte! Lass mich sterben, lieber Gott! Ich ertrage es nicht mehr.

»Håst eigentlich scho a Kind? Waßt a Frau mit am Kind muass i ned unbedingt håbn. De wolln immer wås von mir und då derf i ned ins Wirtshaus geh und

so. Des geht ma voi am Årsch, waßt? Åber du schaust
jå so jung aus. Du håst bestimmt no ka Kind.«

»Doch, ich hab einen Sohn. Er ist acht Jahre alt.«

»Wås. Na des kånn ned sei. Des gibt's anfåch ned.
Du kånnst ka Kind håben. Du bist jå vül zu jung.«

»Wenn du dreißig als jung bezeichnest.«

Entsetzt reißt er die Augen auf. »Na ... des gibt's
ned. Du verårscht mi gråd. Des gibt's ned.« Ungläubig
schüttelt er den Kopf.

Ob er eine ähnliche Reaktion an den Tag legt, wenn
man ihm erklärt, dass die Rechnung eins plus eins
gleich zwei ergibt?

»Ich verarsch dich nicht. Das stimmt wirklich.«

Er klopft mir anerkennend auf die Schulter, so als
wäre es den Nobelpreis wert, dass ich jünger aussehe,
als ich bin. »Na jetzt bin i åber baff. I man. Na. Na des
hätt i ma jetzt wirklich ned dåcht. A Wåhnsinn. Åber
bist echt a fesche Kotz. I nahmat di trotzdem. Derfst
da hålt ka Beziehung von mir erwårten. Waßt, des
kånn i hålt ned.«

Ja, fürwahr. Die Welt wird untergehen, weil Alkfahnen-Schurl sich keine Beziehung mit mir vorstellen
kann. Wie kann er nur? Schließlich habe ich bereits
darüber nachgedacht, wo ich die Eheringe besorge,
und jetzt zerstört er alle meine Träume in einem Satz.
Ich werde vor Kummer nicht mehr essen und schlafen
können und dann am Broken-Heart-Syndrom sterben.
Allmählich beginne ich den Boom diverser Vermitt-
lungsbörsen zu begreifen, mittels derer sich Schurl-
Männer verarmte Frauen aus dem Ausland suchen,
die nur deshalb keine suizidalen Gedanken hegen,

weil sie den Dialekt ihrer Gatten ohnehin nicht verstehen.

»I håb übrigens a a Kind. An Buam. Kevin haßt a und is jetzt zehn Jåhr ålt. Schau då håb i a Foto von eam.« Er zückt sein neues iPhone aus der Jackentasche und hält es mir zitternd vor die Nase.

»Sehr lieb, dein Sohn. Und schon voll im Lernstress?«, frage ich den Mann, der an seiner Zigarette zieht, so als wäre sie ein Sauerstoffgerät und sie dabei schielend betrachtet.

»Na, ned wirklich. Da Kevin wohnt jå bei meiner Exfrau und månchmål håb i eam am Wochenend. Mehr Zeit håb i anfåch ned fia den Gschroppn.«

»Aha. Und fehlt er dir denn gar nicht?«

Hilflos zuckt der Typ mit den Schultern: »Na eher ned. I man. Er is jå scho liab und so und eigentlich muass ma eh ned vül mehr måchen, åls eam des Bett richten und eam wås zum Essen hinstölln. Oba waßt eh wia des so is mit de Weiberleit. Mei Freundin plus wüll jå furtgeh und so und mein Buam kånn i jå ned so lång allanich låssen.«

»Mmh.«

»Du schaust jå a so kompliziert aus. Wåhrscheinlich håt di dei Månn a immer beschenken und da ålles zåhlen miassn«, erklärt mir der neue Experte in Genderfragen.

»Ich glaub jetzt nicht, dass ich so kompliziert bin, aber ...«

»Na waßt, bei månchen Frauen slacht ma des scho. Deshålb derf ma a nie zu nett sein zu aner feschen Frau. Ihr tånzt uns sunst auf da Nåsen herum und seit dem gånzen Emanzipationsdreck is des jå no schlimmer wurdn.«

»Tja, die Emanzipation der Frau könnte tatsächlich in Ermangelung normaler Männer zum baldigen Aussterben der Menschheit führen«, erkläre ich in trockenem Tonfall.

Yeah ... *The Day After Emanzipation* mit Security-Alkfahnen-Schurl in der Hauptrolle.

»Na jå, åber eichere Erwortungen san jå a nimma zu erfüllen. I man. De letzte Frau mit der i in da Hapfn wår, de håt jå wirklich glaubt, i koch a no fia sie. I man, wo kumm ma denn då hin. A Månn ghert ned in die Kuchl. Verstehst? Na jedenfålls wies dånn checkt håt, dass i nix koch und a ned staubsaug oder sunst wås, håts mi anfåch auf die Stråßn gsetzt. Kånnst da des vurstölln. Anfåch so håts des gmåcht. Ohne jede Vurwårnung. I sågs da, die Weiber san nur mehr verwehnte Gfraster heit. Du bist sicha a so a verwehntes Gfrast.«

»Ja, ich bin total verwöhnt. Mein Leben ist der pure Luxus«, entgegne ich nicht ganz frei von Sarkasmus.

»Hey du. Sorry für die Verspätung!«, ertönt die rettende Stimme meiner Freundin.

Endlich. Ich bin erlöst. Kim ist da!

Kapitel 8

Du, es tut mir total leid, dass ich dich so lange habe warten lassen. Ich wollt mir ja eigentlich nur noch schnell ein Kaffeetschi beim *Starbucks* checken und dann hat mich dieser fesche Kellner dort angequatscht. Ich sag's dir, der schaut aus wie Justin Biber«, entschuldigt sich Kim, als wir den Laden betreten, in dem es riecht wie im Schrank meiner Großmutter. Hinter einer Holztheke, auf der eine dieser altmodischen Kassen platziert ist, steht eine Frau mit wasserstoffblonden, kurz geschnittenen Haaren und knallig roten Lippen, die in einer Frauenzeitschrift blättert und dabei aus ihrer Kaffeetasse trinkt.

»Kein Ding. Ich war auch nicht ganz pünktlich. Aber jetzt mal im Ernst: Du hast mich für einen Kerl warten lassen, der aussieht wie Justin Biber?«

»Ja, warum nicht. Er ist voll süß und studiert Politikwissenschaft.«

»Er studiert noch? Sag wie alt ist der Typ eigentlich? Zwanzig?«

»Keinen Plan. Aber das Alter spielt ja auch keine Rolle. Die Jungen haben wenigstens Ausdauer«, gibt sie wenig dezent von sich und veranlasst die Verkäuferin hinter der Theke dazu, kurz von ihrer Lektüre aufzusehen.

»Wie bekomme ich diese Bilder wieder aus dem Kopf?«

Sie legt ihren Arm um meine Schulter: »Geh Mia, jetzt sei nicht so eine Spielverderberin.«

»Für die Unterhaltung mit dem Security-Typen habe ich jedes Recht der Welt eine Spielverderberin zu sein. Der Kerl hat schließlich meine gesamten Energiereserven aufgebraucht.«

Mit schuldbewusster Miene antwortet mir Kim: »Ja. Das tut mir auch voll leid. Aber dafür hab ich jetzt die Nummer von dem Jan und wenn der Jan einer meiner vielen Ehemänner wird ...«

»Polygamie ist in Österreich noch nicht erlaubt, Kim«, unterbreche ich sie.

»Eh und das ist auch total diskriminierend für Polygamisten.«

»Bring einfach eine Beschwerde beim Verfassungsgerichtshof ein. Vielleicht hast du ja Erfolg.«

Unwillkürlich stelle ich mir meine Freundin während eines leidenschaftlichen Plädoyers für die Legalisierung der Polygamie in einem Gerichtssaal neben fünf Klienten vor, die allesamt aussehen, als wären sie umschwärmte Mitglieder einer klassischen Neunzigerjahre-Boyband.

»Hallo Mädels! Was kann ich für euch Partymiezen tun?«, werden wir von der rauchigen Stimme der Mitarbeiterin im Glitzer-Audrey-Hepburn-Shirt begrüßt.

Das ist aber wirklich eine äußerst schwer zu beantwortende Frage. Ich meine, was könnte ich denn als Partymieze in einem Kostümgeschäft suchen? Ja, richtig. Bingo. Einen Kühlschrank!

Erstaunlich professionell beantwortet meine Freundin die Frage der Angestellten, woraufhin diese mit einem Zwinkern festhält: »Nach Venedig fahrt ihr Mädels. Na das ist aber fein. Ich war ja in meinen jungen Jahren auch einmal in Venedig und ihr glaubt gar nicht, was wir da so alles getrieben haben. Also diese Italiener ... Unglaublich beweglich sind die.«

Das sind Dinge, von denen ich nichts wissen will ...

Kim jedoch scheint anderer Meinung zu sein. Verschwörerisch lächelt sie der Verkäuferin zu.

»Das kann ich mir vorstellen und wenn man so eine Maske trägt, ist ja auch nahezu alles erlaubt, oder?«

»Ich sehe schon: Wir werden uns super verstehen«, antwortet die Angestellte, deren Namensschild mir verrät, dass sie Hildegund heißt und bedeutet uns dann, ihr zu folgen. »Kommt gleich einmal weiter zu den Umkleidekabinen. Da könnt ihr alles ablegen, gell und dann schau ma wegen passender Kleider. Darf's schon auch ein bisserl sexy sein? Ihr wollt doch einen Erfolg haben bei den Italienern, nicht?«

»Sowieso«, antwortet Kim. »Sexy geht immer.«

Ja. Am besten sie verkauft uns einfach nur schicke Unterwäsche. In Anbetracht des Umstandes, dass man unsere Gesichter hinter den venezianischen Masken sowieso nicht erkennen kann, könnten wir natürlich auch gleich nackt auf dem Ball erscheinen.

»Na das freut mich aber. Das ist ja wirklich mal erfrischend, weil normalerweise habe ich mit ganz anderen Leuten zu tun«, strahlt uns Hildegund an.

Oh mein Gott. Mit welchen Leuten hat sie denn normalerweise zu tun? Mit Drogendealern und Auftragskillern? Vielleicht ist Hildegund ja der Kopf einer mafiösen Organisation und zählt jede Nacht im Keller ihres zwielichtigen Etablissements die Fünfhundert-Scheine.

Ich schlucke betroffen und meine Kehle wird trocken. In Bälde wird Hildegund ihre Maske der Freundlichkeit ablegen und uns im Hinterkämmerchen beim russischen Roulette eine Kugel in den Kopf jagen, um dann unsere Leichen des Nächtens in der Donau zu versenken. Dabei wäre ich aufgrund der zahlreichen Kenntnisse über Aktivitäten des organisierten Verbrechens, die ich mir vorwiegend über meine Fernsehsucht erworben habe, eine echte Bereicherung für die Mafia.

Im hinteren Teil der Boutique, wo sich ein paar Umkleidekabinen mit roten Samtvorhängen und ein gemütliches Sofa in derselben Farbe befinden, bleibt Hildegund stehen und fragt: »Wollts vielleicht ein Glaserl Prosecco?«

Die Alte ist bestimmt so eine Puffmutter und mit dem Sekt bekommen wir jetzt Drogen verabreicht, um uns gefügig zu machen und uns als Sexsklavinnen an Alkfahnen-Schurl zu verkaufen. Ich will hier raus!

»Ja, das wär voll super. Danke«, antwortet Kim, während sie ihren Mantel auf dem Sofa ablegt, um mich danach besorgt zu mustern: »Alles klar mit dir, Mia? Du schaust so blass aus.«

»Ich ... äh ...« Ich habe Angst, dass wir gleich versklavt oder ermordet werden. »Ja, alles in Ordnung«, antworte ich stattdessen. »Ich bin nur müde.«

»Sicher?«, hakt Kim nach und lässt sich auf das Sofa fallen.

»Ja. Alles super«, entgegne ich. »Mir war nur kurz schwindlig. Wahrscheinlich von dem krassen Temperaturunterschied.«

»Es tut mir so leid, Mia. Wirklich«, erklärt sich Kim ein weiteres Mal mit schuldbewusster Miene, sodass sich mein schlechtes Gewissen meldet.

»Passt schon«, erwidere ich und wende mich dann der Verkäuferin zu, die in der Zwischenzeit damit begonnen hat, an den Samtvorhängen herumzuzupfen. »Ich hätt auch gern ein Glaserl Prosecco bitte.«

Hey, wenn ich schon sterben muss, dann kann ich mich vorher doch noch anständig betrinken. Kein Abgang mit Stil, dafür aber ein Abgang mit Spiegel.

»Na gut Mädels. Dann hol ich mal den Alkohol, damit das Anprobieren auch leichter fällt. Ich bin sofort wieder da«, erklärt uns Hildegund und verschwindet im Wald der Kleider.

»Verdammt, Kim. Wo findest du bloß solche Läden? Ich mein, bist du dir sicher, dass uns die nicht mit Gift killt?«, frage ich meine Freundin unverblümt und nehme neben ihr Platz, nachdem ich mich ebenso aus meiner Jacke geschält habe.

»Jetzt sei doch nicht so unentspannt. Den hat mir mein Papa empfohlen und der ist ja schließlich auch lebend hier rausgekommen.«

»Sei mir nicht bös, Kim, aber dein Papa ist jetzt nicht gerade der beste Leumund für ein Geschäft. Kannst du dich noch erinnern wie wir mit ihm gemeinsam auf Gran Canaria waren und er sich diese dämlichen Liebesarmbänder aufschwatzen hat lassen, obwohl du ihn schon tausendmal davor gewarnt hast?«

»Ach was, das war doch halb so wild. Und da war er noch nicht so reif wie heute.«

»Was soll das heißen: Er war nicht reif? Er ist dein verdammter Erziehungsberechtigter gewesen. Er hatte die Verpflichtung, reifer zu sein als wir und nicht wie ein ekstatisches Mädchen vor dem Auftritt seiner Lieblingsboyband herumzuspringen, während ihm eine Pseudo-Hellseherin ein Armband um das Handgelenk bindet.«

»Ja, okay. Du hast ja Recht. Aber in dem Fall ist das etwas ganz anderes. Wirklich.«

Ich sehe meine Freundin zweifelnd an, woraufhin sie weiterspricht: »Kannst du dich noch an das Kostüm erinnern, das er am letzten *Life Ball* angehabt hat? Das hat er auch hier gekauft.«

»Ja, aber das garantiert noch lange nicht, dass diese Wilde Hilde nicht irgendwelche illegalen Substanzen in den Kleidern verteilt, sodass wir dann in Venedig einen langsamen und qualvollen Tod erleiden werden.«

»Geh bitte, Mia. Du bist ja nicht die Hauptprotagonistin eines Grimm-Märchens. Außerdem kann man das Ganze auch positiv sehen. Wir könnten die vergifteten Kleider schließlich kurz vor dem Ball anziehen, dann würden die Chancen gar nicht so schlecht stehen, dass wir vor unserem Ableben noch von einem Prinzen gerettet werden. Und wenn's kein Prinz ist, dann zumindest ein Typ, der an dem Abend so aussieht wie ein Prinz«, schlägt sie freudestrahlend vor.

»Ich bin mir nicht sicher, wie hoch die Überlebenschancen in der heutigen Zeit mit der Schneewittchen-Aufreiß-Methode stehen. Die meisten Typen nehmen Frauen abseits der Online-Dating-Profile kaum noch wahr. Insofern stehen die dann wahrscheinlich in ihr Handy vertieft um uns herum und filmen uns für eine exklusive Insta-Story beim Sterben.«

»Wie kann man, was Männer angeht, nur so negativ sein wie du, Mia Moon. Die Methode ist die totale Marktlücke und wir werden sie zu purem Gold machen, wenn wir so Pick-Up-Seminare für Mädels abhalten«, schwärmt meine Freundin.

»Yeah ... Und irgendwann füllen wir vielleicht die Stadthalle«, entgegne ich nicht ganz ernst gemeint, woraufhin mir Kim anerkennend auf die Schulter klopft: »Siehst du. Das ist genau die richtige Einstellung.«

»Jep, aber vorher müssen wir mal lebend hier herauskommen. Und das wiederum halte ich für sehr unwahrscheinlich, weil dein Papa auch zu Hannibal Lecter total nett wäre, wenn der ihm das richtige Outfit verkauft.«

»Jetzt wirst du aber echt unfair, Mia.«

»Ich sag doch nur die Wahrheit.«

»Ja, okay. Mag schon sein, dass mein Paps manchmal ein bisserl zu vertrauensselig ist, aber das brauchst du ihm jetzt wirklich nicht vorhalten, nur weil du keinen Sex hast.«

»What the Fuck! Wie kommst du denn auf die blöde Idee? Ich hab doch nie gesagt, dass ich keinen Sex habe. Wieso gehen die Leute immer davon aus, dass man frigide ist, nur weil man ehrliche Bedenken äußert. DAS ist unfair.«

Oh nein, sie bekommt schon wieder diesen einfühlsamen Therapeuten-Blick. »Schau mal, Mia. Sogar ein Blinder bemerkt, dass du total unentspannt bist und daraus schließe ich nun mal, dass du dringend wieder Sex brauchst.«

»Du spinnst. Als wäre der Geschlechtsakt die Lösung für alle menschlichen Probleme.«

»Jetzt bleib mal bei der Sache, Mia Moon! Wann hast du das letzte Mal Sex gehabt? Bestimmt warst da noch mit deinem super Antonio zusammen, der nichts weiter als die Missionarsstellung beherrscht hat, oder?«, fragt mich Kim rundheraus.

Ich verdrehe die Augen: »Okay. Also du willst wirklich wissen, wann ich zuletzt Sex hatte. Hm … ich denke, das war kurz bevor Toni Schluss gemacht hat. Wer weiß, vielleicht war der Sex mit mir so mies, dass er deshalb beschlossen hat, mich zu verlassen.«

»Boah, Mia. Wie hältst du das eigentlich aus? Ich mein, du bist ja nicht aus Stein. Was machst du denn mit der ganzen überschüssigen Energie?«

»Keine Ahnung. Ich forme einen Energieball und schieße diesen auf meine Antagonisten.«

Kim boxt mir mit der Faust auf die Schulter: »Jetzt nimm mich doch mal ernst Mia Moon. Ich meine deine innere Lust muss dich ja schon halb zum Explodieren bringen.«

»Also erstens bin ich nicht halb am Explodieren. Zweitens lebe ich meine nur bedingt vorhandene innere Lust eben auf andere Art und Weise aus …« Ja, in meinen Superman-Sex-Träumen. »... und drittens ...« Shit. Es gibt kein drittens.

»Ja!?«, stellt Kim erwartungsvoll in den Raum.

»Na drittens halt.«

Meine Freundin zerzaust mir meine Haare mit einer liebevollen Streicheleinheit: »Du bist so blöd.«

»Ja, weiß ich eh«, stimme ich ihr grinsend zu. »Aber was soll ich denn deiner Meinung nach tun. Mich wie Julia Roberts in *Pretty Woman* im nuttigen Outfit auf die Straße stellen und dort auf einen reichen Geschäftsmann, der mein Vater sein könnte, warten? Nicht alle Typen sind so sexy wie Richard Gere.«

»Außerdem hege ich den starken Verdacht, dass sich in deinem Schrank nicht einmal ein nuttiges Outfit befindet«, stellt Kim ernst fest.

»Das kommt auf deine Definition eines nuttigen Outfits an.«

»Dafür brauchst du nur in meinen Schrank zu sehen«, erklärt meine beste Freundin stolz. »Aber egal. Gehen wir einfach wieder zu den wichtigen Dingen über.«

»Und die wären?«, hake ich vorsichtig nach.

»Na ja ... dass ich dich jetzt dazu verpflichte, dir irgendeinen uninteressanten Typen für eine Nacht zu suchen, damit du endlich mal deine aufgestaute Energie abbauen kannst.«

»Wieso sollt ich mit einem Mann ins Bett gehen, den ich nicht interessant find?«

»Just for Sex, Mia. Just for Sex. Es geht da um die körperlichen Vibrations, verstehst!? Nimm mich als Beispiel. Ich hab gestern erst mit dem Markus Sex gehabt. Das ist so unglaublich befreiend und gut, Mia.«

Bald erklärt sie mir, dass ihr Buddha erschienen ist.

»Ja, das glaub ich dir ja eh. Aber ich kann das halt nicht. Ich bin eben Beziehungsware und aus diesem Grund auch dafür, dass man sich Männer – am besten mit eingebauten W-LAN – in einem gut sortierten Supermarkt aussuchen kann. Sexware. Beziehungsware. Heiratsware. Herzbrecherware. Alt-reich-und-bald-tot-Ware.«

Meine Freundin kichert: »Aber du kannst ja gar nicht sagen, ob du wirklich nur Beziehungsware bist, wenn du noch nichts anderes ausprobiert hast.«

»Also ich muss deiner Freundin da zustimmen«, ertönt plötzlich Hildegunds Stimme, die mit einem Tablett, auf dem drei Sektgläser stehen, den hinteren Bereich des Kostümgeschäfts betritt. »Als ich in eurem Alter war, da hab ich nix anbrennen lassen. Das solltest du auch nicht. Du bist so ein hübsches Mädl. Dir müssten die Männer doch die Tür einrennen«, spricht die Frau weiter, während sie das silberne Tablett mit den vollen Sektgläsern auf dem Tisch vor uns abstellt und ich sogleich eines an mich nehme. Wie sonst soll ich die Ratschläge der beiden Nymphomaninnen ertragen?

»Hm ... Könnten sie das auch mal den Männern sagen?«, entgegne ich, nachdem ich einen Schluck vom Alkohol gemacht habe. »Vom Türeinrennen hab ich nämlich noch nicht viel bemerkt. Aber vielleicht ist die ja zu stabil oder so.«

»Du musst halt zuerst mit dir selbst ins Reine kommen. Dann kommt auch der richtige Mann«, belehrt mich Kim.

»Was soll das bitteschön heißen? Dass ich jetzt täglich *Rennie* nehmen muss, um mich innerlich zu reinigen? Ich mein, triffst du dich heimlich mit meiner Mama?«

»Nein, wie kommst du denn auf die Idee?«

»Na weil der Spruch von ihr sein könnte. ›Mit mir selbst ins Reine kommen‹. Ich bin mit mir selbst im Reinen. Das sieht man doch.«

»Na ja, Mädl. Eigentlich hat deine Freundin da gar nicht so unrecht«, mischt sich Hildegund ein und trinkt dabei ihren Prosecco in einem Zug hinunter.

Kim begutachtet mich mit mitleidigem Blick: »Mia, du bist absolut nicht mit dir selbst im Reinen. Das sieht man doch. Wenn du es wärst, dann hättest du diesen …« Sie schnippt mit den Fingern. »Na hilf mir mal. Wie heißt der denn gleich?«

»Keine Ahnung wovon du sprichst.«

»Es geht bestimmt um einen Mann«, wirft Hildegund ein.

Verdammt. Hat die Frau nichts zu tun?

»Na dieser Typ, den deine Mama da zu Silvester mitgebracht hat. Wie heißt der denn?«

»Raphael«, antworte ich knapp. »Wieso kommst du mir jetzt mit diesem Anwalt?«

»Na wenn du mit dir im Reinen wärst, dann hättest ihn bestimmt schon lange gedatet. Aber du verkriechst dich ja lieber allein in deiner Wohnung und schaust dir irgendwelche schnulzigen Filme an.«

»Was? Du hast die Chance auf ein Date gehabt, Mädl?«, hakt Hildegund entsetzt nach.

Schon klar, dass das in ihrem Fall für Unverständnis sorgt, denn sie hätte den armen Kerl schon im Türrahmen besprungen.

»Unsinn. Ich weiß nicht mal, ob ich dem Typen überhaupt gefallen hab.«

Außerdem hat er mir nicht gefallen. Aber dieses wichtige Detail scheint hier niemanden der Anwesenden auch nur in irgendeiner Form zu interessieren.

»Na klar hast du dem gefallen. Schau dich doch mal in den Spiegel, Mädel.«

»Ein weiterer Beweis dafür, dass du noch nicht mit dir selbst im Reinen bist.«

Wenn Kim das noch ein einziges Mal sagt … Keine Ahnung. Für Gewaltausbrüche bin ich zu friedvoll.

»Du hättest ihn wenigstens testen können. Aber das hab ich dir ja ohnehin schon gesagt«, redet meine Freundin nichtsahnend weiter.

»Testen? Was hätte ich denn testen sollen? Ob er alle Stellungen des Kamasutras beherrscht? Außerdem gibt's echt aufregendere Typen als den.«

»Manno. Du bist echt unbelehrbar. Was wär denn gegen einen netten Abend mit einem Typen der auf dich steht, einzuwenden gewesen?«

»Alles. Einfach alles. Dass er ein von sich eingenommener Schnösel-Anwalt ist. Dass er meine Mutter kennt. Dass er wahrscheinlich wöchentlich bei irgendwelchen Justiz-Clubbings Mädels aufreißt. Dass er nicht einmal im Besitz einer eigenen Wohnung ist. Ich könnte das noch ewig so fortsetzen. Außerdem hasse ich diese Dating-Scheiße.«

»Wieso denn das, Mädl? Das solltest du doch genießen«, fragt mich Hildegund erstaunt.

»Dates sind voll anstrengend und weil ich auch ohne Sex super entspannen kann, haben sie damit auch null Mehrwert für mich.«

Die aufdringliche Verkäuferin wirft mir einen zweifelnden Blick zu: »Also Mädl, da bin i ma ned so sicher. Weißt du, das sind alles unterbewusste Prozesse. Meine Freundinnen haben immer gewusst, wenn's bei mir mal länger her war, weil dann war ich immer total gereizt.«

Kims Augen leuchten auf: »Ja. Bei mir ist das genauso.«

»Habt ihr schon mal eure Papiere überprüft, um ein etwaiges Verwandtschaftsverhältnis auszuschließen?«, murmle ich in mich hinein.

Hildegund zwinkert meiner Freundin indessen zu: »Ich glaub wir drei müssen mal etwas unternehmen und deine Freundin wieder ins Leben zurückholen.«

Was soll das jetzt heißen? Ich bin im Leben. Ich war nie weg vom Leben.

»Das ist ja eine coole Idee«, stimmt Kim begeistert zu und klopft mir dabei auf die Schulter. »Oder findest du etwa nicht?«

Hilflos wandert mein Blick von meiner besten Freundin auf Hildegund und wieder zurück.

»Na überlegts euch das noch in Ruhe. Ich werd euch einstweilen mal ein paar Kostüme bringen, gell«, erklärt die Verkäuferin als sie mein Zögern registriert und zieht von dannen.

»Ja, ganz super. Gehen wir doch einfach mit der Puffmutter aus, dann stehen meine Chancen einen weiteren Alkfahnen-Schurl kennenzulernen, der mich nicht von seiner Bettkante stößt, bestimmt nicht schlecht. Aber hey, dafür hab ich dann wenigstens Sex. Juhu!«, antworte ich, als ich sicher bin, dass sich Hildegund außer Hörweite befindet und nippe danach an meinem Sekt.

»Geh Mia. Die ist doch voll lieb, findest du nicht?«

»Ja, lieb vielleicht schon, aber auch total nervig. Ich mein, was geht die bitteschön mein Sexleben an? Die soll gefälligst ihren verdammten Job machen und mich nicht therapieren.«

»Jetzt sei doch nicht so. Sonst hast ja auch nix dagegen, mit neuen Leuten fortzugehen. Was ist denn los mit dir heute? Hast du schlecht geschlafen, oder was?«

»Nein und selbst wenn, was hat das dann damit zu tun, dass die Frau mich nervt? Warum muss man Antipathie eigentlich immer begründen? Wenn mir Gehirneintopf nicht mundet, dann erwartet schließlich auch niemand von mir, dass das mit irgendeinem traurigen Erlebnis aus meiner Kindheit in Verbindung gebracht wird.«

»Das weißt du ja gar nicht. Vielleicht haben die in den Achtzigern Baby-Brei mit der Geschmacksorte Gehirn verkauft, in der Hoffnung, es würde den Nachwuchs intelligenter machen. Weil das Zeug aber einfach nur widerlich im Abgang war, sind die Kinder dieses Jahrzehnts allesamt traumatisiert. Deswegen haben sie im Erwachsenenalter eine Aversion gegen Gehirneintopf«, erklärt mir meine Freundin mit einem Grinsen und fragt mich dann nach einem kurzen Augenblick des Schweigens, in dem ich mein Glas leer trinke: »Na und?«

»Was?«

»Na, hab ich dich jetzt endlich davon überzeugt, dich mit diesem Raphael zu treffen?«

»Wieso sollte mich ein Gespräch über Gehirnbabybrei dazu bringen, mich mit einem Typen zu treffen, der nicht einmal eine eigene Wohnung hat?«

»Aber das ist doch voll aufregend. Wer weiß, was hinter seiner Wohnungslosigkeit steckt. Vielleicht eine total coole Story.«

Ich verdrehe die Augen: »Ja, das ist vielleicht für ein Teeniemädchen aufregend, aber nicht für eine erwachsene Frau.«

»Geh bitte. Jetzt mach kein Drama und stürz dich doch endlich mal ins Leben«, fordert sie mich auf und holt dann ihr Smartphone aus der Handtasche.

Oh mein Gott. Was hat sie denn jetzt vor? Sie wird doch nicht ...

»Wie heißt der Typ denn mit Nachnamen?«, unterbricht mich Kim in meinem Entsetzen.

Doch, sie macht es.

»Was weiß ich? Materialistischer Spießer mit Uni-Abschluss?«, antworte ich meiner Freundin patzig.

»Jetzt sei doch nicht so. Sag schon.«

»Würd ich eh, aber ich weiß den Nachnamen einfach nicht.«

Gott sei Dank. Das bewahrt mich vermutlich davor, dass Kim ihm nachspioniert, dann in seiner Liste für vorgeschlagene Freunde auftaucht, sodass er sich fragt, was sie da zu suchen hat, ihr Profil anklickt und dann mit Blick auf Kims Freundesliste feststellt, dass sie meine beste Freundin ist, was wiederum zu dem Gerücht führt, dass ich auf ihn stehen könnte. Und das will ich keinesfalls.

»Ist aber eigentlich eh wurscht«, erklärt mir Kim und wischt wie wild auf ihrem Display herum. »Ich nehm mal an, deine Mamsch wird sowieso mit ihm befreundet sein.«

»Keine Ahnung.«

Natürlich wird sie mit ihm befreundet sein, weil sie Facebook doch braucht, um sich zu vernetzen und gegen die kapitalistischen Verhältnisse der Gegenwart vorzugehen. Idealistische Mütter nerven.

»Ha ha ... ich glaub ich hab ihn gefunden.«

»Super«, antworte ich bloß und deute mit dem Daumen nach oben.

»Aber so schlecht schaut er gar nicht aus. Schau, da sitzt er auf einem Einhorn in einem Pool«, klärt mich Kim mit fachmännischem Blick auf ihr Handy auf.

Jetzt werde ich doch neugierig, sodass ich mich zu Kim hinüberbeuge, um etwas sehen zu können. Okay, zugegeben, in Badeshorts sieht dieser Raphi gar nicht so schlecht aus und dieses Lächeln auf dem Foto hat schon etwas Anziehendes. Aber das darf ich keinesfalls zugeben. Denn in diesem Fall würde ich nicht nur der Meinung meiner Mutter erliegen, sondern auch noch Kims und diesen Triumph gönne ich den beiden keinesfalls. Ich werde dem Separationsadvokaten also weiterhin mit Ablehnung gegenüberstehen, auch wenn sein Lächeln total süß ist und er echt schöne funkelnde Augen hat und sein Haar so voll ist.

»Ja, er ist ganz okay. Aber trotzdem nicht mein Fall«, stelle ich hoffentlich bar jeder Emotion fest.

Kim klopft mir mit der flachen Hand auf die Stirn: »Du bist gestört, Mia. Der ist doch total süß.« Sie wischt weiter. »Moi und da. Schau dir das an. Da spielt er mit einem Mädel Fußball.« Sie hält kurz inne, ehe sie weiterspricht: »Oh mein Gott. Ist das seine Tochter? Was glaubst du?«

Sie hält mir das Handy vor die Nase.

»Höchstwahrscheinlich. Er hat ja gesagt, dass er eine Tochter in Noahs Alter hat. Aber es interessiert mich trotzdem nicht«, gebe ich wenig beeindruckt von mir.

»Du musst ihm unbedingt eine Freundschaftsanfrage schicken. Das passt doch total super zu dir«, fordert mich meine Freundin auf.

»Was soll das für einen Sinn haben? Ich bezweifle wirklich stark, dass er diese annehmen wird und sollte der unwahrscheinliche Fall dann doch eintreten, dann ist das auch ziemlich nutzlos, weil er weder den Kontakt zu mir suchen, noch einen Blick auf meine Fotos werfen wird, um sich danach in mein ›wunderschönes‹ Antlitz zu verlieben.«

»Na aber es ist zumindest eine Möglichkeit, Mia Moon. Besser als nix.«

»Aber der Typ interessiert mich nicht mal, Kim. Kapierst du das nicht? Ich will und wollte nie was mit ihm zu tun haben. Für mich ist er wie Anonymus. Einfach nicht da. Check?«

»Ja, ich check so einiges. Du steigerst dich viel zu sehr rein. Du findest ihn gar nicht so übel.«

Provokant verschränke ich die Arme vor der Brust: »Blödsinn.«

»Und warum bist du dann ganz rot im Gesicht?«
»Vor Wut, Kim.«

Sie seufzt, während sie weiterwischt, sodass ich nur noch Bildfetzen erkenne. Raphael beim Pokern,

Raphael beim Tauchen, Raphael auf irgendeiner Gala
– wow, er sieht echt sexy aus im Anzug.

»So Mädls. Es hat zwar ein bisserl gedauert, aber
da hab ma glaub ich wirklich was Schönes für euch
beide gefunden, gell«, werden Kim und ich von Hildegund unterbrochen und zum ersten Mal an diesem
trüben Nachmittag bin ich ehrlich froh über das Erscheinen der aufdringlichen Verkäuferin. Ich habe
nämlich gerade angefangen, diesen Raphael sympa-
thisch zu finden. Das kann ich doch nicht zulassen!

Kapitel 9

Na, wenns mal wieder länger dauert, oder?«, begrüßt mich mein Arbeitskollege mit einem Grinsen im Gesicht, als ich drei Minuten nach neun Uhr im Büro eintreffe, meinen Rucksack neben dem Schreibtisch ablege, um meinen Computer einzuschalten, und mich aus meiner Jacke schäle, unter der ich restlos verschwitzt bin.

Subtil an meiner Stirn kratzend zeige ich ihm den Mittelfinger: »Ha ha ha. Du bist ja so lustig. Warte nur, wenn du das nächste Mal nach einem Fußballmatch verkatert bist. Dann werde ich dich in der Früh mit einem Megaphon begrüßen.«

Keine Ahnung, woher ich das Megaphon nehme, aber es ist ein guter Plan.

»Na na. Was sind denn das für wilde Gesten, Frau Altwein«, werde ich plötzlich von hinten angesprochen und zucke erschrocken zusammen.

Als ich mich umwende, blicke ich in das gestrenge Raubvogelgesicht meiner Chefin, in deren rechter Hand eine qualmende Zigarette zwischen Zeige- und Mittelfinger klemmt.

»Sie wissen aber schon, dass ihre Arbeitszeit um neun Uhr beginnt, oder?«, fragt sie mich und tippt dabei herausfordernd auf die Uhr an ihrem Handgelenk.

»Ja.«

»Und wie spät ist es jetzt, Frau Altwein?«

Das weiß ich nicht. Ich habe das Lesen der analogen Uhr noch nicht gelernt, sie Scheißkuh.

»Hm ... kurz nach neun Uhr«, antworte ich stattdessen kleinlaut.

»Es ist exakt drei nach neun Uhr, Frau Altwein. Was glauben sie denn, wer sie sind? Denken sie, dass für sie andere Regeln gelten, als für die anderen Mitarbeiter?«

Oh mein Gott, welches Drama. Es ist drei nach neun. Die Welt wird untergehen, weil ich erst drei nach neun Uhr im Büro erschienen bin. Ob sie sich beim Mindesthaltbarkeitsdatum von Lebensmitteln im Geschäft nach der genauen Uhrzeit des Ablaufs erkundigt?

»Es tut mir leid, Frau Dr. Kotenbeutel, aber die U-Bahn hatte heute Verspätung und vorher haben sie in der Schule noch eine Unterschrift von mir gebraucht«, stammle ich und achte dabei tunlichst darauf, ihr nicht ins Gesicht zu sehen.

Hoffentlich fragt sie nicht nach dem Grund für meine Unterschrift, denn die ganze Geschichte ist natürlich frei erfunden. Allerdings kann ich ihr schlecht erzählen, dass ich zu spät aufgestanden bin und nach der Ablieferung meines Sohnes in der Schule noch einmal nach Hause musste, um mir die Zähne zu putzen und eine adäquate Gesichtsbemalung aufzulegen.

»Wenn man ihren Worten Glauben schenkt, Frau Altwein, dann kommt die U-Bahn ständig zu spät und in der Schule müssen sie auch pausenlos etwas unterfertigen«, erklärt diese blöde Kuh mit provokant vorgerecktem Kinn, während sie süffisant an ihrer Zigarette zieht und mir den Rauch ins Gesicht bläst, sodass ich unwillkürlich husten muss.

Okay, es war vielleicht ein bisschen blöd von mir, sie immer wieder mit derselben Geschichte überzeugen zu wollen. Aber was kann ich denn dafür, dass mir meine Mutter nicht anständig Lügen beigebracht hat?

»Frau Altwein, hören sie mir überhaupt noch zu?«, faucht mich die Kotenbeutel an.

»Oh ja natürlich. Entschuldigung. Letzte Woche hatte ich ja diesen dummen Stromausfall, weswegen mein Wecker in der Früh nicht angesprungen ist«, stottere ich und spüre dabei mein Gesicht heiß werden. Immerhin ist das der eindeutige Beweis für meine Kreativität, denn offenbar kommen mir doch noch andere Rechtfertigungen in den Sinn.

»So so«, gibt meine Vorgesetzte von sich. »Und was wird es morgen sein? Werden sie morgen ein Baby vor dem Tod retten müssen, oder einen Mann davon abhalten sich vom Dach eines Hochhauses zu stürzen?«

Eigentlich keine schlechten Ideen. Vielleicht sollte ich meine Ausflüchte noch ein wenig ausschmücken.

»Es tut mir leid. Ich werde mich künftig bemühen, pünktlich zu sein«, erwidere ich beschämt.

Ich werde mich künftig auch bestimmt um qualitätsvollere Ausreden bemühen.

»Sie werden sich nicht nur bemühen, Frau Altwein, sondern das kommt einfach nicht mehr vor, sonst können sie sich nach einem anderen Job umsehen. Haben sie mich verstanden?«

»Ja«, sage ich und unterstreiche dies mit einem Nicken.

Die dämliche Kuh möchte ich sehen, nachdem sie meine Kündigung ausgesprochen hat. Der gelingt es ja nicht einmal den überaus bedeutsamen Text eines Briefes selbstständig auszuformulieren, geschweige denn ein Poststück mittels Multifunktionsgerät einzuscannen.

»Dann brauche ich ja nichts weiter zu erklären. Im Übrigen warte ich noch immer auf die Auswertung aus der Datenbank. Den Arbeitsauftrag dazu habe ich ihnen bereits letzte Woche erteilt.«

Ja und? Ich musste wichtige private Besprechungen mit meinem Kollegen abhalten. Versteht sie das denn nicht?

»Ich erwarte die Auswertung heute um elf Uhr in meinem Posteingang. Haben sie mich verstanden, Frau Altwein?«

»Ja, wird erledigt, Frau Dr. Kotenbeutel.«

Als wäre ich nichts weiter als eine Ameise unter ihrem Schuh, die sie jederzeit zertreten kann, wendet sie sich von mir ab und meinem Kollegen zu, der sich hinter seinem Bildschirm verkrochen hat. Elender Feigling. Männer heutzutage sind solche Schlappschwänze und haben überhaupt keine Prinzipien mehr.

»Herr Erler, ich weiß ja, dass sie viel zu tun haben, aber ich würde ihre Auswertung auch noch bis heute

Mittag benötigen, wenn das denn möglich wäre«, bittet die Kotenbeutel meinen Kollegen in vollkommen verändertem Tonfall und streicht sich dann mit der freien Hand durch das schwarz-weiße, kurz geschnittene Haar, das sich an diesem verschneiten Tag verräterisch kringelt.

Selbst ihre Haare rebellieren gegen sie. Kein Wunder.

»Bin gerade dabei, Frau Doktor. Ich schick sie ihnen, wenn ich fertig bin«, antwortet Christoph seelenruhig, woraufhin ihm meine Chefin zulächelt, als habe er ihr soeben eine Million Euro versprochen.

»Sehr gut, Herr Erler und sie können mich auch gerne Karo nennen.«

Was geht denn hier bitteschön ab? Wieso ist sie zu ihm so freundlich und zu mir so widerlich? Vielleicht hat er sie in meiner Abwesenheit sexuell beglückt. Mistkerl. Er versucht sich also hochzuschlafen.

Ich werfe Christoph einen verächtlichen Blick zu, der ihm nicht entgeht, den er allerdings ignoriert, während unsere Vorgesetzte wieder in ihrem Büro verschwindet.

»Scheißkuh«, murmle ich in mich hinein und zeige mit beiden Mittelfingern auf die doppelflügelige, nunmehr geschlossene Holztür.

»Na du hast aber super Laune heute«, stellt mein Kollege in der für ihn typisch nüchternen Art fest, die die Absenz jedweder Emotion vermuten lässt. »Was ist dir denn über die Leber gelaufen?«

»Sie«, antworte ich und deute auf das Büro unserer Chefin. »Und du. Kotzt dich das nicht an, ihr so in den Arsch zu kriechen?«

Christoph tippt etwas ein und zuckt dabei mit den Schultern: »Nein, wieso sollte es auch. Immerhin hab ich ja was davon, ganz im Gegensatz zu dir. Vielleicht solltest du dir mal was von meiner Methode abschauen?«

»Aha ... das ist aber interessant, dass du das schleimige Anbaggern deiner Vorgesetzten als Methode bezeichnest. Aber du wirst schon sehen, was du davon hast. Wahrscheinlich wird sie dir irgendwann Überstunden aufdrücken und dann im Negligé vor dir erscheinen und du wirst ihr nicht entkommen, weil du alleine mit ihr bist.«

»Kann sie nicht. Das wäre dann sexuelle Belästigung am Arbeitsplatz.«

»Ja, oder die Gefährdung der visuellen Gesundheit. Aber wenn du mit ihr alleine bist, hast du für die Belästigung keine Zeugen. Das ist dir hoffentlich klar. Und wer glaubt schon allen Ernstes an die Belästigung eines so starken Mannes wie dich durch eine Frau.«

»Und da sprechen wir ernsthaft von Gleichberechtigung?«

»Du bist ja so arm. Finde dich damit ab. Du hast dich verkauft und eines Tages wird sie den Preis einfordern. Du bist quasi eine männliche Hure geworden. Vielleicht solltest du zum Schutz deines wertvollen Geschlechtsorgans allmählich das Tragen eines eisernen Keuschheitsgürtels andenken.«

Er stöhnt: »Oida. Wo bitte hab ich mich verkauft? Ich bin einfach nur nett zu ihr, das ist alles und ich komme nicht zu spät.«

»Tja ... jetzt leugnest du es auch noch. Das typische Anzeichen für einen Verrat. Du bist nicht einfach nur nett. Du flirtest sie total krass an.«

»Als würdest du es anders machen, wenn die Kotenbeutel ein Mann wäre.«

»Ja, natürlich würde ich es anders machen«, entgegne ich schnippisch.

»Wer's glaubt wird selig«, stellt Christoph mit unbewegter Miene fest.

»Schon gut, schon gut. Ich geb ja zu, dass ich vielleicht auch hin und wieder mal meine weiblichen Reize einsetze, um zu bekommen was ich will. Im Supermarkt an der Kasse, wenn ich ein Getränk an der Bar haben möchte ...« Nach einer kurzen Pause füge ich hinzu: »Aber, weil wir Frauen beruflich noch immer benachteiligt sind, zwingt uns das Leben quasi dazu. Es ist gewissermaßen eine indirekte sexuelle Belästigung durch die Gesellschaft.«

Mein Kollege mustert mich skeptisch: »Sexuelle Belästigung also? Sorry wenn ich das sage, aber es fällt mir schwer deinen Gedankengängen zu folgen.«

»Was kann ich dafür, dass ich viel komplexere Gedankengänge zustande bringe als du?«

»Man nennt das wirr, Emilia, nicht komplex.«

»Tja, es heißt nicht umsonst, dass nur der Kleingeist die Ordnung behält, während das Genie das Chaos überblickt.«

Christoph verdreht genervt die Augen: »Wir Männer sind echt arm dran mit euch Frauen.«

»Wieso denn das?«, frage ich mit einem Grinsen auf den Lippen. »Eigentlich solltet ihr euch ja an der

Anwesenheit unseres schönen, zarten Geschlechts erfreuen. Außerdem sind wir Frauen für euch Männer quasi überlebensnotwendig.«

»Wie kommst du denn auf die depperte Idee? Wir Männer würden viel älter werden, wenn wir euch Frauen nicht ertragen müssten.«

»Ihr würdet die körperliche Abstinenz im Falle einer gänzlichen Abwesenheit des weiblichen Geschlechts niemals ertragen.«

Christoph zuckt mit den Schultern: »Dafür gibt's ja Bier.«

Ich verdrehe genervt die Augen: »Und wenn ihr euch dann alle ordentlich angesoffen habt's, haut's euch wahrscheinlich gegenseitig in die Goschen, bis kein Mann mehr übrig ist.«

»Wieso sollten wir? Wenn's keine Frauen gäbe, gäbe es auch keinen Streit unter Männern.«

»Ja klar. Das ist wieder einmal so eine chauvinistische Aussage von dir. Als würde mich das großartig verwundern. Im Übrigen würdet ihr euch dennoch gegenseitig lynchen, weil ihr Männer permanent damit beschäftigt seid, eure Emotionen zu unterdrücken. Und da kommen dann wir Frauen ins Spiel«, erkläre ich, während mich mein Kollege ratlos angafft. »Wir sorgen quasi für eure emotionale Ausgeglichenheit.«

»Oida, welche Drogen hast du zu dir genommen?«

»Gar keine. Ich bin einfach nur gereift.«

»Wenn du dein wirres Gequatsche als persönlichen Reifungsprozess darstellen willst, dann bitte. Mir ist das wurscht, so lange du nur aufhörst, mich zuzutexten.«

»Depp. Mein Gequatsche ist eine Bereicherung für die Menschheit«, verteidige ich mich.

Nur hat die Menschheit das offenbar noch nicht verstanden. Aber der Tag und die Stunde werden kommen.

»Und außerdem ist das nur ausgleichende Gerechtigkeit«, führe ich meine Verteidigung fort.

»Wieso ausgleichende Gerechtigkeit? Ich hab dir ja nichts getan.«

»Ach komm. Ihr Männer tragt ständig dazu bei, dass wir Frauen uns schlecht fühlen.«

»Und inwiefern bitte?«

»Na ja ... wir müssen eurer Prahlerei zuhören, eure Kinder gebären, haben monatliche Blutungen ...«

»Du aber für die monatlichen Blutungen könnt ihr jetzt nicht uns Männer verantwortlich machen«, berichtigt mich mein Gegenüber.

»Doch. Weil Gott nämlich immer als Mann dargestellt wird und der hat uns so geschaffen«, erläutere ich mit einem Schmunzeln. »Und diese Unterschiede sind total unfair.«

»Wieso ist das unfair? Ihr habt ja auch viele Vorteile.«

»Geh wo denn bitte? Wenn wir altern, finden uns alle grauslich, wenn ihr Männer alt werdet, dann gilt das als sexy und ihr nehmt euch ne jüngere Freundin. Und ihr habt weniger Fett am Körper, was dem gängigen Schönheitsideal wesentlich zuträglicher ist und ihr seid auch nicht ständigen hormonellen Schwankungen ausgesetzt.«

»Doch, euren«, gibt Christoph von sich.

»Idiot.«

»Bist du jetzt fertig mit deinem Monolog über das harte Leben der Frauen?«

»Kein Monolog über dieses Thema könnte je beendet werden. Man könnte das ewig so fortsetzen«, erkläre ich meinem Kollegen feierlich, doch wirkt er ziemlich unberührt von meinen leidenschaftlichen Worten.

»Doch der Monolog über das harte Leben eines Mannes. Du hast ja nicht die geringste Ahnung, wie schwer es für uns Männer ist, euch zufriedenstellen. Vor allem, weil eure Launen einem Gewitter gleichen, dessen Blitze überall und zu jeder Zeit einschlagen können«, wirft mein Gegenüber gelassen ein.

Mit vor der Brust verschränkten Armen lehne ich mich in meinem Bürosessel zurück: »Na bitte. Dann klär mich doch auf, warum es so schwer ist, uns Frauen zufriedenzustellen?«

»Na ja, ihr wollt ja teuren Schmuck, ein schickes Haus, schöne Urlaube und so weiter. Und wenn ihr das nicht bekommt oder wir nicht so wollen wie ihr, dann spinnt ihr herum.«

»Bist du in der Steinzeit steckengeblieben, oder was? Wir Frauen verdienen heute schon unser eigenes Geld und sind nicht mehr auf euch angewiesen.«

»Ja, eh. Und genau deshalb ist unser Leben auch so hart. Wir müssen euren ganzen Mist mitmachen, aber brauchen tut ihr uns dafür nicht mehr wirklich.«

»Moi, bist du aber arm. Du willst also eine schwache Frau, die dich braucht? Das kann ja nicht dein Ernst sein. Das ist ja total langweilig.«

»Weißt du, wir Männer brauchen ned immer den Actionknaller. Ein bisschen Friede, Freude, Eierkuchen – und eine Menge Sex würden schon genügen.«

Dem würd ich einen Eierkuchen machen. Nämlich aus seinen ... Okay, Gedankenstopp.

»Ts ... und dann werden wir euch zu fad und während wir eure beschissene Wäsche machen und euch das Essen kochen und euch für Sex zur Verfügung stehen, sucht ihr euch eine jüngere Freundin, mit der ihr dann irgendwann durchbrennt, tausend Babys macht und die ihr heiratet.«

»Und wieder einmal bringst du deine eigene Geschichte mit hinein, Emilia. Du beziehst echt alles auf dich.«

»Wie kommst du jetzt auf die Idee? Antonio hat ja gar keine andere.«

Shit. Vielleicht weiß er mehr als ich. Wahrscheinlich hat mein Ex schon seit Jahren eine Affäre mit einer heißen, zwanzigjährigen Blondine und die beiden verspotten mich heimlich. Ich könnte auf der Stelle losheulen.

»Alles klar, Mia?«, fragt mich Christoph in fürsorglicherem Tonfall.

»Was?«, antworte ich und spüre einen dicken Kloß in meinem Hals, der es mir schwermacht, die Tränen aus meinen Augen fernzuhalten. »Ähm ... ich ...«

»Hey Mia. Was ist denn auf einmal?«, hakt Christoph besorgt nach, erhebt sich von seinem Drehstuhl und kommt auf mich zu, um mir liebevoll die Schulter zu tätscheln.

»Hast du Toni mit einer anderen Frau gesehen?«, erkundige ich mich rundheraus und vermeide es tunlichst, ihm ins Gesicht zu sehen.

»Bitte wie kommst jetzt auf die depperte Idee? Wieso sollt' ich deinen Ex gesehen haben?«

»Fragst du mich das jetzt ernsthaft? Du hast doch diese dämliche Behauptung in den Raum gestellt.«

»Ich hab überhaupt nichts dergleichen angedeutet. Spinnst jetzt total? Was ihr Frauen euch immer zusammenreimt«, erwidert mein Kollege.

»Doch hast du«, gebe ich trotzig von mir. »Du solltest künftig besser auf die Zweideutigkeit deiner Aussagen achten.«

»Oida, bist du jetzt vollkommen durchgedreht? Welche Zweideutigkeit bitte? Da war rein gar nichts zweideutig und das mit den anderen Frauen hast du reingebracht, nicht ich.« Er stöhnt genervt. »Jetzt weiß ich wieder, warum ich keine Beziehung führe. Das ist ja der reinste Horror mit euch Frauen. Jedes Wort wird auf die Waagschale gelegt. Am besten ich befrage das nächste Mal mein Horoskop, bevor ich dir etwas sage. Kein Wunder, dass Ant…«

»Was?«, frage ich provozierend und taxiere ihn mit meinen Augen, während er zu seinem Arbeitsplatz zurückkehrt.

»Ach vergiss es. Gar nichts«, antwortet Christoph.

»Nein, jetzt sag schon.«

»Dann bist eh wieder nur ang'fressen auf mich.«

»Du kannst nicht etwas anschneiden und dann nix darauf sagen. Also jetzt sag schon.«

»Ich bin doch nicht deppert. Ein Pulverfass reicht. Da brauch ich kein Zweites.«

»Aha, wer ist denn das erste Pulverfass?«, hake ich nach und füge schließlich nach einem Geistesblitz hinzu: »Och, wie süß. Hast du dich mal in eines deiner Porno-Busen-Models verliebt? Du aber wehe du machst mich nicht zur Trauzeugin, wenn du die heiraten solltest.«

Mein Kollege wedelt mit der Hand vor dem Gesicht, um mir zu bedeuten, dass ich nicht ganz dicht bin. Als wüsste ich das nicht auch, ohne seine Meinung gehört zu haben.

»Oida, wie kommst du jetzt bitte auf die blöde Idee?«

»So blöd find ich die Idee gar nicht. Ich meine schließlich bist du auch nur ein Mensch aus Fleisch und Blut.«

»Ja, eben. Und genau deshalb würd ich mich nie in eine meiner Tussis verlieben. Ich bin doch nicht blöd und hab meine Gefühle da bestens im Griff. Was man ja von dir nicht gerade behaupten kann.«

»Frechheit. Was willst du denn damit sagen? Dass ich emotional instabil bin?«, frage ich provokant nach.

»Du ich hab dir schon vorher gesagt, dass ich noch alle Tassen im Schrank hab, weswegen meine Lippen diesbezüglich versiegelt bleiben.«

»Das ist so eine Frechheit, dass du mich neugierig machst und jetzt den Mund nicht aufbringst. Typisch Mann. Das könnt ihr ja besonders gut. Deshalb haben wir Frauen wahrscheinlich die überlebensnotwendige Interpretation männlicher Aussagen erlernt«, erkläre ich leidenschaftlich.

Die Augen meines Kollegen glänzen schelmisch, als er kontert: »Achso? Na ich bin jetzt aber wirklich gespannt auf deine Interpretation meiner Aussage.«

»Du hast mir vorhin quasi durch die Blume zu verstehen gegeben, dass mich Toni aufgrund meiner Stimmungsschwankungen verlassen hat. Aber ich sag dir eines.«

»Bitte?«, zeigt sich Christoph semibeeindruckt.

»Das ist vielleicht sogar wahr, aber dann bin ich trotzdem noch immer total unschuldig an der Trennung, weil der Toni einfach nur emotional überfordert ist und das wiederum ist er nur deshalb, weil er permanent seine Gefühle unterdrückt.«

»Ich glaub ja, dass du dich in der Nacht ohne dein Wissen in ein Oger-Tier verwandelst.«

»Ha ha ha, sehr komisch. Wirklich. Das sind genau die aufbauenden Worte, die ich heute brauchen kann.«

»Du solltest dir echt eine dickere Haut zulegen, Mia. Lass dir das doch nicht so zu Herzen gehen von mir. Ich verarsch dich ja bloß.«

»Passt schon. Lass es gut sein. Interessiert mich eh nicht mehr«, entgegne ich nicht wahrheitsgemäß und erwarte mir natürlich das höchstmögliche Maß an Trost von meinem Kollegen. Christoph jedoch widmet sich stattdessen wieder seinem Bildschirm, sodass ich mich ebenso dazu bemüßigt fühle, mich anzumelden. Die Eingabe meines Passwortes funktioniert jedoch nicht ohne Komplikationen. Nach dem fünften gescheiterten Versuch, hämmere ich so stark in die Tasten, dass mein Kollege bei jedem Anschlag zusammenzuckt.

»So eine Scheiße«, fluche ich schließlich lauthals.

»Wenn du so weitermachst, wird die Kotenbeutel bald wieder da stehen«, entgegnet mein Kollege, ohne mich auch nur eines Blickes zu würdigen.

»Unsinn«, schimpfe ich unbeirrt, während ich das Passwort erneut eintippe, doch auch diesmal lässt mich dieses dämliche System nicht in den Computer einsteigen. »Verdammt, was ist denn heute los? Wieso geht das denn schon wieder nicht?«

Jetzt endlich habe ich die Aufmerksamkeit meines Kollegen, der mit seinem Schreibtischsessel zur Seite rutscht und den Kopf mitleidig neigt: »Was ist denn? Was geht denn nicht?«

»Da!« Ich deute auf die Tastatur. »Immer wenn ich das scheiß Passwort eingebe, bekomme ich diese beschissene Fehlermeldung.«

»Na hast du denn das richtige eingegeben? Ich meine mich zu erinnern, du hättest letzte Woche erwähnt, dass du dein altes Passwort bald ändern musst, oder?«

Wie ich diese neunmalklugen Aussagen hasse, wenn man mal technische Unterstützung benötigt. Als hätte ich nicht daran ... Hab ich daran gedacht? Hastig werfe ich einen Blick auf die gelben Post-it Zettelchen neben meinem Bildschirm und stelle mit Erleichterung fest, dass da jenes Wort steht, das ich bereits ein paar Mal eingetippt habe.

Ein weiteres Mal unternehme ich den hoffnungslosen Versuch eines Einstiegs.

»Super, ganz super. Mach mich nur fertig, du Scheißding«, schimpfe ich.

»Du weißt aber schon, dass dich der Computer nicht versteht?«

Genervt verdrehe ich die Augen: »Da hab ich dich gebraucht, um mir diese wertvolle Information zu geben.«

Mein Gegenüber zuckt bloß mit den Schultern: »Wennst meinst.«

Nein, ich mein gar nichts. Ich will eigentlich nur, dass er seinen Hintern her bewegt, um mir beim Anmelden zu helfen, aber offenbar wartet Christoph auf eine Special-VIP-Einladung von mir.

Erneut unternehme ich den Versuch eines Einstiegs, mit dem ich wie zu erwarten, scheitere und stöhne wutentbrannt vor mich hin.

Wieso klappt das nicht? Die Kotenbeutel wird bald wieder in unserem Zimmer auftauchen und wenn ich dann noch immer nicht eingeloggt bin, bekomme ich einen mörder Anschiss von ihr und das alles nur, weil Christoph die eindeutigen Zeichen einer Jungfrau in Nöten nicht zu interpretieren versteht. Ja, natürlich, ich könnte ihn ohne Umschweife darum bitten, mir zu helfen, aber dafür bin ich zu stolz. Er ist der Mann. Er sollte meine Bedürfnisse auch ohne Worte erkennen.

»Geht's noch immer nicht?«, fragt mich Christoph, so als hätte er meinen inneren Konflikt gehört.

»Nein«, antworte ich patzig. Muss er denn so blöd fragen?

»Keine Ahnung was da bei dir los ist. Bei mir hat in der Früh alles geklappt.«

Dieser Satz gehört zu jenen, die man nicht hören will, wenn der eigene Computer soeben in seiner Funktion beeinträchtigt ist. Ich unterlasse es allerdings, meinen Kollegen über sein mangelndes Einfühlungsvermögen in Kenntnis zu setzen, da er sich bereits in Slow-Motion in Bewegung setzt, um mir zu helfen.

»Na dann lass mal sehen«, gibt er gönnerhaft von sich und beugt sich dabei über meine Tastatur, um mein Passwort einzutippen, dass er von dem gelben Post-it neben dem Bildschirm abliest. Wie zu erwarten schlägt der klassische Vorführeffekt zu und in wenigen Sekunden erscheint mein Desktophintergrund.

»Wo war das Problem?«, fragt mich Christoph. Doch komme ich nicht mehr dazu, ihm zu antworten, da unsere Chefin ins Zimmer stürzt und mich mit sich überschlagender Stimme anschnauzt.

»Såg amoi. Wås soi des jetzt bitte sei. I man, wås glaubens denn, Frau Altwein. I bin eana jå ned ausm Årsch ausekrölt«, gibt die Kotenbeutel im tiefsten Meidlinger Dialekt von sich, der so gar nicht zu ihrem Rock-Chic-Outfit passt, mit dem sie ihrer Mitwelt ihr Modebewusstsein unter Beweis stellt. »Worauf wårtens jetzt no, Frau Altwein?«, fragt die Kotenbeutel weiter nach. »Na los. Jetzt gehns wieder ån die Årbeit und schauns mi ned so ån wie a deppertes Muli.«

Noch immer habe ich den Blick schockiert auf die Lippen meiner Vorgesetzten geheftet und bringe aus meinem Mund keinen Ton hervor.

»I kumm in aner Viertelstund wieder und dånn hackelns hoffentlich endlich wås. Håbens mi?«, schreit mich die Kotenbeutel an, sodass auf ihrer Stirn eine Ader gefährlich hervortritt.

Ob sie sich wie das Rumpelstilzchen zerreißt, wenn ich ihren Vornamen laut ausspreche?

»Ja, Frau Dr. Kotenbeutel.«, antworte ich und gehe in Deckung, um der Explosion meiner Vorgesetzten zu entgehen. Doch nichts da. Es wäre auch zu schön gewesen, um wahr zu sein.

»Guat. Worauf wårtens dånn no? Åb ån die Årbeit«, treibt sie mich an und verschwindet wieder in ihrem Büro.

»Was war denn das eben?«, frage ich Christoph im Flüsterton. »Sie war ja nie besonders einfühlsam und so, aber so hat sie sich noch nie aufgeführt. Wahrscheinlich ist sie eifersüchtig, weil mir ihr Auserwählter geholfen hat.«

»Vielleicht hat sie auch einfach nur ihre Tage«, entgegnet Christoph und macht einen Schluck von seinem Energy Drink.

Nach einer Weile des Schweigens, in der es mir gelungen ist, mein E-Mail-Postfach zu öffnen und einen ersten Blick auf den Arbeitsauftrag meiner Chefin zu werfen, füge ich grinsend hinzu: »Mein Ex hat auch immer gesagt, dass ich spinn, wenn ich meine Tage hab. Das ist so ein blödes Klischee, weil das mal sicher nicht gestimmt hat.«

»Sowieso. Du spinnst ja auch ohne deine Tage. Genau deshalb hab ich meine letzte Freundin im Gymnasium gehabt und die war auch immer vollkommen verrückt, wenn sie ihre Tage gehabt hat. Die hat mir damals doch glatt vorgeworfen, ich würde sie mit unserer fünfzigjährigen Englischprofessorin betrügen. Dieses traumatische Ereignis hat dazu geführt, dass ich beschlossen habe, mich nie wieder in eine Frau zu verlieben«, erzählt mein Arbeitskollege überraschenderweise.

Wow, das ist das erste Mal, dass er etwas aus seiner Vergangenheit berichtet. Ich habe einen Zugang zu ihm gefunden. Mia Moon erweicht die Herzen aller hartgesottenen Männer.

»Als könnte man es planen, sich nicht zu verlieben. Du bist so lustig, Chris ...«

In diesem Moment geht die Bürotür der Kotenbeutel erneut auf, sodass ich wie ein geprügelter Hund zusammenzucke.

Fuck. Die Frau ist wie eines dieser Männchen aus Kuckucksuhren.

»Und kennen sie sich auch aus?«, fragt sie mich jetzt wieder in gewohntem Hochdeutsch. In der Zwischenzeit hat sie sich offenbar zur Beruhigung eine weitere Zigarette angezündet.

»Ja, wird nicht lange dauern«, lüge ich sie an, denn ich erinnere mich an kein Wort aus ihrer E-Mail.

»Gut, wenn sie alles beisammenhaben, dann schicken sie mir einfach eine Mail mit der Auswertung.«

»Ja«, antworte ich gehorsam, woraufhin sich die Kotenbeutel wieder in ihr Zimmer zurückzieht.

»Ich glaub wir sollten jetzt echt was hackeln«, erklärt mein Kollege.

»Ja, ich weiß. Aber ich bin überhaupt nicht motiviert, heute.«

»Stellt sich die Frage, wann du denn überhaupt motiviert bist.«

»Ma ... kannst du es nicht einfach einmal lassen?«

»Was soll ich denn lassen?«

»Deine blöden Sticheleien.«

Demonstrativ mache ich mich an den Arbeitsauftrag meiner Chefin und überlege währenddessen fieberhaft, wie ich die Kotenbeutel von einem Urlaubstag für die Venedig-Reise überzeugen kann. Seit ich die frohe Botschaft erhalten habe, sind jetzt schon mehrere Wochen vergangen und Kim und ich fahren bereits morgen los. Ich hab echt Angst, dass die Kotenbeutel uns einen Strich durch die Rechnung macht. Wie kann ich meine Chefin noch von einem spontanen Urlaubstag überzeugen?

Ich komme mit meinen Überlegungen allerdings nicht weit, da meine Vorgesetzte ein weiteres Mal ihre Bürotür öffnet und wutentbrannt ins Zimmer stürmt: »In einer halben Stunde Besprechung bei mir!«

Meinem Kollegen und mir bleibt nicht einmal genug Zeit, um zuzustimmen, da verschwindet sie auch schon wieder in ihrem Büro.

»Das klingt echt nicht gut«, stelle ich mit klopfendem Herzen fest.

Kapitel 10

S cheiße. Ich fühle mich wie eine Hexe, die soeben von der Inquisition zum Tode durch das Feuer verurteilt wurde«, flüstere ich meinem Kollegen zu, der am Besprechungstisch neben mir sitzt und irgendetwas auf seinen Block kritzelt, während meine Chefin mit immer lauter werdender Stimme in den zwischen Kopf und Schulter eingeklemmten Telefonhörer spricht.

Unberührt sieht Christoph von seiner Zeichnung auf und zuckt mit den Schultern: »Wenn du dich so anscheißt, dann flieg einfach auf deinem Besen davon.«

»Christoph kannst du mich einmal im Leben ernst nehmen?«

Er zieht eine Augenbraue hoch: »Ist das eine ernst gemeinte Frage? Du weißt schon, dass keine realen Hexen existieren, oder?«

Er kennt meine Oma nicht.

»Wieso bist du eigentlich so panisch?«, fragt er mich schließlich.

»Ich ... na ja ... ich fahr ja mit Kim am Wochenende nach Venedig und ...«

»Du hast sie noch nicht nach einem Urlaubstag gefragt«, vervollständigt Christoph meinen Satz und ich kann nur noch nicken und kleinlaut »Ja« sagen.

Fassungslos starrt mich Christoph an und hält dann fest: »Gut. In dem Fall hätt ich auch Angst. Aber was geht bitte mit dir ab? Wieso hast du sie nicht schon früher gefragt?«

»Boah, jetzt bohr nicht auch noch in meine Wunden hinein. Was weiß ich. Du kennst sie doch. Ich hab's halt hinausgezögert. Ich meine, ihr wäre es ja am liebsten, wir würden nie auf Urlaub gehen.«

»Was kann ich dafür, dass du zu blöd bist, um sie rechtzeitig zu fragen?«

»Eh nix«, gebe ich nur ungern zu. »Aber ich weiß auch ohne deine Belehrungen, dass ich ein elender, kleiner, mieser Feigling bin, der jetzt mit dem Rücken zur Wand steht und von einem Rudel hungriger Wölfe umzingelt wird.«

»Ich will ja nix sagen, Mia, aber ich glaub ein Rudel hungriger Wölfe wäre für dich noch leichter zu managen als die Kotenbeutel.«

»Verdammt, du hast vollkommen Recht.«

»Sowieso. Ich hab immer Recht. Aber du kannst ja mal versuchen ...«

»A Ruah is!«, schnauzt uns die Kotenbeutel plötzlich an, um sich danach seelenruhig in einem Mission-Impossible-Manöver die in ihrem Mund befindliche Zigarette anzuzünden und in den Telefonhörer zu sprechen: »Ja, ja. Sie haben natürlich vollkommen Recht ...«

»Ob man sie als Kind erschreckt hat und ihr grantiger Gesichtsausdruck dann wie in den Horrorgeschichten meiner Großmutter einfach steckengeblieben ist?«, flüstere ich Christoph zu und ernte ein schelmisches Grinsen. »Aber jetzt mal ehrlich. Hast du eigentlich irgendeinen Plan, warum sie diese Sitzung einberufen hat?«

Mein Kollege zuckt mit den Schultern: »Keine Ahnung. Vielleicht schlägt sie uns ja heute das Führen einer Excel-Tabelle vor, in der die Klozeiten und das Gewicht der Klopapierrollen vor und nach dem Gebrauch festgehalten werden sollen. Dann kann sie uns die Kosten vom Gehalt abziehen.«

»Klingt gar nicht so unwahrscheinlich. Ich meine irgendwie muss sie sich ja ihre Prada-Sonnenbrillen-Sammlung finanzieren«, füge ich hinzu und beuge mich dann vorsichtig über Christophs Schulter, um einen Blick auf das Blatt Papier vor ihm zu erhaschen, welches er die ganze Zeit über sogfältig bekritzelt hat.

»Was malst du da eigentlich?«, frage ich ihn.

»Nix Besonderes. Ich arbeite gerade wieder an einem neuen Tattoo Entwurf für eine Freundin.«

»Na jetzt ist aber auch alles klar. Wahrscheinlich hat die Karo mitbekommen, welche Dienste ihr Geliebter für eine andere Frau erbringt und ist deshalb von ihrer Eifersucht übermannt worden, weshalb sie jetzt wie so eine Rachegöttin alle sie umgebenden Menschen vernichten will. Ich habe schon immer gewusst, dass du deiner heiligen Pflicht nicht gewachsen bist.«

»Ja ja, jetzt bist noch goschert, aber sobald sie den Hörer aufgelegt hat, wirst du flippen wie eine Mücke bei ihrem ersten Stich.«

Ich verziehe das Gesicht: »Was für ein Vergleich.«

Schulterzucken von Christoph und dann kann ich einfach nicht anders und ziehe ihm das Blatt Papier unter der Nase weg.

»Lass mal schauen, was du da die ganze Zeit fabrizierst.«

Ich mustere das wirklich schön gezeichnete Einhorn und bin ehrlich gesagt ein wenig neidisch auf das Talent meines Kollegen, weshalb es mir besonders schwerfällt, die folgenden Worte aus meinem Mund zu pressen: »Hey, das ist ja richtig gut.«

Christophs Augen glänzen verräterisch.

»So besonders ist die Leistung nun auch wieder nicht. Ich meine, schließlich war es nicht schwer, das Einhorn zu zeichnen, weil ich doch mit dem roten Pickel auf deiner Stirn eine super Vorlage hatte.«

»Was? Ich habe einen Pickel auf der Stirn. Oh nein. Dann muss ich ja hässlich auf den verdammten Ball gehen.«

»Solltest du überhaupt auf den Ball gehen können, denn die Wege der Kotenbeutel sind bekanntlich unergründlich. Aber sollte alles planmäßig verlaufen, dann fällst du mit dem roten Pickel auf der Stirn wenigstens auf. Du kannst natürlich auch noch versuchen, für heute einen Krankenstandstag zu nehmen und das Teil herausoperieren lassen.«

»Es ist mir egal, wie sie das machen«, unterbricht das Gebrüll der Kotenbeutel unser bedeutsames medizinisches Gespräch.

»Bist du deppert, ist die Frau furchteinflößend. Ich warte ja nur noch darauf, dass sie inmitten der Nikotinschwaden verschwindet, um sich schließlich als Drache in die Lüfte zu erheben«, raune ich meinem Kollegen zu.

»Jep. Das kann ein richtiger Spaß werden heute.«

»Ich weiß, dass das ungerecht ist«, plärrt die Karo jetzt wie ein trotziges Kleinkind in den Hörer. »Ich mach es aber trotzdem.«

Ich hab Angst, ein Schweißausbruch naht und ich muss Lulu.

Mein Kollege tätschelt mir liebevoll die Schulter: »Mein Beileid. Ich hoff du kriegst die Kosten rückerstattet, wenn du nicht fahren kannst.«

»Danke für diese aufbauenden Worte.«

»Ich habe immer Recht. Ich bin quasi Gott, verstehen sie mich!«, schreit die Kotenbeutel und legt den Hörer schließlich mit einem Knall auf, der mir vorkommt wie ein herunterfallendes Beil. Ich schlucke. Jetzt hat meine letzte Stunde geschlagen.

»So, und jetzt zu euch«, erklärt meine Chefin mit vorgerecktem Kinn und nimmt ein Blatt Papier an sich, um damit auf uns zuzumarschieren.

So ein Mist. Ich glaub, ich mach mich gleich an.

»Jetzt zappele nicht so«, haucht mir Christoph zu und verstummt dann augenblicklich, als unsere Vorgesetzte am Tisch Halt macht.

»Wåhrscheinlich frågts eich eh scho, warum i eich zsammgruafn håb«, setzt die Karo mit gefährlich angeschwollener Ader am Hals zu einer Erklärung an.

Sollte sie aufgrund ihrer unbändigen Wut einen Schlaganfall erleiden, ziehe ich ernsthaft in Erwägung, die Erste Hilfe zu unterlassen.

»Deshålb«, führt meine Chefin ihre Ausführungen mit unheilschwangerer Stimme fort und knallt dabei ein Blatt Papier auf den Tisch.

Was zum Teufel ist denn das? Neugierig tue ich es meinem Kollegen nach und beuge mich vor. Aha, ein Kackhaufen in einem Sackerl und der sagt sogar etwas. Aber was? Ich kann das so schlecht lesen von oben. Ahja ...

Hallo, ich bin's, deine Excrementitia Sacculum. Bitte nimm ein Sackerl für dein Kackerl. Danke.

Oh nein. Lachalarm. Lachalarm.

»Wann ana von eich wås waß, dann dedat i eich råtn mir des jetzt zu sågen. Håbts mi?«

Hilflos zucke ich mit den Schultern: »Also ich weiß nicht von wem das sein könnte. Sieht nach einer Männerhandschrift aus.«

Mein Leidensgenosse wirft mir einen erbosten Blick zu und Karos Augen wandern auf seinen Tattoo Entwurf.

»Herr Erler, wollns ma vielleicht wås sågen?«, fragt sie Christoph und durchbohrt ihn dabei mit ihrem Raubvogelblick.

Er schluckt: »Nein, Karo.«

»Des Karo kennans glei wieder vergessen.«

»Herzlichen Dank«, zischt mir mein Kollege zu und ich spüre mein Gesicht heiß werden.

»Tut mir leid. Das wollt ich nicht.«

»Wås wolltens ned, Frau Altwein?«

»Na ja, ich wollt damit nicht sagen, dass das vom Chris kommt. Der würde das sicher nie machen. Das muss jemand aus einer anderen Abteilung gewesen sein.«

Genau, immer schön die anderen beschuldigen.

»Es is mir eigentlich vollkommen wurscht, wås sie glauben oder ned glauben, Frau Altwein. I werd anfåch von jedem von eich a Schriftprobe einholen und so schnöll kenn ma går ned schaun, wiss ma wer des wår«, schlägt die Kotenbeutel wutentbrannt vor.

Na klar und dann schicken wir das Ganze zu *CSI Miami*, wo sich Horatio persönlich um den Abgleich der Schriftbilder kümmern wird.

Shit. Ich kann das Lachen nicht mehr zurückhalten. Es kommt einfach so aus mir heraus und es ist so befreiend, auch wenn es zu meinem baldigen Ableben mittels Fremdeinwirkung führen wird.

»Såg amoi, håben's earna ins Hirn g'schissen, Frau Altwein. Finden's des a no lustig?«

Jep.

»San sie vollkommen deppert wurd'n?«

Offensichtlich. Der Gott des Wahnsinns hat von mir Besitz ergriffen.

»Des is ålles åndere åls lustig!«, brüllt die Kotenbeutel.

Doch, ich finde es eigentlich schon ganz lustig.

»Ned nur, dass des Sachbeschädigung is, so an Dreck auf die Klotür zu picken, is des a no Mobbing gegen mei Person.«

Augenblicklich geht mir Elton Johns »Candle in the Wind« durch den Kopf.

»I glaub sie håb'n scho' wieder vergess'n, wås mir zu verdånken håb'n.«

Unbezahlte Überstunden. Wüste nicht absehbare Beschimpfungen. Unnötige Arbeitsaufträge, die postwendend im Mülleimer landen. Verkomplizierte Arbeitsabläufe. Ewig lange Besprechungen ohne Ergebnis. Anrufe im Urlaub zu Hause ...

»I bin jå ned so Årschloch wie månch ånderer in dem Büro.«

Nein, sie ist ein Kotenbeutel.

»Und jetzt sitzts beide då und hålts die Pappn, wia so klane Lulus.«

Wahahahaha ... Ein Kackhaufen auf dem Klo und Lulus in der Besprechung.

»Es seids wåhrscheinlich eh z'feig fiar sowås«, stellt die Karo schließlich etwas ruhiger fest.

Stimmt. Wir haben jede Form der Rebellion aufgegeben.

»Åber wånn i an von eich d'raufkumm, dånn håt die Person die längste Zeit då g'årbeit. So und jetzt schleichts eich ån die Årbeit!«, beschließt meine Vorgesetzte die Besprechung, woraufhin Christoph sich so schnell erhebt, wie er nur kann und den Raum mit gesenktem Kopf verlässt.

»Wås måch'n sie no då, Frau Altwein?«

Angst. Panik. Lulu. Heiß. Kalt. Hilfe!

»Ich ... ich hätt noch eine Frage. Es wär wichtig.«

»Und die warat?«

Angst. Panik. Lulu. Heiß. Kalt. Hilfe!

»Ich ... na ja ... könnt ich vielleicht und eventuell morgen einen ... Na ja ... einen ...«

»I håb ned ewig Zeit, Frau Altwein.«

Angst. Panik. Lulu. Heiß. Kalt. Okay, Augen zu und durch.

»Könnt ich morgen einen Urlaubstag haben?«

Scheiße. Ich glaube ihre Augen glühen rot. STERBEN!!!!!

Kapitel 11

ie durch ein Wunder ist es mir doch noch gelungen, die Kotenbeutel von einem Urlaubstag zu überzeugen. Ich denke lieber nicht daran, wie ich das bewerkstelligt habe. Verdrängung ist ein durchaus wertvoller Mechanismus zum Erhalt des Selbstbildes. Deshalb bin ich dankbar als die wütende Stimme meines Sohnes ertönt: »Wahhh ... So ein Mist.«

Wow, Noah klingt schon beinahe wie der Leader einer Death-Metall-Band. Fehlt nur noch, dass die Mädchen aus den umliegenden Wohnungen hier anläuten, um dabei zuzusehen, wie sich *Apocalyptic Aggro Boy* Head bangend eine Flasche *Dreh-und-Drink* über den Kopf gießt und dabei unverständliche Worte in ein Mikro krächzt.

»Ich hasse das, ich hasse das, ich hasse das!«, brüllt Noah fröhlich weiter, sodass Donatello mit furchtsamen Blick in meinem offenstehenden Koffer Schutz sucht. Super. Jetzt hab ich überall die Tierhaare drauf.

»Putz dich!«, schimpfe ich mein Haustier deshalb und entnehme seinem eher apathischen Blick, dass sich die Traumatisierung seiner tierischen Persönlichkeit in Grenzen hält.

Ich werfe einen Blick auf die Uhr. Oh mein Gott! Toni wird gleich da sein, um seinen Sohn abzuholen, und ausgerechnet heute habe ich einen Bad-Hair-Day. Warum nur? Warum? Ich bin dafür, dass sich alle Profis der Welt versammeln, um mein Haar-Problem zu lösen, das natürlich noch wichtiger ist, als der Klimawandel, der zunehmende Populismus in der Politik und der stetig wachsende Fremdenhass. Versteht das denn niemand? Der Zustand meiner Haare ist äußerst kritisch! Vielleicht hat mich Antonio nur wegen meiner Frisur verlassen, die im Vergleich zu der blonden Lockenmähne eines dieser abstoßend perfekten Topmodels wie ein Wischmopp aussieht.

Nein, Emilia. Nicht weinen. Das ist kontraproduktiv, weil es dich nämlich noch hässlicher macht. Aber verdammt, es lässt sich nicht mehr zurückhalten. Die Tränen strömen einfach so aus meinen Augen. Gut gemacht. Jetzt habe ich nicht nur eine beschissene Frisur, sondern auch noch gerötete, angeschwollene Augen.

»Wahhh ... Das geht nicht!«, höre ich Noah wutentbrannt brüllen.

What the Fuck? Der ist ja wie ein Gladiator kurz vor dem Kampf und ich habe nicht die geringste Ahnung, ob es sicher ist, wenn ich sein Zimmer betrete, um mich zu vergewissern, was da vor sich geht.

»Was ist denn los, Noah? Jetzt chill einmal eine Runde, Kind«, rufe ich ihm deshalb aus sicherer Entfernung zu.

Es folgt Stille und dann ein genervtes Stöhnen.

Mir doch egal. Als Erziehungsberechtigte habe ich schließlich die uneingeschränkte und alleinige Autorisierung zum Nerven meines Kindes.

»Das geht da nicht. Du verstehst gar nichts, Mama«, klärt mich Noah überaus präzise über den Hintergrund seines Gemütszustandes auf.

»Tja ... dann haben John Schnee und ich was gemeinsam.«

»Mama?«

»Jep.«

»Wo bist du?«

»Im Schlafzimmer«, antworte ich und füge im Flüsterton hinzu: »Und da werde ich auch bleiben, denn ich betrete dieses Mienenfeld, das sich Kinderzimmer nennt, mit Sicherheit nicht.«

»Was hast du gesagt, Mama?«, lässt mich die Stimme meines Sohnes, der plötzlich unmittelbar hinter mir auftaucht, aufschrecken.

»Dass ich im Schlafzimmer bin, hab ich gesagt.«

»Aber du hast noch etwas anderes gesagt!?«

»Nein, ich hab nix gesagt«, probiere ich es einfach mal mit einer Lüge. Darin bin ich schließlich schon geübt.

»Doch«, bohrt mein Kind weiter. »Ich hab's doch gehört.«

»Na dann musst du dich *ver*hört haben.«

Jetzt grinst er: »Nein, hab ich nicht. Du hast noch was gesagt. Ich weiß es ganz genau.«

Oh mein Gott. Ich habe ein Klugscheißer-Kind in die Welt gesetzt. Bald wird er mich über die Zusammensetzung von laktosefreier Milch in Kenntnis setzen und mir erklären, welche Auswirkungen die Einnahme von Aspirin C auf meinen Blutkreislauf hat.

»Hm ... na kann sein, dass ich zu Donatello irgendwas gesagt hab. Der war schon wieder so lästig, weißt
du.«

»Okay.«

Der Kater als Sündenbock funktioniert also nicht
nur bei unkontrollierbaren Darmwinden in Gegenwart eines Besuchs.

»Wann kommt denn der Papa?«

»Keine Ahnung.«

»Kann ich, bis der Papa da ist, fernschauen?«

»Nein, Noah. Es gibt kein Fernschauen heute. Hör
auf mich damit zu nerven.«

»Aber ich hab so Bauchweh und da muss ich liegen.«

»Noah, das wird dir irgendwann keiner mehr glauben, wenn du da immer lügst.«

»Aber ich hab wirklich so Bauchweh«, behauptet er
unnachgiebig und verzieht dabei das Gesicht zu einer
qualvollen Miene, während er sich an den Unterleib
fasst.

»Hm ... na wenn das so schlimm ist, dann müssen
wir ins Spital fahren.«

»Ja«, gibt er mit weinerlicher Stimme von sich und
legt sich dann zur Unterstreichung seiner Aussage auf
mein Bett.

»Ui ... das ist aber schade. Dann kannst du ja heute
auch gar keine Schokolade mehr essen.«

Wie von der Tarantel gestochen setzt er sich auf: »Aber ich hab doch solchen Hunger. Ein Stück geht doch, oder nicht?«

»Na wenn du Bauchweh hast, kann ich dich keine Schokolade essen lassen. Dann musst du Zwieback essen und Suppe und Tee trinken.«

»Wäh. Tee schmeckt mir nicht und Suppe auch nicht.«

»Tja ... da kann man dann nix machen«, erkläre ich schulterzuckend.

So als hätte Noah meine Gedanken gelesen, heult er augenblicklich: »Aber du lasst mich ja verhungern.«

»Was für ein Unsinn. Ich lass dich doch nicht verhungern, nur weil ich dir keine Schokolade gebe. Außerdem hast du ja gesagt, dass du Bauchweh hast«, verteidige ich mich in ruhigem Tonfall.

»Ja, hab ich ja auch. Schon seit gestern.«

»Das könnte dann vielleicht an dem gefühlten Kilo Grießkoch und dem Eis liegen, das du verdrückt hast.«

In dem Moment klopft es an der Tür und mein Herz setzt für einen Augenblick aus. »Scheiße. Ich glaube dein Papa ist da.«

»Du hast ›Scheiße‹ gesagt, Mama. Das darf man nicht«, ermahnt mich Noah, der sein Bauchweh offensichtlich schon wieder vergessen hat und vom Bett aufspringt, um ins Vorzimmer zu laufen und seinem Papa die Tür zu öffnen.

Ich werfe indessen noch einen letzten Kontrollblick in den Spiegel. Gut! Das war's. Ich habe endgültig meine Chance verspielt, den Vater meines Sohnes zurückzuerobern. Bei meinem abgefuckten, übermüdeten Gesichtsausdruck hilft nicht einmal mehr das Auftragen eines roten Lippenstifts. Ich will sofort im Erdboden versinken!

»Ciao Noah! Wo ist denn deine Mama?«, ertönt die Stimme meiner affektierten Schwiegermutter aus dem Vorzimmer.

WHAT THE FUCK! Was soll denn das jetzt bitte? Wieso schickt mir Antonio seine Mutter und bewegt nicht selbst seinen Hintern hierher? Ich meine, sie ist quasi der Mia-Feind Nummer eins.

»Die ist im Schlafzimmer.«

»Emilia!«, ruft mich meine Ex-Schwiegermutter ungeduldig. »Wo steckst du denn so lange?« Es folgt ein genervtes Keuchen. »Das ist ja wieder einmal tipico. Ich habe schließlich nicht ewig Zeit. Ich meine, was denkt sich deine Mama bloß dabei. Sie ist ja nicht der einzige Mensch in questo mondo.« Wieder ein gereiztes Stöhnen. »Als wäre es nicht genug Stress, sich mit diesen ganzen Idioti in der U-Bahn herumschlagen zu müssen.«

»Oma, du darfst dich nicht immer so viel ärgern. Das ist nicht gesund für dich«, zeigt sich Noah besorgt, wird allerdings von meiner Schwiegermutter ignoriert, die sich stattdessen an mich wendet: »Emilia, wo steckst du denn so lungo?«

Manno, ich will nicht mit ihr reden. Bitte, bitte nicht!

»Mama!«

»Ja, ja. Ich komme ja schon«, antworte ich und betrete dann widerwillig das Vorzimmer, um die Mutter meines Exfreundes, eine hochgewachsene, schlanke Frau mit dunklem Pagenkopf und Brille, zu begrüßen.

»Sag wann warst du mit Noah l'ultima volta beim Frisör?«, fragt mich Laura nach der Begrüßung mit spitzer Stimme.

»Keinen Plan. Ich führe noch nicht akribisch Buch darüber. Ist schon eine Weile her, schätze ich.«

Sie wendet sich wieder meinem Sohn zu und zupft an seinen dunklen zerstrubbelten Haaren, woraufhin Noah empört zusammenzuckt: »Aua.«

»Si, puoi vedere chiaramente, dass du nicht Buch darüber führst.« Abfällig schüttelt sie den Kopf: »Aber es hätte mich ja auch wirklich überrascht, wenn du einmal etwas anderes im Kopf gehabt hättest, als dich selbst. So eine Egotista. Das hab ich ja damals auch schon zum Toni gesagt, als er dich das erste Mal zum Essen mitgebracht hat. ›Die wird dir nochmal dolore bereiten‹, hab ich ihm erklärt. ›Das ist so ein tipica ragazza moderna‹.«

Keinen Plan warum sie so ein Problem damit hat. Eigentlich müsste sie doch dankbar sein. Man stelle sich nur ihre innere Leere vor, wenn sie nichts an mir auszusetzen hätte.

Laura lacht verächtlich und wartet keine Erwiderung meinerseits ab, ehe sie weiter lamentiert: »Dir war es doch schon immer vollkommen gleichgültig wie es meinem figlio geht.«

Jetzt bin ich aber gespannt, was er heute wieder hat. Ob ihm sein kleiner Finger weh tut oder sein Stuhl ein bisschen dünner ist als sonst?

»Mein armer Atonio sitzt mit einem Burnout zu Hause während du dich auf einer Reise vergnügst.

Wenn ich er wäre, dann hätte ich es gewiss abgelehnt, dir das Babysitting an deinem Wochenende abzunehmen. Zumal du doch für seinen kummervollen Zustand verantwortlich bist.«

Jep ... ich bin ein regelrechtes Monster.

»Was ist ein Burnout, Mama?«, fragt mein Sohn neugierig, woraufhin ihm seine Oma die Schulter tätschelt. »Ein Burnout bekommt man, wenn man zu viel arbeiten muss, Noah. Weißt du, dein Papa hat so viel arbeiten müssen, dass er sich irgendwann ganz ganz leer und ausgebrannt gefühlt hat und deshalb muss er jetzt zu Hause bleiben, bis es ihm wieder besser geht.«

»Dann werde ich ihm einfach ein schönes Bild malen. Vielleicht geht's ihm dann besser«, nimmt sich Noah vor, woraufhin ich ihm zulächele und ermutigend über seinen Kopf streiche. »Mach das. Das ist eine sehr gute Idee.«

Augenblicklich zieht sich Noah in sein Kinderzimmer zurück und ich höre, wie er die Schubladen seines Schreibtisches öffnet, um sich ans Zeichnen zu machen. Laura hat indessen noch immer nicht genug davon, den leidvollen Zustand ihres Sohnes darzulegen.

»Der arme Toni. Es ist ja wirklich ein Fluch unserer Familie, dass wir alle so zart besaitete Seelen haben und viel Zuwendung und Einfühlungsvermögen brauchen.«

Jep, die beiden sind die Sensibilität in Person. Deshalb hat mich Toni auch einfach so sitzen gelassen und sich einen Dreck darum geschert, wie Noah und ich mit der Situation klarkommen. Bestimmt ist das die gängige Methode von sensiblen Menschen und ich bin schlichtweg zu blöd, um das zu durchschauen.

Lauras eiskalter Blick wandert emotionslos über mich, ehe sie feststellt: »Ich wusste ja gleich, dass du dieser schweren Aufgabe nicht gewachsen bist. Aber was erwarte ich mir auch anderes. Ich meine, so hochsensible Menschen wie mein Figlio und ich haben ja immer wieder das Problema, dass wir von diesen Idioti insensibili nicht verstanden werden. Insofern kann ich dir nur schwerlich einen Vorwurf machen, Emilia.«

»Mmh…«, murmle ich bloß semibeeindruckt.

»Trotzdem musste ich dem Toni zureden, sich von dir zu trennen. Das hat doch jeder gesehen, dass ihm eure Beziehung nur mehr schadet, auch wenn mein Figlio eher dazu neigt, in Silenzio zu leiden. Er ist halt einfach nicht so eine Piagnucolone.«

»Tja, am besten ihr stellt mich in eurem Ghetto an den Pranger und lasst mich von Passanten mit verdorbenem Gemüse bewerfen«, platzt es aus mir heraus.

Mit Geringschätzung in den Augen betrachtet mich Laura: »Das war ja klar. Du nimmst wirklich gar nichts seria auf dieser Welt. Der Toni muss ja insano gewesen sein, als er sich auf dich eingelassen hat.«

Ja, verrückt ist er schon, aber das hat wohl mehr mit seinem Ödipus-Komplex, denn mit mir zu tun.

»Dieser ganze Bandscheibenvorfall wär nicht passiert, wenn er sich früher von dir getrennt hätte.«

»War das der Bandscheibenvorfall, der innerhalb von einem Tag auf wundersame Weise verschwunden ist?« Magie! »Den hab ich ja schon wieder ganz vergessen. Ich gebs zu. Ich bin schuldig, weil ich zugelassen habe, dass er einkaufen geht.«

Fuck! Schon wieder laut gesagt. Halt den Mund, Emilia. Halt den Mund und denk es dir einfach ... Aber ich kann nicht!

»Was bist du nur für ein Mensch?« Ungläubig schüttelt sie den Kopf. »Mein armer Figlio rackert sich für dich den Rücken wund und dir fällt nichts Besseres ein, als seine Probleme nicht seria zu nehmen. Du solltest dich wirklich in Grund und Boden schämen, Emilia. Was bist du bloß für eine Donna?«

»Keine Ahnung. Eine normale, die davon ausgeht, dass ihr ein erwachsener Mann mitteilen kann, was er möchte«, antworte ich provokant.

»Es ist unsere Aufgabe als Frauen, zu wissen, was ein Mann braucht und es ihm zu geben.«

Welchem Jahrhundert ist diese Frau bitteschön entsprungen? Ich setze gerade zu einer deftigen Antwort an, als Noah plötzlich mit einer bunten Zeichnung in der Hand aus dem Kinderzimmer kommt und mir diese freudestrahlend präsentiert.

»Hey, das ist aber ein echt schönes Bild«, stelle ich fest und betrachte das Kunstwerk dann eingehend. Spiderman hängt zwischen zwei Wolkenkratzern, als wäre er soeben gekreuzigt worden. Batman macht einen auf Anarchist und zielt mit seiner Pistole auf Spiderman und Doc Ocks Gesichtsausdruck lässt Rückschlüsse auf Verdauungsstörungen gepaart mit einer generellen Angststörung zu.

»Glaubst du, dass sich der Papa freuen wird?«, fragt mein Kind.

»Aber klar doch. Das ist so ein schönes Bild. Da kann er gar nicht anders«, unterstütze ich Noah und hauche ihm einen Kuss auf die Stirn.

»Da stimme ich deiner Mama ausnahmsweise einmal zu. Aber ich bitte dich jetzt trotzdem deine Schuhe anzuziehen, damit wir endlich hier wegkommen.«

Boah ... wie sie das sagt. So als sei meine Wohnung eine Dependance der Hölle.

»Ja«, entgegnet mein Sohn und macht sich sogleich an seinen Stiefeln zu schaffen. »Oma?«, richtet Noah schließlich das Wort an Laura, während er in seine Jacke schlüpft.

»Ja.«

»Hat der Papa eigentlich schon den Sternenzerstörer fertiggebaut? Das hat er mir letzte Woche versprochen.«

Sie beugt sich zu ihm hinunter: »Ohje ... das glaub ich nicht wirklich, weil es deinem Papa ganz ganz furchtbar geht, weißt du Noah. Der hat ganz ganz viel Stress und da braucht er ganz ganz viel Ruhe.«

Ich glaub, der braucht eher ganz ganz viele Watschen, um wieder zu Verstand zu kommen.

Enttäuscht verzieht Noah das Gesicht, sagt aber nichts, sondern verabschiedet sich von mir und folgt seiner Oma nach draußen.

Kapitel 12

Verdammt, wieso zum Teufel schneit es ausgerechnet jetzt? Ich meine, hätte sich Petrus mit dem winterlichen Gestöber nicht zumindest so lange Zeit lassen können, bis ich im Bus nach Venedig sitze? Nein, natürlich nicht. Weil mich alle Heiligen pausenlos verarschen. So als hätten die da oben Wetten abgeschlossen, wer mich als Erster zum Einknicken und Aufgeben bringt. Nur über meine Leiche, das sag ich euch. Ich werde nicht kapitulieren und kämpfe mich durch den Schnee, als sei ich eine schwer verletzte Kriegerin, die sich zum letzten Verteidigungsschlag mit ihrem Mickey Mouse Trolley aufrafft. Dummerweise spielt der allerdings nicht mit und hat beschlossen einen auf Schwert Excalibur zu machen und im Schnee stecken zu bleiben. So ein Mist! Dieser dämliche Koffer lässt sich keinen Millimeter weit bewegen. Dabei bin ich doch die rechtmäßige Besitzerin.

»Was machst du denn da, Mia?«, fragt mich Kim, die neben mir anhält.

»Keine Ahnung, der dämliche Koffer ist irgendwie steckengeblieben«, antworte ich ihr und mühe mich weiter keuchend damit ab, mein Gepäckstück fortzubewegen.

»Brauchst du Hilfe?«, fragt sie mich.

»Nein, geh ohne mich, Kim! Ich halte dich nur auf! Du sollst ein glückliches und erfülltes Leben führen!«, erkläre ich ihr pathetisch, woraufhin meine Freundin kichert.

»Ich würde niemals ohne dich gehen, Mia Moon. Du bist doch alles was ich habe.«

Wer's glaubt. Beim ersten männlichen Wesen, das ihr zusagt und von dem sie sich eine heiße Nacht verspricht, ist sie eine Dampfwolke. Insofern wird morgen aller Voraussicht nach ein Schnappschuss meines steifgefrorenen Leichnams auf Instagram landen.

Ich ziehe ein weiteres Mal unter Aufbietung all meiner Muskelkraft am Griff meines Trolleys und ...

Oh nein ... Was? ... Scheiße ... Gleichgewichtsverlust!

Ohne es verhindern zu können, falle ich mit meinem Po in einen Schneehaufen hinter mir.

»Scheiße. Scheiße. Scheiße«, fluche ich in mich hinein, während ich in das halb im Schnee versunkene Gesicht von Mickey Mouse starre, das sich jetzt auf Augenhöhe mit mir befindet und mich dämlich angrinst. Boah ... ich glaube, ich verliere gleich die Geduld und prügle auf mein dämliches Gepäckstück ein.

Kim kichert: »Mia, was führst du bitte auf? Du musst dich ja nicht gleich fallen lassen, um mich am Gehen zu hindern.«

»Ha ha ha ... Du hast gut lachen. Schließlich bist du nicht diejenige, die im verdreckten Schnee liegt.«

Und kopfschüttelnd von einer im Elektromobil vorbeifahrenden Frau begafft wird, als wäre sie eine obdachlose Bettlerin, die versucht mit einer witzigen Showeinlage etwas dazuzuverdienen.

»Miassts es immer so vül saufen«, ruft uns die Passantin zu. »A Wåhnsinn is des mit der Jugend von heit.«

»Müssen sie sich über jeden Scheiß aufregen?«, ruft ihr Kim hinterher. »A Wahnsinn ist das mit den Alten von gestern.«

Die Frau grummelt irgendetwas in sich hinein, was ich allerdings aufgrund der aufkommenden Distanz nicht mehr verstehen kann.

»Solche Menschen regen mich so auf!«, beschwert sich meine Freundin. »Die blöde Kuh geht einfach davon aus, dass du betrunken bist und fragt nicht mal, ob wir Hilfe brauchen. Was für eine Frechheit.«

»Ja, schön. Du kannst ja ihr Nummerntaferl abfotografieren und dann eine Anzeige aufgeben«, entgegne ich und versuche mich vergeblich aus dem Schnee zu erheben.

»Oh sorry. Brauchst du Hilfe?«, fragt mich Kim, als sie sich endlich vom Anblick der Passantin ab- und mir zuwendet.

»Ja, das wär echt super.«

Sie streckt mir die Hand entgegen und zieht mich hoch.

»Danke dir«, sage ich und klopfe dann meine schwarzen Jeans ab.

»Hast du dir eh nicht wehgetan?«

»Ich schätze mal ich werd's überleben. Kann nur sein, dass ich ein Trauma erlitten habe und künftig eine Therapeutin aufsuchen muss«, antworte ich.

»Geh bitte, du brauchst doch keine Therapeutin. Dafür hast du ja mich«, hält Kim mit einem Augenzwinkern fest, um danach meinen Koffer zu ergreifen und ihn federleicht aus dem Schnee zu ziehen.

»Wieso um Himmels Willen bist du eigentlich in allem besser als ich, Kim?«

»Gräme dich nicht, junge Mia Moon. Gräme dich nicht. Du kannst schließlich nichts dafür, dass ich der wiedergeborene König Artus bin.«

»Na sehr super. Und ich bin wieder mal nur eine Statistin«, murre ich, während wir uns auf den Bus zubewegen. »Glaubst du, der Toni hätte nicht mit mir Schluss gemacht, wenn ich ein wenig erfolgreicher gewesen wäre und nicht so ... normal?«

Meine Freundin rempelt mich unsanft an: »Spinnst du jetzt total? Du darfst dich von einem Besuch deiner Schwiegermutter nicht gleich so verunsichern lassen. Der Toni hätte sich alle zehn Finger abschlecken müssen, als er ein Mädel wie dich abbekommen hat.«

»Und warum hat er dann mit mir Schluss gemacht, wenn ich so super bin?«

Kim zieht sich ihre bunte, von ihrem Papa selbstgestrickte Haube zurecht, ehe sie antwortet: »Weil er ein Feigling ist und mit so einer starken Frau wie dir einfach nicht klarkommt. Der braucht wahrscheinlich irgendein zahmes Mädchen, das ihm jeden Wunsch von den Augen abliest und das willst du definitiv nicht sein.«

Ich zucke mit den Schultern: »Wer sagt das? Ich meine, es ist so verdammt anstrengend Single zu sein.«

Kim bleibt abrupt stehen, klopft mir auf den Hinterkopf und starrt mich dann mit ernstem Blick an: »Ich will so etwas nie wieder von dir hören, hast du mich verstanden? Stell dir nur mal vor, wie anstrengend es wäre, wenn du den Kerl noch an der Backe kleben hättest. Irgendwie neigst du dazu, das immer wieder zu verdrängen. Das hast du in der Schule schon bestens beherrscht, wenn irgendein Typ eklig zu dir war und niemand war fieser zu dir als der Toni.«

»Hey, du redest über den Vater meines Kindes.«

Meine Freundin zuckt mit den Schultern: »Na und? Was soll das heißen? Darf man ihn deshalb nicht kritisieren oder was? Wenn ich du wäre, dann würde ich schon lange darüber nachdenken, wie ich mich am besten an dem Kerl rächen könnte.«

»Das kann ich nicht. Dafür bin ich viel zu weich. Außerdem steht das Ende der Beziehung ja nicht stellvertretend für die ganze Beziehung.«

»Aus welcher Frauenzeitschrift hast du denn den Spruch Mia Moon?«

»Der Spruch stammt von meinem vernünftigen Ich.«

»Okay, also dann wird's Zeit, dass ich mal ein ernstes Wörtchen mit deinem vernünftigen Ich rede. Der Toni ist einfach ein liebesunfähiges Arschloch. Den hast du ja darum anbetteln müssen, mal händchenhaltend mit dir durch die Gegend zu ziehen und knutschen gab's von Anfang an nicht wirklich viel mit ihm. Ganz zu schweigen davon, dass er nach Noahs Geburt versucht hat, dir eine Brust-OP einzureden. Im Übrigen hast du mir auch anvertraut, dass er dich nach eurem ersten Date als seltsam bezeichnet hat, weil du ihn nicht gleich besprungen hast. Das erste Date, das erst stattgefunden hat, nachdem er dich einmal versetzt hat, weil er sich da noch mit irgendeiner Tussi getroffen hat, deren Unterwäschebilder er dir stolz präsentiert hat. Insofern ist also das Ende der Beziehung irgendwie schon beispielgebend für die ganze Beziehung«, hält Kim ein leidenschaftliches Plädoyer gegen meinen Exfreund und ballt dabei ihre Hände zu Fäusten. Schamerfüllt senke ich den Kopf.

»Jetzt, wo du das alles so aufgezählt hast, kann ich nicht einmal etwas dagegen erwidern. Klingt ziemlich bescheuert, dass ich mit diesem Mann auch noch ein Kind in die Welt gesetzt habe. Wer tut denn so etwas?«

Liebevoll streichelt mir Kim über die Schulter: »Ach, du darfst nicht so streng mit dir sein. Lass diese Zeit einfach hinter dir. Ich meine wenigstens hast du einen wunderbaren Sohn von ihm und das ist besser als nichts und den Rest von diesem Arsch treiben wir dir auch noch aus.«

»Jetzt bin ich aber neugierig, liebste und weiseste Kim. Wie willst du mir den Toni denn austreiben?«, frage ich meine Freundin und setze mich dabei wieder langsam in Bewegung.

»Hm ... kannst du dich noch an diesen blonden Model-Typen erinnern, mit dem ich mal eine Zeit lang zusammen war?«

»Was für eine Frage? Wer könnte das vergessen.« Ich erinnere mich noch genau daran, als wir dieses eine Mal im Sommer im Bad waren und der muskelbepackte Schönling aus dem Wasser gestiegen ist und sich dabei das nasse Haar aus dem lachenden Gesicht gestrichen hat. In dem Moment war ich das erste Mal versucht, so zu tun, als würde ich im knietiefen Wasser ertrinken, nur damit ich einmal sein Sixpack anfassen darf. Nur ein einziges Mal. Nachdem ich allerdings festgestellt habe, dass Mr. *Baywatch* den IQ und die Reife eines Fünfjährigen hat, wollte ich ihm nur noch ein *Twinni* kaufen und mit ihm *Uno Junior* spielen.

»Dem bin ich irgendwann dahintergekommen, dass er mehrere Mädels gleichzeitig datet.«

»Wow ... in Anbetracht seines niedrigen Intelligenzquotienten ist das eine echt krasse Leistung. Aber wie bist du ihm da bitte draufgekommen?«

»Ich hab natürlich regelmäßig sein Handy gecheckt. Ich bin doch nicht blöd und lass mich verarschen.«

»Wie reizend. Das muss echte Liebe gewesen sein.«

»Wieso nicht? Vertrauen ist gut, Kontrolle ist besser. Mein Beziehungsleitsatz und wie sich herausgestellt hat, war's ja nicht einmal so ungerechtfertigt. Wir Frauen haben immerhin nur selten grundlos einen Verdacht. Aber am besten war dann seine Erklärung.«

»Okay, jetzt bin ich wirklich neugierig.«

»Er hat mir erklärt, dass er das machen muss, weil der Leistungsdruck unter Männern einfach so groß ist und er eben mit den anderen mithalten wollte. Außerdem hat er gemeint, dass ich nicht so viel Aufhebens um seinen Betrug machen soll, weil es biologisch gesehen ohnehin viel schlimmer ist, wenn eine Frau fremdgeht.«

»Oh mein Gott. Wie hat er das denn begründet?«

»Er meinte, dass Frauen meist Überträgerinnen von Geschlechtskrankheiten sind und deshalb sei es schlimmer, wenn die fremdgehen oder so. Keinen Plan. So genau weiß ich das auch nicht mehr. Ich hab mich während des Gesprächs ausgeklinkt.«

»Kann ich verstehen.«

»Mmh ... und was noch viel wichtiger ist: Ich habe mich an ihm gerächt«, erklärt sie mir mit leuchtenden Augen. »Ich bin gleich auf Aufriss gegangen und hab dem Arsch dann ein Foto von mir und meiner neuen Errungenschaft mit einem Schlussmachreim geschickt.«

»Was du bei der ganzen Sache allerdings vergisst, ist die Tatsache, dass ich nicht mehr mit dem Toni Schluss machen kann, weil er das schon für mich übernommen hat«, stelle ich ernüchtert fest.

»Du enttäuscht mich Mia Moon, denn du hast den Kern meiner Geschichte nicht verstanden. Du sollst deinem Ex einfach nur demonstrieren, wie glücklich du bist und dass dich das mit ihm nicht mehr sonderlich tangiert. Das ist eine echte Wunderwaffe und der Kerl wird dir voll nachrennen. Zumindest war das bei meinem Ex so. Die Männer wollen schlecht behandelt werden«, beschließt meine Freundin ihre Erläuterungen und bleibt vor dem Reisebus stehen, um von dem rundlichen Fahrer angesprochen zu werden.

»Kånn i eich beim Einlåden hölfn, Mädels?«

»Das wär voll lieb von ihnen, danke«, antwortet Kim und ergreift dann meine Hand, um mich mit sich in den Reisebus zu ziehen.

Ich hätte gern die Coolness meiner Freundin, denn dann würde ich jetzt effektheischend in den Bus einsteigen, um dann im Zeitlupentempo begleitet von Cutting Crews »I just died in your arms tonight« an meinem Traummann vorbeizuschreiten, der sich sogleich unsterblich in mich verlieben wird. Doch als ich die Sitzreihen nach meiner großen Liebe durchforste, werde ich bitter enttäuscht. Wo bin ich denn hier gelandet? Ist das etwa ein Ausflug von Pensionisten?

Kapitel 13

Manno, schön langsam habe ich echt keine Ahnung mehr, wie ich hier sitzen soll. Wenn das nämlich so weitergeht, dann brauche ich morgen auf dem Ball statt einem Gin Tonic ein Muskelrelaxans. Deshalb lehne ich meinen Kopf stöhnend an die Fensterscheibe des Reisebusses und starre in die Dunkelheit hinaus

So ein Mist. Ich bin viel zu aufgeregt, um zu schlafen.

Gähnend zücke ich mein Smartphone und entsperre das Display in der Hoffnung auf eine aufregende Mitteilung. Nichts. Nada. Nothing. So ein Scheiß. Was ist denn heute bitte los? An jedem verfluchten Tag, an dem ich meine wohlverdiente Ruhe haben will, werde ich von zig Bekannten und Verwandten wegen Verdauungsstörungen, einem Pickel oder Taubenkacke auf dem Fensterbrett kontaktiert, aber wenn ich einmal Beschäftigung brauche, weil meine beste Freundin an Narkolepsie leidet, meldet sich kein Schwein. Und als hätte mich Kim verstanden, schnarcht sie plötzlich so laut auf, dass man meinen könnte, ein verrückter Diktator führt in ihrem Inneren Atombombentests durch.

Kichernd schieße ich nach einem Geistesblitz mit meinem Smartphone ein Foto von Kims unvorteilhafter Sitzhaltung, um zu beweisen, dass sie rauschfrei vor Mitternacht eingeschlafen ist.

Ob das daran liegt, dass sie sich zu Silvester so mies gefühlt hat? Wenigstens kann sie sich im Gegensatz zu mir noch erinnern. Meine Rekapitulationsversuche sind nämlich kläglich gescheitert.

Ich werfe einen Blick auf eine ältere Dame im hellblauen Schlafanzug, die auf der gegenüberliegenden Seite des Busses neben Kim und mir sitzt und in ein Buch vertieft ist, das sie vermutlich in einen ekstatischen Tagtraum mit einem mexikanischen Gärtner entführt. Neugierig beuge ich mich über Kim, um zu entziffern, was die Frau da liest.

Manno, ich kann den Titel nicht entziffern. Denk nach, Mia. Denk nach. ... Ha ha ... ich hab's!

Hastig lasse ich meine Hände in den Rucksack gleiten und zücke meinen neu erworbenen Fotoapparat mit Superzoom hervor. Das müsste eigentlich funktionieren. Guter Plan.

Ich entferne die Schutzkappe und schalte das Ding ein. Danach beuge ich mich vorsichtig über den teilnahmslosen Leib meiner Freundin und betätige den Zoom, berühre dabei aber dummerweise den Aufnahmeknopf. Geräuschvoll schießt die Kamera daraufhin ein ungewolltes Foto. Erschrocken über die Lautstärke, nehme ich rasch wieder eine aufrechte Position ein und lasse den Fotoapparat unter meiner Jacke verschwinden. Gerade rechtzeitig, wie ich bemerke, denn sowohl der Leserin als auch meiner Freundin ist das

Geräusch meiner Kamera nicht entgangen, weshalb sich beide in meine Richtung wenden.

»Was ist denn?«, fragt mich Kim matt, woraufhin ich den unschuldigsten Blick aus meinem Mimik-Repertoire hervorkrame.

»Gar nichts. Ich weiß nicht wovon du sprichst«, antworte ich und sehe aus dem Augenwinkel eine Gestalt die Treppen zur Bustoilette hinabsteigen, die mir irgendwie bekannt vorkommt.

»Okay«, unterbricht mich Kim beim Nachdenken und lässt den Kopf wieder auf die Lehne sinken.

Also gut, die Überlistung meiner Freundin war so unspektakulär, dass ich fast schon wieder enttäuscht bin, wäre da nicht die Leserin im Schlafanzug. »Aber nicht, dass sie die Klimaanlage eingeschaltet haben. Es ist sowieso schon so kalt hier drinnen.«

»Nein, keine Sorge«, verneine ich, woraufhin sich die ältere Dame wieder auf ihren Roman konzentriert und ich einen weiteren Einschlafversuch starte. Diesmal mit Erfolg …

☂ ☂ ☂

Ich finde mich in einer riesigen Kathedrale wieder, die mit festlich gekleideten Menschen vollgestopft ist.

Was ist denn jetzt los? Wieso bin ich in einer Kirche? Und wieso verdammt nochmal sitzen da so viele Menschen?

»Bist du soweit?«, fragt mich eine Stimme mit englischem Akzent, die sich als jene von Gerard Butler entpuppt, der einen total schicken Anzug trägt und mir liebevoll zulächelt.

Ich seufze.

»Alles klar mit dir?«, hakt der bekannte Schauspieler besorgt nach.

Verdammt, ich habe nicht die geringste Ahnung, wie man mit einem Hollywood-Star spricht, ohne dabei in peinliches Stottern zu verfallen.

»Du siehst so blass aus, Mia Moon«, stellt Gerard fest.

Oh Gott! Ich will mir einfach nur den Knöchel verstauchen, um in seine muskulösen Arme fallen zu können. Er ist *soooooooo* schön!

»Wieso siehst du mich denn so an, Tochter?«, fragt er mich.

Was? Gerard Butler ist mein Vater? Das kann nicht sein. Das gibt es nicht. Das darf nicht sein!

»Du ... ähm ... äh ... hm.«

»Mia Moon?«

»Hmpf ...«, ist der einzige Laut, den ich hervorbringe.

»Sollen wir mit deiner Vermählung noch warten, meine Tochter?«

Was für eine Vermählung denn? Wen soll ich denn heiraten? Als mein Blick an mir hinabgleitet, identifiziere ich ein pompöses Hochzeitskleid, was mich in fassungsloses Staunen versetzt. Wie ferngesteuert greifen meine Hände auf meinen Kopf und ertasten eine aufwendige Hochsteckfrisur mit einem kleinen Diadem.

Wie geil ist das denn? Ich sehe aus wie eine Prinzessin.

»Hmpf ... br ... kk ...«, versuche ich Gerard zu antworten. Was ist denn bloß mit meiner Sprache los?

»Na dann lassen wir deinen künftigen Gemahl nicht länger warten.«

Dass ich zehn Jahre lang vergeblich auf einen Antrag gewartet habe, scheint hier offenbar von keinem großen Interesse zu sein.

»Hmpf«, entgegne ich.

Manno. Ich will wieder sprechen können. Ich weiß ja nicht einmal, welchem Bräutigam ich hier unwissentlich meine Zustimmung erteile. Da kann ich ja gleich mit verbundenen Augen eine Lebensversicherung abschließen.

»Nun, Tobias, ich gebe dir die Hand meiner wertvollen Tochter, auf das ihr euch vermehret.«

Was? Nein, nicht Toby. Ich will nicht!

»Moment mal«, erkläre ich und bin erstaunt darüber, meine Stimme wiedergefunden zu haben.

»Willst du was sagen, mein Kind?«

Warum stehen Väter immer so auf der Leitung, wenn es um ihre Töchter geht? Natürlich will ich etwas sagen, sonst würde ich es ja nicht tun.

»Ja, ich möchte etwas sagen, Paps«, setze ich an, drehe mich dann um, strecke meine Hand in die Luft und rufe in die Menge: »Freiheit!«

Die Gäste erwidern meinen Ruf grölend und ich reiße mir das Hochzeitskleid vom Leib, unter dem ich so eine ultimativ coole Xena-Lederimitatsrüstung trage.

Und was jetzt? Ich habe nicht die geringste Ahnung, was ich tun soll und sehe mich hilfesuchend um. Ich kann doch nicht gegen meinen Sandkistenfreund, der mittlerweile aschfahl im Gesicht geworden ist, kämpfen. Allerdings komme ich auch nicht mehr dazu, mir einen geistreichen Plan zu überlegen, da plötzlich ein Grollen ertönt, das mich befürchten lässt, die Welt stünde kurz vor ihrem Untergang. Sekunden später zerstört ein riesiger grauer Drache die Kirchenmauer, und ein gigantischer Feuerstrahl fegt aus seinem Maul über die Köpfe der Hochzeitsgäste hinweg. Auf dem Rücken des Drachen sitzt mein Exfreund mit erhobenem Kruzifix.

»Es ist Zeit!«, schreit er mit bedeutungsschwangerer Stimme, woraufhin meine Schwiegermutter gefolgt von einer Horde Orks über die zerstörte Kirchenmauer klettert, um sich in ein blutiges Gefecht mit den Hochzeitsgästen zu werfen.

Okay, also das ist jetzt aber echt unfair. Gibt es denn in Schlachten keine Spielregeln? Wie soll ich mich denn alleine einem Drachen und einer Armee von Orks stellen? Ich bin schließlich keine Elbenkriegerin. Die würde nur mit einem einzigen Pfeil bewaffnet mindestens die Hälfte der Armee erledigen.

Also gut. Es ist eindeutig Zeit für den Mondstein! Ich zücke einen funkelnden Stein und halte ihn in die Luft, während ich rufe: »Verwandle mich!«

Die Erde unter meinen Füßen erbebt und tiefe Rissen bilden sich im Kirchenboden, bis schließlich aus der Tiefe eine riesige Kotenbeutel-Hydra erscheint: »Glaubens, i bin earna ausm Årsch außekreult?«

Nein, eigentlich nicht. Es sei denn ich war ihr Wirt. Okay, das ist eine wirklich grausame Vorstellung.

»Und warum liagens mi eigentlich ån? Håbens glaubt, dass i so deppert bin und earna ned draufkumm? Dafür schmorens in da Unterwölt.«

»Niemals! Die Liebe muss siegen!«, ruft ein Ritter in glitzernder Rüstung vom Rücken eines Einhorns und ergreift meine Hand, um mich heroisch zu sich auf das Fabelwesen zu ziehen und dann galoppierend die verwüstete Kathedrale zu verlassen.

Während wir in Windeseile durch die brennende Wiener Innenstadt reiten, wage ich es nicht, das Wort an meinen Retter zu richten. Wer weiß, ob der Kerl mich nicht einfach vom Einhorn schubst, wenn ich das Falsche sage. Also lieber schweigen und sich total passiv helfen lassen.

Nach einer schieren Unendlichkeit auf dem Fabelwesen, hält der Ritter schließlich im Stadtpark vor einer Gruppe Bobos an, die eine Paradeiserstaude in der Mitte ihres Kreises besingen. Eine hochgewachsene, blonde Elbenfrau in Hotpants löst sich aus dem singenden Kreis und kommt mit einem Joint in der Hand auf uns zu, woraufhin mein Ritter von seinem Einhorn absteigt, um der Kifferelbenbraut entgegenzugehen und sich ehrerbietig vor ihr zu verneigen.

»Ich habe die Prinzessin, wie befohlen, gerettet!«, erklärt er der seltsamen Elbenkönigin im Festivaloutfit.

»Ähm ... kann mir mal jemand erklären, was ich hier zu suchen habe?«, frage ich, nachdem ich ebenfalls von dem Einhorn abgestiegen bin.

Die Frau wendet sich mit ihren stechenden hellblauen Augen an mich, macht einen Zug von ihrem Joint und erläutert mit lispelnder Stimme: »Wir haben euch bereits erwartet.«

»Das finde ich ja schön, aber das erklärt mal rein gar nichts.«

»Nun ja ... wir wussten bereits, was passieren wird und haben deshalb einen Plan zu eurer Befreiung ersonnen. Schließlich hat euch das Schicksal bereits meinem Sohn versprochen.«

Ich stemme eine Hand in die Hüfte: »Was ist denn bitte los? Wieso wollt ihr mich alle zwangsverheiraten? Ich will sofort zu den sieben Zwergen, hinter den sieben Bergen, oder zu irgendwelchen Feen in ein Wald-Frauenhaus.«

»Sorgt euch nicht, meine geliebte Emilia vom Erdberg! Ich bin da und werde euch nie wieder im Stich lassen«, ertönt eine mir bekannte Stimme, und als ich meine Augen in Richtung des Sprechers wende, bleibt mir beinahe die Luft im Hals stecken. Da ist dieser Raphael ... und er trägt grüne Strumpfhosen. Über seine modische Aufmachung müssen wir wirklich noch ein ernstes Wörtchen reden.

»Ich glaub da liegt eine Verwechslung vor«, versuche ich mich vorsichtig aus der unangenehmen Situation herauszuwinden.

»Was für eine Verwechslung denn? Wir haben doch einen Vertrag abgeschlossen. Außerdem bist du gemäß Paragraf 81 des Emiliaquälgesetzbuches dazu verpflichtet meine mir angetraute Ehefrau zu werden.«

»Ich erhebe Einspruch. Ich meine, von einem solchen Gesetzbuch habe ich schließlich noch nie gehört.«

»Unwissenheit schützt vor Strafe nicht«, kontert Raphael und dann singt er plötzlich den Apres-Ski-Hit »Schatzi, schenk mir ein Foto« von Mickie Krause.

Ich will hier raus! Ich will hier raus! Ich will hier raus! Hilfe!

☂ ☂ ☂

Verzweifelt schüttle ich den Kopf und öffne schließlich mit hämmerndem Herzen meine Augen, um in das besorgte Gesicht meiner Freundin zu starren.

»Was ist denn mit dir los, Mia? Hast du schlecht geträumt?«

»Das kann man wohl sagen. Obwohl Gerard Butler als Vater hätte ich echt gern behalten.«

Ratlos verzieht meine Freundin das Gesicht, sagt aber nichts. Und dann ertönt ein weiteres Mal aus dem hinteren Bereich des Busses der Song von Mickie Krause.

»Welcher Pensionist singt da bitte so lautstark?«, frage ich meine Freundin, die daraufhin mit den Schultern zuckt.

»Keine Ahnung. Das geht jetzt schon seit einer Viertelstunde so. Wenn die wenigstens mal was anderes singen würden, aber ich glaub die bekommen nicht mehr viel mit, weil die nach dem Aufwachen schon das erste Bier getrunken haben.«

»Es gibt hier Bier? Wieso hat mir das keiner gesagt? Das nehme ich echt total persönlich.« Ich beuge mich über Kim, um festzustellen, wer bereits am Morgen in solcher Partystimmung ist. Oh nein! Schnell ziehe ich mich wieder von meiner Erkundungstour zurück, bevor ich gesehen werde.

»Was hast du denn jetzt, Mia Moon?«

»Dieser Raphael.«

»Ja, was ist mit dem? Ich hab mir gedacht, du bist eh nicht an ihm interessiert.«

»Der ist im Bus.«

Kapitel 14

So anstrengend habe ich mir Venedig nicht vorgestellt. Eigentlich habe ich mir ausgemalt, dass hier im Dogenpalast irgendein wichtiger italienischer Adeliger auf mich wartet, aber stattdessen bin ich die ganze Zeit damit beschäftigt, mich vor dem Anwalt meiner Mutter und seinem Freund zu verstecken. Und als wäre dieses Versteckspiel nicht schon mühsam genug, starrt mich die ältere Dame aus dem Bus unter dem ermordeten Tier, das sie auf ihrem Kopf trägt, so eindringlich an, dass ich es mit der Angst zu tun bekomme. Misstrauisch mustere ich die Frau mit der Pelzhaube und hoffe dabei inständig, dass diese nicht plötzlich kreischend von ihrem Kopf springt.

»Worüber amüsierst du dich denn so?«, fragt mich Kim im Flüsterton, um die Reiseleiterin mit dem pinken Regenschirm nicht in ihren Ausführungen über den historischen Hintergrund des Dogenpalasts zu stören.

»Ach gar nix«, antworte ich, zücke dann meine Kamera mit Superzoom und schieße Fotos vom Innenhof des Palasts. Dabei stelle ich mir vor, wie es wohl gewesen sein muss, als hier noch ein Doge durch die Gänge gewandelt ist.

Nach einer Weile setzt sich die Gruppe wieder in Bewegung und erklimmt eine weiße Treppe in das erste Geschoß, um vor einer Statue stehenzubleiben. Ich knipse ein Foto und nehme aus dem Augenwinkel wahr, wie Raphaels illuminierter Freund meiner besten Freundin zuzwinkert. Weil der Betrunkene kaum noch gerade stehen kann, klammert er sich dabei an seinen Freund, dem die Rolle des fürsorglichen Kumpels wirklich gut steht. Nicht, dass ich ihn süß finde oder so. Bestimmt kommt da nur der weibliche Urinstinkt, der einen potenten Versorger fordert, zum Tragen.

Scheiße! Der Anwalt hat soeben in meine Richtung gesehen. Hastig wende ich mich ab. Ich habe nämlich nicht die geringste Ahnung, was ich mit dem Typen reden soll, wenn er sich zu uns gesellt.

Nach einer angemessenen Wartezeit wage einen vorsichtigen Blick auf den Scheidungsanwalt und stelle fest, dass er den Ausführungen unserer Reiseleiterin interessiert lauscht.

»Der Typ ist ja voll süß, findest du nicht«, flüstert mir Kim total euphorisch und mit geröteten Wangen zu.

»Also ich weiß nicht. Nur weil er sich um seinen besoffenen Freund kümmert, ist er noch lange nicht süß.«

»Häh?«, zeigt sich Kim irritiert und fügt nach einer kurzen Pause hinzu: »Ha ha ... du redest über diesen Raphael. Das ist ja süß. Du magst ihn.«

»Blödsinn. Der ist voll langweilig.«

»Du kannst mir nix vormachen, Mia Moon. Als du in Eric aus *Arielle* verliebt warst, hast du jedes Mal wenn er am Bildschirm aufgetaucht ist, diesen verklärten Blick bekommen, so als würdest du in irgendeine Traumwelt abtauchen.«

»Was für ein Schwachsinn.«

»Gar nicht. Und soll ich dir noch was sagen. Genauso schaust du jetzt drein.«

»Bullshit. Ich kann den Typen nicht leiden.«

»Er dich scheinbar schon, weil er dich nämlich ständig anglotzt, wenn er sich unbeobachtet fühlt.«

»Wahrscheinlich fragt er sich, wie ich zu diesem fetten Pickel auf der Stirn gekommen bin«, stelle ich nüchtern fest.

Nur nicht zu viel Hoffnung aufkeimen lassen. Mein Unterbewusstsein verlässt sich dann womöglich auf die Euphorie und wenn die enttäuscht wird, dann kommt der alles vernichtende emotionale Todesstoß.

»Wie kommst jetzt darauf? Da sieht man keinen Pickel.«

»Echt? Dabei schreit der doch förmlich: ›Hier bin ich. Siehst du mich. Ich tue weh und leuchte rot und habe eine unglaubliche Freude daran, meine Besitzerin hässlich zu machen‹.«

»Er hat schon wieder hergeschaut«, stellt meine Freundin mit leuchtenden Augen fest und ignoriert dabei meinen Einwand mit dem Pickel.

»Was für ein Blödsinn.«

»Nein, echt jetzt. Wie kann's sein, dass du das nicht checkst. Man sieht richtig, wie es in seinem Hirn rattert, weil er sich wahrscheinlich schon überlegt, wie er seine Traumfrau am besten ansprechen kann.«

»Das bildest du dir bestimmt nur ein, Kim.«

»Nope und ich versteh dich ehrlich gesagt nicht, weil ich sofort was mit ihm trinken gehen würd, wenn sein Freund nicht so hyper mega süß wär.«

»Und ich versteh nicht, was du an diesem Vollsuff so super findest. Dir ist hoffentlich bewusst, dass es hier noch tausend andere interessante Männer gibt, die du alle haben kannst, weil du eine wirklich attraktive Frau bist.«

»Na wenn's hier tausend andere interessante Männer gibt, dann verstecken die sich wahrscheinlich gerade in ihren Hotelzimmern.«

»Nur weil du sie nicht siehst, bedeutet das nicht, dass sie nicht da sind.« Meine Freundin kichert. »Ich wusste nicht, dass man dich so leicht unterhalten kann, Kim. Jetzt ist mir schön langsam klar, warum du den Typen gut findest. Wahrscheinlich hat er dir irgendwelche Drogen in deinen Frühstückskaffee gemischt.«

»Geh Mia Moon. Wieso bist du denn so negativ?«

»Weil du mir mit einem Typen in den Ohren liegst, mit dem ich nix zu tun haben will und du mit seinem Freund flirtest und mich damit quasi indirekt zum Kontakt zwingst.«

Unberührt zuckt meine Freundin mit den Schultern: »Eh, wahrscheinlich ist das Schicksal.«

»Ja klar. Raphael ist der lange verschollene Sohn eines intergalaktischen Königs und ich eine unsterbliche Elbenprinzessin, die durch die Hand Amors in der Lagunenstadt zusammengeführt wurden, um sich zu den dramatisch-melancholischen Klängen von ›Schatzi, schenk mir ein Foto‹ zu paaren und den weltfriedenbringenden Erlöser zu zeugen.«

»Mia, ich wusste gar nicht, dass du auf Rollenspiele stehst. Aber vielleicht bleibst du fürs Erste einmal beim Schmusen. Der hat nämlich die total vollen Lippen. Also ist er sicher der ur super Küsser.«

»Was haben volle Lippen bitte mit der Knutschtechnik zu tun?«

»Na zumindest fühlt es sich gut an.«

»Super. Weißt du, der Toni hat auch weiche Lippen gehabt, aber genützt hat's mir nix, weil er seine Zunge im Rhythmus einer Waschmaschine bewegt hat.«

»Immer noch besser als diese Frosch-Küsser. Die stecken dir immer nur so kurz ihre Zunge in den Mund. Ich mein, da kommt echt so ein Bankomaten-Feeling auf.«

Ich lache: »Okay, das ist echt nicht zu toppen. Ich muss mir das gerade vorstellen.«

Kim stimmt in das Gekicher mit ein und mimt ihre Erfahrung dann auch noch nach.

»Wo reißt du bitte solche Typen auf?«

»Bettelalm.«

»Alles klar«, entgegne ich mit einem wissenden Grinsen. »Und du wunderst dich?«

»Hab ich ja nicht gesagt«, erklärt mir Kim augenzwinkernd. »Übrigens hat er gerade wieder hergeschaut.«

»Mir wurscht. Soll er halt schauen. Ich kann ihm auch ein Foto von mir schenken.«

»Mia Moon, mir kannst du nichts vormachen. Du stehst auf ihn und er auf dich und ihr werdet euch hier ineinander verlieben und viele viele Babys haben.«

Als wären zwei vorhandene Kinder nicht schon genug.

Kapitel 15

»Sag mal, kannst du mir vielleicht deine Wimperntusche leihen?«, ertönt Kims Stimme aus dem eher spärlich ausgestatteten Bad unseres Hotelzimmers.

Jetzt mal ehrlich. Wie viel Volumen und Länge möchte sie eigentlich noch aus ihren Wimpern herausholen? Es grenzt ja jetzt schon an ein Wunder, dass sie die noch nicht zu Rasta-Zöpfen flechten kann.

»Erde an Mia, Erde an Mia!«, durchdringt die Stimme meiner BFF meine Gedankenwelt.

»Oh ... Äh ... Sorry. Ja klar kannst du dir meine Wimperntusche leihen«, antworte ich ihr und mache mich dann wieder an das Hochstecken meiner Haare mittels Clip-In-Extensions, um nach Vollendung meiner Tat einen Blick ins offenstehende Badezimmer zu werfen, in dem Kim über das Waschbecken gebeugt steht und sich bei selbstverständlich geöffnetem Mund die Wimpern tuscht.

Eigentlich verwunderlich, dass die Ursache dieser Gegebenheit noch nicht akademisch analysiert wurde. Bestimmt steht das Öffnen des Mundes beim Schminken mit irgendwelchen überlebensnotwendigen Verhaltensweisen der Homo neanderthalensis im Pleistozän in Zusammenhang. Vielleicht mussten die Neandertalerinnen mittels Mundgeruch eine seltene Spanner-Spezies von Säbelzahntigern fernhalten. Insofern war die Evolution von geringem Vorteil für die Neandertaler, denn als sie Werkzeuge zum Zähneputzen entwickelt haben, sind sie ausgestorben, weil sie die gefährlichen Spanner-Tiger nicht mehr auf Abstand halten konnten.

»Wie schaut's aus? Wie lange wirst du noch brauchen?«, werde ich plötzlich von Kim in meinen Gedanken unterbrochen.

»Puh ... keinen Plan. Eh nicht mehr lang.«

»Was für eine präzise Angabe.«

»Na ja ... was hast du dir erwartet? Dass ich dir den genauen Zeitpunkt meiner Fertigstellung nennen kann?«

»Ja, genau. Das ist das Mindeste, was ich mir von dir erwarte«, entgegnet meine Freundin grinsend. »Im Übrigen: Falls du Kondome brauchen solltest: Ich hab genug mit«, erklärt sie mir fachmännisch und öffnet dann voller Stolz ein Kosmetiktäschchen, das randvoll mit Präservativen ist.

»What the Fuck!? Was hast du vor? Willst du hier einen Pornofilm drehen?«, frage ich Kim entgeistert.

»Nein, ich hab da eher an eine Anti-Aids-Kampagne auf dem Maskenball gedacht. Aber mindestens zehn von den Dingern sind für dich reserviert.«

»Herzlichen Dank auch, aber ich werd die sicher nicht brauchen.«

»Jetzt schließ das doch nicht gleich aus. Wer weiß. Vielleicht findest du diesen Raphael ja voll süß.«

»Nein, ich werde diesen Raphael ganz gewiss nicht voll süß finden«, halte ich dagegen.

»Du hast nur Angst davor, dass deine zart besaitete Seele wieder verletzt wird. Das ist alles. Aber du musst die Liebe wieder in dein Herz lassen, Mia Moon.«

Augenrollen.

»Sag mal hast du heimlich einen Rosamunde Pilcher Marathon gemacht?«

Kim zuckt mit den Schultern, während sie sich auf das Bett plumpsen lässt und sich ächzend in ihre Strumpfhose zwängt.

»Nein, aber du brauchst endlich den ARS.«

»Was soll das jetzt bitte sein?«

»Das ist der After-Relationship-Sex.«

»Soetwas gibt's doch gar nicht.«

»Doch. Klar gibt es das. Ich hab's gerade erfunden.«

»Geh bitte. In jeder Zeitschrift liest Frau, dass es nicht besonders sinnvoll ist, sich irgendeinen dummen Schnacksler-Deppen aufzureißen, wenn man seine letzte Beziehung noch nicht verwunden hat, weil man dann zu Projektionen neigt.«

Meine beste Freundin verdreht genervt die Augen: »Boah ... wenn ich das Wort Projektion schon höre, dreht's mir den Magen um. Und selbst wenn. Ja dann projiziert man halt ein bissi. Wenn's hilft ist es doch gut.«

Seufzend vor Resignation widme ich mich wieder meinem Spiegelbild: »Das Problem ist aber, dass es eben nicht wirklich hilft. Man glaubt quasi nur, es hilft, aber in Wahrheit projiziert man irgendwelche positiven Eigenschaften in einen Widerling, der einem dann wieder das Herz bricht und der ganze Kreislauf beginnt von vorne. Man muss sich eben die Zeit zum Trauern nehmen.«

»Blödsinn. Du musst eben lernen, Sex von Liebe zu trennen. Das ist alles. So schwer ist das gar nicht.«

»Ja, aber ich kann Sex nicht von Liebe trennen und was diesen Raphael betrifft: An dem habe ich nicht mal sexuelles Interesse. Also was soll das Ganze dann für einen Sinn haben?«

Kim lacht verräterisch: »Wer's glaubt.«

Um mich am Diskutieren zu hindern, bemale ich meine Lippen mit dunkelroter Farbe und betrachte danach zufrieden mein Spiegelbild.

»Wow Mia Moon. Du siehst echt total hübsch aus«, schmeichelt mir Kim verträumt.

»Danke dir.«

»Also ich fresse echt einen Besen, wenn du diesen Anwalt heute nicht voll von dir überzeugst.«

»Kim, hast du es noch immer nicht verstanden? Ich will ihn gar nicht von mir überzeugen.«

»Aber wieso denn nicht? Der ist doch klasse.«

Vehement schüttle ich den Kopf: »Nein, ist er nicht. Er ist ein spießiger Langweiler.«

»Aber wozu habe ich dann die ganzen Kondome mit? Wenn du die nicht benutzt, dann war das ganze Herumschleppen total umsonst.«

»Und deshalb soll ich mich jetzt dem spießigen Anwalt hingeben, oder was? Sicher nicht, Kim. Ich will den Kerl nicht. Der ist nur irgendein blöder eingebildeter Schnösel. Weiter nichts.«

»Aber auch Schnösel können unter Umständen gut schnackseln«, erklärt mir Kim.

»Ich will aber nicht nur schnackseln, sondern einen vernünftigen Mann fürs Leben finden und dazu gehört dieser Raphael nun sicher nicht.«

»Aber geh bitte, Mia. Wenn du einen vernünftigen Mann abbekommen willst, dann musst du wohl oder übel auch mit ihm schlafen. Es dürfte dir nämlich ziemlich schwerfallen auch nur einen Mann zu finden, der am Anfang nicht ausschließlich an Sex interessiert ist.«

»Blödsinn.«

»Es wird Zeit, dass du die Realität akzeptierst, kleine Principessa. Männer wollen Sex. Immer und überall. Das ist quasi ein Naturgesetz. Außer du bist hässlich oder du willst ihn heiraten.«

»Mir egal. Ich brauche eh keinen Mann mehr. Ich kann auch alleine mit meinen Superman-Sexträumen glücklich werden.«

»Geh bitte, Mia. Jetzt machst du dir aber echt etwas vor. Außerdem kann man Männer total einfach in Richtung einer festen Beziehung manipulieren. Die funktionieren wie Hunde.«

»Ich bin mir nicht sicher, ob ich dir folgen kann.«

»Na ja ... schau, um zu bekommen was du willst, musst du ihnen zuerst ein Leckerli geben, damit sie wissen, dass es gut schmeckt und dann enthältst du es ihnen einfach so lange vor, bis sie es nicht mehr aushalten und nur mehr dich wollen. Das funktioniert ur super.«

»Jep. Positive Konditionierung. Aber das ist ja voll die Arbeit.«

»Carpe that fucking Diem, Mia Moon. Dann ist es ganz easy cheesy.«

»Und was mach ich, wenn dem von mir Auserwählten das Leckerli nicht schmeckt und ich voll unnötig auf ihn warte?«

»Geh bitte, Mia. Hat's schon mal einen Typen gegeben, dem dein Leckerli nicht geschmeckt hat?«

»Was für eine Frage? Woher soll ich das denn wissen? Schließlich habe ich meine Exfreunde nach dem Austausch von Intimitäten keinen Feed-Back-Fragebogen ausfüllen lassen.«

Kims Augen beginnen zu leuchten: »Hey, das wäre aber eine klasse Idee für Dating-Apps. Da könnten dann Exdates einander in verschiedenen Kategorien wie etwa Ausstrahlung, Körper, Intellekt, Sex, Knutschen und so weiter bewerten.«

»Das ist ja voll unromantisch.«

»In Dating-Apps geht's auch nicht um Romantik, Mia, sondern um Sex.«

»Aber Sex kann doch auch romantisch sein«, werfe ich ein.

»Ja eh. Wenn man drauf steht.«

»Ja, ich mag Blümchensex.«

»Du lebst auch in einer Welt in der elektronische Geräte von rosafarbenen Einhörnern über Regenbögen betrieben werden und in den Gärten Zuckerwattebüsche wachsen«, erläutert Kim und schlüpft in ihr Kleid.

»Kannst du mir mal beim Zumachen helfen?«, fragt sie mich schließlich, woraufhin ich mich träge erhebe und ihren Reißverschluss nach oben ziehe. Als ich gerade dabei bin, mich in meine Strumpfhose zu zwängen, klopft es an der Tür.

»Wer ist denn das?«, frage ich ratlos.

»Shit. Die sind zu früh da!«, ruft Kim aus.

»Wer ist zu früh da?«

Alarm! Alarm! Alarm! Irgendetwas stimmt hier nicht.

»Na ja ... Ich ... Äh ... Ähem.«

»Raus damit, Kim!«

»Na ja. Ich hab mich vorher in der Lobby kurz mit Maximilian und Raphael unterhalten und die beiden haben vorgeschlagen, dass wir gemeinsam auf den Ball gehen.«

Grelle WUUUUUUUUUUUUUUUUUUT!!!!!

»Manno Kim! Was hast du dir dabei gedacht? Du weißt doch, dass ich nichts mit diesem Anwalt zu tun haben will. Das ist voll die Vermischung von Privatem und Geschäftlichem. Bestimmt ist ihm das auch unangenehm.«

»Also den Eindruck hatte ich jetzt nicht wirklich. Außerdem haben die beiden sich vorher noch mit Wein fürs Vorglühen eingedeckt und wir sind quasi eingeladen. Auf dem Ball sind die Getränke nämlich bestimmt teuer.«

»Und du meinst, das ist eine ausreichende Begründung dafür, dass du mich verraten hast?«

»Äh ... Ja.«

Ich wünschte, ich könnte wütender auf sie sein, aber ihr unschuldiger Gesichtsausdruck macht es mir unmöglich. Ich hasse diese sanfte Seite in mir. Unter Aufbietung all meiner Kräfte bemühe ich mich um das fieseste Resting-Bitch-Face, das ich aufzubringen vermag.

»Alles klar bei dir, Mia?«

Wieso fragt sie so blöd? Sieht sie denn nicht, dass ich total sauer auf sie bin? Okay, wenn das nicht genügt, dann muss ich die Augen nochmal fester zusammenkneifen und ...

»Oh mein Gott. Hast du einen epileptischen Anfall? Komm setz dich hin«, fordert mich meine Freundin plötzlich fürsorglich auf.

Na super. Wie deprimierend ist das denn? Ich bekomme nicht einmal ein anständiges Resting-Bitch-Face hin. Ich bin so ein Loser.

»Wart, ich hol dir ein Glas Wasser.«

»Ich brauch kein Glas Wasser«, kläre ich Kim auf. »Ich bin nur wütend auf dich.«

Es klopft ein weiteres Mal an der Tür.

»Moment, es dauert noch ein bissi! Wir sind gleich so weit!«, ruft meine verräterische Freundin.

Es dauert die Ewigkeit. Die Ewigkeit.

»Das tut mir voll leid, wirklich. Ich hab mir gedacht, dass das echt lustig wird mit den beiden.«

Yeah ... Ich lache. Innerlich. Sehr sehr tief innerlich.

Kapitel 16

Nachdem Kim und Raphaels Kumpel vor ungefähr einer Viertelstunde überraschenderweise und ohne eine Wort der Erklärung in der Menge der Ballgäste verschwunden sind, verselbstständigt sich mein Körper nun zu den theatralisch dramatischen Klängen von Seals »Kiss from a Rose«. Bleibt nur zu hoffen, dass Raphael meine burgtheaterreife Darstellung nicht falsch versteht und sich von mir angebaggert fühlt. Schließlich hege ich keinerlei Interesse an seiner Person, auch wenn er mich noch so süß angrinst. Es wird ihm rein gar nichts nützen, denn der Widerstand in meinem Inneren ist größer.

Blöd nur, dass sein niedliches Grinsen dennoch in mein Unterbewusstsein vordringt. Dabei bin ich doch beim Vorglühen davon ausgegangen, dass keinerlei Gefahr besteht, weil Raphael nur wenige Worte mit mir gewechselt hat.

Hilfesuchend recke ich den Hals, um zu sehen, ob sich Kim nicht irgendwo zwischen den gefühlten tausend maskierten Köpfen befindet. Nichts. Weit und breit keine Spur von meiner Freundin und ihrem Begleiter. Und so als hätte Raphael meine Gedanken gelesen, wendet er sich mit seinem *Corona* in der Hand an mich: »Wen suchst du eigentlich die ganze Zeit?«

Nemo!?

»Meine Freundin. Du hast sie nicht zufällig irgendwo gesehen, oder?«

»Ich glaub die ist vorher gemeinsam mit dem Max an die Bar gegangen. Hättest du auch was gewollt?«

»Nein, passt schon. War eine reine Interessensfrage. Kim und ich passen nur ein bissi aufeinander auf beim Fortgehen. Es warat wegen der freilaufenden irren Axtmörder gewesen.«

»Schon klar. Versteh ich gut. Der Ballsaal ist ja auch wirklich ein gefährliches Pflaster.«

»Sowieso. Hinter jeder dieser freakigen Masken könnte ein Psycho stecken, der nur darauf wartet, meine hilflose Freundin zu killen.«

»Kann es sein, dass du dir zu viele Filme ansiehst?«, hakt der Anwalt meiner Mutter grinsend nach, woraufhin ich eine Hand in die Hüfte stemme und das Kinn provokant nach vorne recke.

»Was willst du denn damit sagen? Dass ich mir nur Blödsinn ausdenke, oder was?«

»Das hast jetzt du gesagt. Aber bevor du mir den Kopf abreißt, will ich noch festhalten, dass dir das Kleid wirklich verdammt gut steht.«

Er hat mir ein Kompliment gemacht. Wieso verdammt noch mal klopft mein Herz auf einmal so wild? Das ist ja furchtbar. Ich darf mich doch nicht freuen. Komplimente dienen bloß der Manipulation der weiblichen Emotionen. Also was will der Kerl von mir?

»Danke.« Super, jetzt habe ich das Kompliment angenommen und nach dem Gesetz der Reziprozität schulde ich dem Scheidungsanwalt meiner Mutter etwas.

»Da gibt es nichts zu danken. Ich gebe bloß eine Beobachtung wieder. Aber ich finde es schon ziemlich fies von deiner Mutter, dass sie dich mir so lange vorenthalten hat. Bei so einer feschen Frau hätte ich sicher öfter mal vorbeigeschaut«, stellt Raphael fest und nippt sogleich an seinem *Corona*.

Ich hege den leisen Verdacht, dass ihm diese Aussage ganz schön viel Überwindung gekostet hat. Wie süß ist das denn? Er mag mich. Er mag mich! Gefahr. Gefahr. Gefahr. Ich muss sofort die Stopptaste drücken!

»Wer sagt denn, dass das die Entscheidung meiner Mutter war? Vielleicht habe ich dich einfach nicht einladen wollen«, gebe ich schmunzelnd zurück.

»Das kann ich mir nicht vorstellen. Bestimmt hätte ich dich noch mit meinem Charme überzeugen können.«

»So? Denkst du das? Charme alleine hätte dir aber bei meinem ultimativen Knutschtest nicht weitergeholfen.«

Habe ich das gerade laut gesagt? So eine Scheiße!

»Ein Knutschtest ist doch keine Herausforderung für mich. Du musst dir schon ein wenig mehr einfallen lassen. Immerhin habe ich das erste Ritterturniercamp Österreichs besucht und bin somit in jeder nur erdenklichen Disziplin top ausgebildet.«

»Echt jetzt? Ist das etwa Teil des Jus-Studiums? Das hat mir meine Mama gar nicht erzählt.«

»Deine Mama hat mir ja auch nicht erzählt, dass ich bei ihrer Tochter erst eine Challenge bestehen muss, um sie näher kennenlernen zu dürfen.«

»Tja ... was soll ich sagen. Eine Prinzessin bekommt man eben nicht geschenkt.«

»Das hab ich eh schon befürchtet. So beliebte Mädels wie du gehen gewöhnlich nicht mit jedem Kerl aus.«

»Ich und beliebt? Ich glaube echt, du hast ein vollkommen falsches Bild von mir. Ich war nämlich total das Omega-Mädchen in der Schule. Kein Wunder. Sogar mein Papa hat mich für eine absolute Versagerin gehalten.«

Raphael sieht mich traurig an. »Du solltest nicht so über dich denken. Dein Vater war einfach nur ein Idiot. Andernfalls kann ich mir nicht vorstellen, warum man eine Familie, wie die eure einfach so verlässt. Das hat rein gar nichts mit euch zu tun. Glaub mir. Ich hab immer wieder mit solchen Typen zu tun«, stellt Raphael in ernstem Tonfall fest. »Diese Männer haben einfach keinen Funken Verantwortungsgefühl in ihrem Leib. Das ist alles. Und dann hauen sie vor lauter Panik ab.«

Kloß im Hals. Fetter Kloß im Hals!

»Klingt irgendwie plausibel, aber ich bin mir sicher, dass er uns nicht verletzen wollte. Bestimmt hat er nach bestem Wissen und Gewissen gehandelt.«

»Das macht es trotzdem nicht besser.«

»Nein, das stimmt. Aber meine Schwester und ich waren noch ganz klein, als er abgehauen ist und insofern kann ich jetzt nicht sagen, dass mir irgendetwas gefehlt hätte. Schließlich habe ich ihn ja nie so richtig kennengelernt.«

Ungläubig schüttelt Raphael den Kopf: »Was für ein Trottel. Es ist mir wirklich schleierhaft, wie man es übers Herz bringt, seine eigenen Kinder zu verlassen und sich nie wieder bei ihnen zu melden. Ich könnte Jana niemals im Stich lassen. Ganz gleich was zwischen mir und ihrer Mutter vorgefallen ist. Sie ist und bleibt das Wichtigste in meinem Leben.«

Ah ... Bauchkribbeln. Ich verpflichte mein Gegenüber mit sofortiger Wirksamkeit, jedwede freundliche Geste einzustellen.

»Na ja ... Du kennst die Schattenseiten meiner Mama nicht. Wann immer ich Schulfreunde mit nach Hause gebracht habe, ist sie vollkommen ungeniert nur in Strumpfhosen und mit einem T-Shirt, unter dem sie keinen BH getragen hat, im Haus herumgelaufen. Außerdem wollte sie sich ständig an mich und meine Schwester dranhängen, um gemeinsam mit uns auf Partys zu gehen. Du hast keine Vorstellung davon, wie peinlich das war.«

»Na und? Das ist ja noch lange kein Grund dafür, einen Menschen zu verlassen. Außerdem hat sich meine Mutter auch manchmal ziemlich daneben benommen.«

»Echt? Deine Mama war auch so? Ich kann mir nicht vorstellen, dass du ‚wie ich‚ mit ihr beim Shoppen Unterwäsche probieren musstest.«

»Okay, okay. Schon gut. Ich gebe mich geschlagen. Das musste ich nicht über mich ergehen lassen.«

»Aber eigentlich schade. Ich bin mir nämlich ziemlich sicher, dass dir so ein dunkelroter BH gut stehen würde«, entgegne ich augenzwinkernd.

»Sowieso. Mir steht alles gut. Leider habe ich keinen BH mit, sonst würde ich dir das glatt beweisen.«

»Hm ... das ist natürlich blöd. Aber ich hab noch einen Ersatz-BH mit. Wenn der es auch tut, können wir gern zu mir ...«

Puh ... ich habe meine verbale Inkontinenz noch rechtzeitig abgestoppt. Was denke ich mir bloß dabei? Ich kann Raphael doch nicht in mein Zimmer einladen. Na ja okay, ich könnte schon, aber dann würde ich gleichzeitig für meinen Rufmord sorgen oder noch schlimmer: meiner Mutter recht geben. Das geht gar nicht.

»Was wolltest du sagen?«, hakt der Jurist lachend nach, woraufhin ich die Augen zusammenkneife.

»Du weißt genau, was ich sagen wollte. Tu nicht so unschuldig.«

»Ich bin unschuldig. Deshalb muss ich nicht so tun.«

»Ja ja ... das ich nicht lache. Du und unschuldig. Wer weiß, vielleicht bist du in Wirklichkeit noch verheiratet und tust jetzt nur so, als wärst du alleinstehend, um mich herumzukriegen«, werfe ich schnippisch ein und verschränke dabei meine Arme vor der Brust.

»Klar. Ich wohn auch so gern bei meinem Kumpel und sehe meine Tochter nur jedes zweite Wochenende. Das macht mir so viel Spaß.«

Ich räuspere mich, ehe ich entgegne: »Sorry. Ich wollte dir nicht zu nahe treten.«

»Kein Ding. Ich bin jetzt schon fast ein Jahr geschieden und meine Exfrau ist für mich nicht mehr, als die Mutter meiner Tochter. Also mach dir keinen Kopf.«

»Mein Exfreund spricht nicht mehr mit mir und schickt seit der Trennung ständig seine Mutter vor«, erzähle ich kleinlaut.

»Er spricht nicht mehr mit dir? Wieso denn das? Hast du ihn ausgepeitscht oder was?«

»Ich wünschte, ich hätte es, aber leider muss ich dich enttäuschen. Keine Schmerzen, keine Tränen und kein Blut. Es ist alles vollkommen gewaltfrei abgelaufen.«

»Wow, das klingt ja fast schon langweilig. Da habe ich es wahrscheinlich mit ganz anderen Kalibern der menschlichen Natur zu tun. Wobei ich manchmal gerne darauf verzichten würde.«

»Das kann ich mir gut vorstellen. Diese ewigen Streitereien wegen Nichtigkeiten sind bestimmt ziemlich anstrengend.«

»In den meisten Fällen finde ich es eigentlich ganz lustig. Außer wenn Kinder im Spiel sind. Es ist wirklich unglaublich, wie verantwortungslos sich Eltern verhalten können, wenn sie gekränkt sind.«

Mit zusammengekniffenen Augen mustere ich mein Gegenüber skeptisch: »Hm ... und diese einfühlsame und verständnisvolle Art ist auch ganz sicher keine Masche von dir, um dich bei mir einzuschleimen?«

»Scheiße. Jetzt hast du mich doch glatt erwischt.« Er beugt sich zu mir nach vorne, sodass ich seinen warmen Atem auf meiner Haut spüren kann. »In Wirklichkeit bin ich der totale Macho und tu nur so, als würde ich die Frauen in meinem Umfeld verstehen, um sie zu umgarnen und ins Bett zu bekommen. Das ist mein einziger Lebensinhalt.«

»Ich wusste es. Ihr Männer überlegt euch wahrscheinlich schon in der Oberstufe, wie ihr unschuldige, junge Frauen treffsicher verführen könnt.«

»Klaro. Vernetzung ist schließlich das oberste Gebot zur Eroberung einer Frau«, neckt er mich und fügt dann hinzu: »Aber ohne entsprechendes Coaching wäre ich ja nie an ein Gespräch mit dir gekommen. Insofern bin ich gänzlich unschuldig.«

Oh nein, ich bin verloren und grinse nur blöd vor mich hin. Kann der Typ nicht einfach damit aufhören, mich anzubaggern?

»Jetzt schleimst du aber schon ordentlich.«

»Das ist eigentlich gar nicht meine Stärke. Ich finde nämlich, dass Komplimente meistens unehrlich wirken. Wahrscheinlich liegt das daran, dass ich immer wieder mit solchen Schleimern zu tun habe, die sich dann als Ehealbtraum entpuppen.«

»Jep ... meine Mama sorgt da doch immer bestens für Nachschub, oder? Ein Schleimer nach dem anderen, aber auf deren Wort war noch nie Verlass. Es ist fast so, als würde sie diese ganze Geschichte mit dem Papa wie ein Fluch verfolgen. Dabei hat sie echt etwas Besseres verdient.«

»Mich erstaunt es ehrlich gesagt auch immer wieder was deine Mutter für Idioten an Land zieht. Vor allem frage ich mich, wo sie die Typen kennenlernt. Gibt es irgendeinen geheimen Stützpunkt für schmarotzende Lackaffen? Bei der nächsten Scheidung vom nächsten Idioten schicke ich deine Mutter in so ein Bootcamp zur Stärkung des Selbstwertgefühls, dann können sich die ganzen Arschlöcher echt mal warm anziehen.«

»Jep und du würdest pleitegehen.«

»Verdammt. Das habe ich nicht bedacht. Na vielleicht überleg ich es mir doch noch anders. Irgendwie muss ich mir ja die Privatschule für Jana, meinen Midlifecrisis-Porsche und mein künftiges Loft finanzieren.«

»Oh mein Gott. Während meine Familie verarmt, wirst du auf Dauer reich.«

»Das Leben ist hart und ungerecht.«

»Super. Das heißt, mein Traum vom eigenen Büchercafé wird nie wahr.«

Raphaels Augen leuchten auf: »Du willst ein eigenes Café eröffnen? Soll das dann so ein Treffpunkt für Künstler und Philosophen werden?«

»Das wäre zumindest der Plan. Aber ohne Geld wird der wohl nicht aufgehen und ich werde meinen langweiligen Bürojob nie hinter mir lassen können.«

»Na ja ... du könntest es doch auch mal mit Schreiben versuchen. Vielleicht hast du Erfolg und landest einen Bestseller.«

»Was für ein unglaubliches Genie du doch bist. Tatsächlich mache ich nämlich genau das. Ich schreibe. Zumindest hin und wieder, wenn ich mal Zeit habe und mich niemand ärgert. Vor allem mein Kind nicht.«

»Darf ich fragen, was du schreibst?«

»Ach, ich arbeite jetzt sicher schon seit fünf Jahren an meinem ersten Fantasy-Roman. Es geht nur leider nicht besonders viel weiter und die Trennung vom Toni hat's nicht besser gemacht. Ich habe seither keinen einzigen Satz mehr geschrieben.«

»Schade, dass du nicht weiterkommst. Dabei klingt Fantasy nicht uninteressant. Wenn du es doch noch fertigstellst, musst du mir das Buch unbedingt zukommen lassen.«

»Mach ich«, stimme ich ihm augenzwinkernd zu.

Nach einer kurzen Schweigeminute, in der die Sängerin »It's Raining Men« angestimmt hat, fragt mich Raphael schließlich: »Magst du eigentlich noch etwas trinken?«

Ich werfe einen Blick auf meine leere Bierflasche. »Ja, sehr gern.«

Nachdem mein Begleiter meine Bestellung aufgenommen hat und in Richtung Bar verschwunden ist, um für Nachschub zu sorgen, werde ich zusehends von tanzenden Menschen umzingelt. Indessen gerate ich durch die unerträgliche Hitze derartig ins Schwitzen, dass sich meine Frisur beinahe vollständig zerstört.

»Really hot here«, erklärt mir plötzlich ein kleinwüchsiger Kerl im Smoking, nachdem er sich unauffällig und wenig rhythmisch an mich herangetänzelt hat.

»Yes«, antworte ich knapp und suche die Menge verzweifelt nach Raphael ab. Was macht der bitte so lange an der Bar?

»You're allone here in Venice?«, fragt mich der Fremde und fuchtelt dabei mit Armen und Beinen, so als wäre er in einem Zumba-Kurs für Anfänger.

»No, I stay here with my boyfriend.«

»Oh ... that makes me really sad.«

Mimimimimimi ... Dann such dir doch eine Therapeutin.

»You're so beautiful. Especially your eyes. Like a fairy. Your boyfriend is a really lucky man.«

»Oh, thank you.«

»I'd like to kiss your beautiful lips. You're so sweet«, erklärt mir der Trunkenbold und streichelt dabei meinen Unterarm.

Wäh ... Hashtag MeToo!!!!!!

»Hey, alles in Ordnung Schatz?«, ertönt zu meiner Erleichterung die rettende Stimme Raphaels hinter meinem Rücken.

Ich hätte nicht gedacht, dass ich mich eines Tages über das Auftreten des Scheidungsanwalts meiner Mutter freuen würde. Ganz im Gegensatz zu meinem kleinwüchsigen Verehrer, der beim Anblick des großen Mannes zusammenzuckt und sich abwendet, um die Tanzfläche nach seinem nächsten Opfer abzusuchen.

»Danke«, murmle ich.

»Nichts zu danken. Aber was war denn eigentlich mit dem Typen los?«, fragt mich Raphael, nachdem er mir eine weitere Flasche *Corona* in die Hand gedrückt hat.

»Keine Ahnung. Die Brunftzeit ist offenbar ausgebrochen.«

In diesem Moment stimmt die Band einen neuen Song an. Irgendetwas Italienisches und ich kann nicht anders, als mich dazu zu bewegen. Raphael tut es mir kurzentschlossen nach und tanzt sich langsam in meine Nähe. Was mache ich denn jetzt? Ich kann doch den Anwalt meiner Mutter nicht als Stange zum Tanzen zweckentfremden. Leider gehorcht mein Körper meinem hormongesteuerten Hirn nicht, weshalb ich genau das mache.

Wham ... Schmetterlinge im Bauch! Also gut. Nur die Ruhe bewahren. So lange ich dem Kerl nicht ins Gesicht sehe, ist alles in bester Ordnung.

Verdammt. Jetzt habe ich ihn angesehen und er hat auch wirklich schöne blau-graue Augen. Und die strahlen so. Doch nicht meinetwegen, oder? Nein, ganz bestimmt nicht. Manno, er soll sofort damit aufhören, mich so seltsam anzusehen. Ich will nicht, dass er mich so ansieht. Ich ...

Okay, ich will, dass er nie damit aufhört, mich so anzusehen. Meine Knie werden ganz weich. Irgendwie wie Butter und mein Herz schlägt plötzlich so schnell, während sein Kopf sich dem meinem nähert. Ich schließe die Augen und ...

»Party overload, Mia Moon!«, ertönt Kims rauschige Stimme hinter mir, während sie mir euphorisch auf die Schulter klopft.

Raphael lacht und seine Wangen glühen dabei förmlich. Nachdem er sich suchend umgesehen hat, wendet er sich an Kim: »Sag, wo hast du den Max eigentlich gelassen?«

»Keine Ahnung«, antwortet meine Freundin und dreht sich dabei nach Raphaels Kumpel um. »Ich hab ihn zuletzt auf dem Klo gesehen und er meinte, ich solle einstweilen vorgehen, er würde gleich nachkommen.«

»Aha ... was habt ihr denn gemeinsam auf dem Klo gemacht?«, fragt Raphael grinsend.

»Man soll niemals Fragen stellen, deren Antwort man nicht hören will«, halte ich trocken fest, woraufhin mich meine Freundin unsanft anstupst.

»Hey, du bist meine beste Freundin und solltest somit uneingeschränkt zu mir halten.«

»Das war bevor du aufgetaucht bist und uns ... Äh ... ich meine ... mich ... gestört hast.«

»Wobei hab ich euch Turteltauben denn gestört?«, gibt Kim nicht auf.

»Na eh bei gar nichts. Vergiss es wieder«, antworte ich stotternd und werfe dann einen vorsichtigen Blick auf Raphael, der mir verschwörerisch zuzwinkert und seine Lippen zu einem liebevollen Lächeln kräuselt.

»Wie ich sehe, habe ich genau ins Schwarze getroffen mit meiner Frage und wenn gar nichts gewesen wäre, dann würdet ihr euch nicht so seltsam verhalten. Ich bin einfach viel zu schlau für diese Welt«, stellt Kim mit leuchtenden Augen fest.

»Schon gut, schon gut. Beruhig dich wieder. Einbildung ist auch eine Bildung. Ich hab nur diesen Song von Adriano Da Vinci so gut gefunden und du bist in genau diesem Augenblick aufgetaucht. Dabei hätte ich ›Amore‹ doch so gern zu Ende gehört. Weißt du, da geht es um den Angelo, der nach Amerika ausgewandert ist und jetzt seine verlorene Liebe betrauert, die er in einem Dorf in der Toskana bei ihrem todkranken Vater zurücklassen musste.«

Raphael unterdrückt grunzend ein Lachen, während mich Kim mit zweifelndem Blick durchbohrt. »Wer bitteschön ist Adriano Da Vinci?«

»Was? Du kennst Adriano Da Vinci nicht?«, stelle ich gespielt entsetzt fest.

»Äh … Nein. Wer ist das?«

»Das ist wahrscheinlich einer der interessantesten italienischen Newcomer in der Musikbranche. Er wurde erst mit dreißig entdeckt, was ja relativ spät ist und zwar als er beim Duschen das Fenster offengelassen hat und zufällig ein Musikproduzent vorbeigelaufen ist«, eilt mir Raphael zur Hilfe.

Meine beste Freundin wirkt noch immer nicht überzeugt: »Also von dem hab ich noch nie gehört. Aber klingt nach einer coolen Story. Bestimmt weiß mein Papa wer das ist.«

»Ja bestimmt«, füge ich bloß hinzu.

Hoffentlich kann sie sich nach diesem Abend nicht mehr daran erinnern, sonst ist sie mir auf ewig böse, weil ich sie gemeinsam mit Raphael aufs Korn genommen habe.

»Obwohl das jetzt nicht unbedingt die Art von Musik ist, die Männer so hören«, wirft Raphael unbedacht ein, woraufhin Kim eine Hand in die Hüften stemmt.

»Aha und welche Art von Musik hören Männer so?«

Damned, das ist ihre Vernichtungspose. Raphael hat keine Chance.

»Keine Ahnung. Andere halt. Das ist nämlich ziemlich schnulzige Musik.«

»Aus welchem Jahrhundert stammst denn du?«

Also gut. Ich halte mich aus dieser Diskussion heraus. Weder bin ich blöd, noch neige ich dazu, mich als Altruistin aufzuspielen. So etwas führt nämlich nur in Filmen dazu, dass der Protagonist plötzlich feststellt, dass er unsterblich in die aufopferungsbereite Frau verliebt ist.

Hilflos zuckt der Angesprochene mit den Schultern: »Wieso denn das? Ich wollte damit ja nur sagen, dass die meisten heterosexuellen Männer, die ich kenne, eher nicht so auf schnulzige Musik stehen.«

Ooh ... er hätte das Wort »heterosexuell« in diesem Kontext nicht gebrauchen dürfen.

»Was soll das jetzt bitte heißen? Willst du mir damit etwa sagen, dass nur schwule Männer Schnulzenmusik hören, oder was? Du bist echt so ein Spießer. Das ist ja wieder mal typisch, dass Kerle wie du, Vorurteile gegen Menschen wie meinen Vater haben. Dabei kann ich dir unzählige andere heterosexuelle Typen aufzählen, die Mariah Carey CDs ganz hinten in ihrem Regal stehen haben, weil sie sich vor ihren Kumpels dafür schämen, so eine Musik zu hören. Wie blöd ist das denn? Ihr Männer werdet wohl nie einen adäquaten Umgang mit eurer Gefühlswelt lernen«, redet Kim in einem wütenden Stakkato auf Raphael ein, der so dreinsieht, als wäre ihm soeben eine Ohrfeige verpasst worden.

»Sorry, ich wusste ja nicht, dass dein Papa homosexuell ist.«

Meine Freundin verschränkt provokant die Arme vor der Brust: »Du kannst ruhig ›schwul‹ sagen. Es macht keinen Unterschied, weißt du. Ihr Heteromänner glaubt, nur weil ihr euch schön ausdrückt, macht das irgendetwas besser. Aber hinter den schönen Worten stecken bloß Vorurteile.«

»Überhaupt nicht. Tut mir wirklich leid. Ich wollte dich nicht beleidigen. Andererseits bestätigst du ja gerade meine Annahme.«

»Okay, du solltest echt die Klappe halten, wenn du nicht gleich gekillt werden willst«, flüstere ich ihm zu.

Hinter vorgehaltener Hand wendet er sich mir zu: »Ich hab's gerade bemerkt. Im Übrigen wär's echt cool gewesen, wenn du mich vorgewarnt hättest.«

»Du brauchst gar nicht so blöd zu flüstern«, ermahnt ihn Kim leidenschaftlich. »Ich halte es auch aus, wenn du mich laut beleidigst.«

Jetzt wirkt Raphael wie ein begossener Pudel: »Aber ich habe dich doch gar nicht beleidigt beziehungsweise wollte ich dich sicher nicht beleidigen.«

Ich klopfe meiner Freundin mit der freien Hand auf die Schulter: »Ach komm schon. Lass es gut sein. Wir leben schließlich in einem Land mit dem Recht auf freie Meinungsäußerung.«

Mit wutentbrannten Augen starrt mich Kim an: »Das schon, aber seine Meinung ist ganz offensichtlich falsch.« Sie deutet mit dem Zeigefinger ihrer rechten Hand auf Raphael.

»Kim, eine Meinung kann nicht falsch sein«, versuche ich sie zu beschwichtigen, jedoch ohne Erfolg.

»Doch. Kann sie, wenn sie voller Vorurteile ist. Das ist wieder mal so typisch. Da wird sofort behauptet, dass nur schwule Männer Schnulzenmusik hören.«

Ich verdrehe kaum merklich die Augen und höre Raphael sagen: »So hab ich das aber wirklich nicht gemeint. Das hast du in den falschen Hals bekommen.«

»Natürlich bekomme jetzt wieder einmal ich alles in den falschen Hals. War ja klar. Menschen mit Vorurteilen verstecken sich immer dahinter, dass die anderen das alles falsch verstehen.«

»Kim jetzt komm schon«, gebe ich gequält von mir.

»Was ist eigentlich mit dir los? Bist du jetzt seine Verteidigerin oder was?«, schnauzt sie mich an.

Raphael räuspert sich: »Ähm … wir können die Diskussion dann nachher noch gerne fortsetzen, Kim, aber langsam mach ich mir echt Sorgen um den Max. Ich mein, er ist schon ziemlich lang weg. Hat er irgendwie vorhin so gewirkt, als wär ihm schlecht geworden?«

»Lenkst du jetzt vom Thema ab, oder was?«, stellt meine Freundin eine Gegenfrage.

»Nein, ich lenke wirklich nicht vom Thema ab. Es ist nur so, dass ich mir echt schon Sorgen mache, weil er am Nachmittag bereits Schwierigkeiten damit hatte, gerade zu stehen.«

Kim mustert den Scheidungsanwalt mit zusammengekniffenen Augen. So eine Scheiße, wenn sie nicht meine Freundin wäre, hätte ich echt Angst vor ihr.

»Wenn es denn sein muss, aber das Thema von vorhin wurde damit noch lange nicht beendet.«

»Ja, nur jetzt geht's mal darum, zu verhindern, dass mein Kumpel unabsichtlich in eine Schlägerei gerät, weil er einem Ballgast die Schuhe vollkotzt.«

»Yummie … wie charmant. Aber er könnte sich dann zumindest auf die österreichischen Ausgehbräuche ausreden«, entgegne ich lachend.

»Dazu müsste er dieselben allerdings in verständlich englischer Sprache wiedergeben können und ich fürchte angesichts seines alkoholisierten Zustandes ist das heute nicht mehr möglich«, erklärt mir Raphael.

»Alles klar, du hast gewonnen. Dann gehen wir deinen Vollsuffmaxi suchen«, entgegne ich und kippe den Rest meines Getränks hinunter, ehe wir uns in Bewegung setzen. An der Bar wird mir plötzlich bewusst, dass ich die leere Flasche noch mit mir herumtrage, weshalb einen Abstecher an die Bar zu mache.

»Hey, wartet mal kurz«, rufe ich Kim und Raphael zu, die sich jedoch, ohne mir Gehör zu schenken, zielstrebig an den schwitzenden und tanzenden Gästen vorbeikämpfen. Hastig stelle ich die leere Flasche an der Bar ab und eile meiner Freundin und Raphael hinterher.

»Wo bleibst du denn so lange?«, fragt mich Kim, als ich die beiden keuchend einhole.

»Wieso hast du es denn jetzt auf einmal so eilig? Du hättest ja auch vorhin schon mal auf die Idee kommen können, dich um Max zu kümmern«, frage ich meine Freundin, anstelle ihr zu antworten.

»Warum? Ich hab mich doch eh total gut um ihn gekümmert und ihn sicher sehr glücklich gemacht.«

»Jetzt reicht's. Hör sofort auf weiterzureden. Ich will mir das definitiv nicht vorstellen.«

»Was denn?«, hakt Raphael ratlos nach.

»Männer sind so unwissend, wenn es um das Verständnis von Frauengesprächen geht. Unfuckingfassbar«, antworte ich.

»Vielleicht ist das auch ein automatischer Schutzmechanismus meines Gehirns. Das blendet einfach immer wieder irgendwelche Tatsachen aus, um nicht alle Grausamkeiten der Welt mitzubekommen«, erläutert Raphael seinen Geisteszustand und durchquert dann zielstrebig die Pforte zur Herrentoilette. Zögerlich sehe ich auch meiner Freundin dabei zu, wie sie sich an den Männern vorbeistiehlt, die sich

soeben am Pissoir erleichtern, und tue es ihr schließlich mit angehaltenem Atem nach. Mein Weg endet
vor einer offenstehenden Toilettenkabine, in der Max
mit vornübergebeugtem Kopf damit beschäftigt ist,
seine Eingeweide in die italienischen Kanalgefilde zu
kotzen. Sein Kumpel geht mit besorgtem Blick neben
ihm in die Hocke.

Ich will sofort tot umfallen! Waren die Quoten der
Unsterblichen im Himmel etwa am Abstürzen, weswegen sie kurzerhand beschlossen haben, aus meinem
Leben so ein Independent Filmdrama zu machen, dessen Ende den Zuseher ernüchtert und deprimiert zu-
rücklässt? Ich will verdammt noch mal kein Selbstref-
lexionsauslöser sein. Wenn die mein Leben schon
filmreif gestalten, dann könnten diese Holy Bitches
sich wenigstens am Vorbild Hollywoods orientieren
und mir ein triefendes gutes Ende mit einem Adonis
mit Föhnfrisur bescheren und kein Drogenmiss-
brauchsdrama.

Kapitel 17

»Ole Ole Ole Ole!«, durchdringt Maximilians lallende Stimme das nächtliche Karnevaltreiben in den kleinen Gassen Venedigs, während ihn sein Kumpel beim Gehen stützt.

»Pst. Nicht so laut, Max.«

»Ach Fuck you, Raphi.«

»Was für ein liebevoller Umgangston unter Freunden«, erkläre ich Kim, die schamerfüllt neben mir her trottet und dabei immer langsamer wird, um sich von den beiden Männern abzusetzen.

»Was schaust so deppert? Hast du noch nie einen Besoffenen gesehen?«, belästigt Maximilian indessen einen kostümierten Passanten.

»Sorry«, entschuldigt sich Raphael und wendet sich dann seinem Kumpel zu: »Max, bitte reiß dich jetzt ein bisschen zusammen. Wir bekommen sonst echt noch Probleme.«

»Ja, mit mir. Wenn das nämlich so weitergeht, bespringe ich Max noch, weil mein Aggressionspotenzial exponentiell ansteigt«, flüstert mir meine Freundin hinter vorgehaltener Hand zu.

»Ach halt doch die Klappe«, gibt Max beleidigt von sich.

»Boah ... Du bist so ein trotziges, kindisches Arschloch. Wenn du nicht schon erwachsen wärst, würde ich dich jetzt bei einwöchigem Alkoholverbot zu Hausarrest verdonnern!«, schimpft Kim wütend zurück und erntet dabei ein anzügliches Lächeln des Angesprochenen.

»Gern. Wenn du die ganze Zeit bei mir bleibst und mir meine E...«

»Sei still, Max. Bitte«, mischt sich Raphi flehend ein und wirft meiner Freundin und mir dabei einen entschuldigenden Blick zu.

»Scheiße, Kim. Ich hab immer gedacht, ich hab ein schlechtes Händchen, was Männer betrifft.«

»Er war vorhin auch ganz anders.« Sie nimmt sich einen Augenblick Zeit, um nachzudenken: »Vielleicht leidet er ja so schlimm, weil ihm ganz schlecht vom Alkohol ist.«

»Allee, Allee, Allee, Allee, Allee ... eine Straße mit vielen Bäumen, ja das ist eine Allee!«, straft Max die Aussage meiner Freundin Lügen.

»Jep, er wirkt auch wirklich total leidend, Kim.«

Meine Freundin vergräbt ihr Gesicht in den Händen: »Na ja ... vielleicht bewahrt er nach außen hin nur seine harte Schale.« Ihrer Stimmlage ist deutlich zu entnehmen, dass sie selbst an ihren Worten zweifelt. »Ich mein, er ist ein Mann. Wahrscheinlich verstehen wir das nicht. Die müssen halt einfach hart im Nehmen sein.«

Ich werfe einen skeptischen Blick auf Maximilian, der das Gleichgewicht verliert und zu stürzen droht: »Jep. Ich bewundere ihn wirklich um seine unangefochtene Härte. Ob er in der winterlichen Wildnis auch in einem Pferdekadaver übernachten kann, der Überlebenskünstler mit der harten Schale?«

»Wahahahahaha!«, lacht Maximilian plötzlich laut auf und deutet auf einen Mann, der im Business-Outfit seinen Koffer hinter sich herzieht. »Schau dir einmal den Typen an. Der hat einen Trolley, Oida!«

»Oh no … Ich glaub er hat es sich heute wirklich zum Ziel gesetzt, morgen als Schlagzeile in so ungefähr jeder vorhandenen italienischen Tageszeitung zu landen«, stellt Kim peinlich berührt fest.

»Oder aber er steht total auf Schmerzen und will mit seinem präpotenten Verhalten eine Schlägerei anzetteln«, werfe ich ein.

»Das klingt durchaus plausibel«, stimmt mir meine Freundin zu und schlägt sich dann mit der flachen Hand auf den Kopf. »Wie konnte mir bloß entgehen, was das für ein Idiot ist?«

»Keinen Plan. Vielleicht warst du einfach zu besoffen.«

»Oh nein, bitte sag mir nicht, dass ich ganz ähnlich drauf war!?«, fragt sie mich mit entsetztem Gesichtsausdruck.

»Jetzt lass dich doch nicht so schnell verunsichern.«, antworte ich lächelnd. »Selbst in deinem schlimmsten Zustand, bist du noch immer besser drauf, als der Typ da.«

»Es tut mir so leid, dass ich dir den Abend versaut habe. Wenn ich gewusst hätte, dass Raphael ein homophober Anwalt ist und sein Freund ein sexbesessener, hirnamputierter Trottel, dann hätte ich bestimmt nichts mit den beiden ausgemacht. Bist du mir eh nicht böse?«

Ich grinse: »Noch bin ich nicht böse, aber wahrscheinlich bildet dieser Abend den Auslöser für meine baldige Mutation zu einer berühmten Serienkillerin, die jedes Jahr zu Karnevalszeit diesen unerklärlichen Morddurst in sich spürt.«

Und so als wolle Maximilian zur Erfüllung meiner Prophezeiung beitragen, bleibt er vor der Auslage eines Pubs stehen, öffnet seinen Hosenstall und pinkelt ungeniert vor den schaulustigen Gästen, die bereits sensationslüstern ihr Smartphone zücken.

»Max, bitte lass das«, bemüht sich Raphael peinlich berührt um die offenkundig nicht vorhandene Vernunft seines Kumpels, der ihn jedoch ignoriert und sich weiterhin Erleichterung verschafft. »Hey, bitte. Das kannst du jetzt wirklich nicht machen. Komm weiter.«

Irgendwie ist es ja ganz süß, wie aufopferungsvoll sich dieser Raphael um seinen Freund kümmert. Ob er sich auch so gut um mich kümmern könnte, wenn es mir einmal schlecht geht? Scheiße. Ich muss mich echt am Riemen reißen.

»Okay, ich glaube wir sollten zusehen, dass wir schleunigst ins Hotel kommen«, stellt Raphael fest und schnappt dabei seinen Freund am Ärmel seiner Jacke, um ihn Richtung Hoteleingang zu schleifen.

»Schade und ich dachte wir gehen noch in den Pub hinein, um was zu trinken. Schließlich wollte ich doch unbedingt noch wissen, wie es sich in einem Karnevalskostüm hinter venezianischen Gittern so lebt. Das brauch ich als Recherche für ein neues TV-Format, ›Der Häfntausch‹.«, entgegne ich mit einem breiten Grinsen im Gesicht während ich Raphael und seinem

Kumpel folge. Gefährlich schwankend bleibt Max schließlich vor einer hübschen dunkelhaarigen Frau in Jeans und Mantel stehen, die soeben ein Foto von sich vor dem Hoteleingang schießt und hält nach ein paar Sekunden des Schweigens fest: »Bella Ragazza, rauf aufs Matratza!«

Raphael wirft der Fremden einen entschuldigenden Blick zu und bemüht sich dann darum, seinen Kumpel durch die Eingangstüre zu schieben. Indessen richte ich das Wort an meine Freundin: »Oh Gott, Kim. Er betrügt dich. Wirst du das verkraften?«

»Ha ha ha. Sehr komisch.«

»Finde ich schon«, entgegne ich schulterzuckend und bin bereits im Begriff, den beiden Männern durch die Tür zu folgen, als mich Kim am Oberarm zurückhält.

»Bleib noch kurz stehen«, haucht sie mir zu und wartet danach mit sensationslüsternem Blick, bis die dunkle Holztür ins Schloss gefallen ist und sich unsere Begleiter außer Hörweite befinden. »Sag, war jetzt eigentlich irgendetwas zwischen dir und diesem homophoben Arschloch?«

»Also erstens, Kim: Raphael ist bestimmt nicht homophob, sondern hat dich bloß getriggert, weshalb du gänzlich überreagiert hast. Wenn du ehrlich zu dir selbst bist, dann gibt's wirklich nur wenig Männer, die auf Mariah Carey stehen und würden die meisten auf Mariah Carey stehen, dann würdest du wiederum nicht auf sie stehen.«

Unwillig willigt sie mit einem Nicken ein: »Ja eh. Ich find trotzdem, dass er es anders hätte sagen können, aber das tut jetzt nichts zur Sache. Ich will endlich wissen, was zwischen dir und dem Raphi war!?«

Verdammt. Ablenkungsmanöver fehlgeschlagen.

»Gar nichts, Kim. Wie kommst du darauf, dass etwas zwischen uns war?«

Ich werde ihr bestimmt nicht erzählen, dass wir uns beinahe geküsst hätten. Wenn nämlich das Unaussprechliche erst einmal ausgesprochen wurde, dann gibt es kein Zurück mehr. Das ist quasi wie ein Eheversprechen an mich selbst und ich weiß wirklich nicht, ob ich dafür schon bereit bin.

»Keinen Plan. Da war irgendwie so eine Spannung zwischen euch«, erklärt mir meine Freundin, als wir das Gebäude betreten und die Treppen ins erste Stockwerk erklimmen.

»Findest du?«, frage ich vorsichtig nach.

»Ja und dann immer diese Blicke, die er dir zugeworfen hat. Ich weiß nicht. Da hat so etwas Liebevolles drinnen gelegen.«

»Das bildest du dir bloß ein«, verwerfe ich ihren Einwand und zücke dabei unseren Zimmerschlüssel, um die Tür aufzusperren. »Wahrscheinlich werde ich den Kerl erst wieder bei der nächsten Scheidung meiner Mutter sehen.«

»Das kann ich mir echt nicht vorstellen. Der wirkt total angetan von dir. Keinen Plan, was du mit ihm gemacht hast, aber er steht voll auf dich.«

Ich zucke unberührt mit den Schultern und lasse mich müde mit dem Hinterteil auf das Bett plumpsen, um mich meiner Schuhe zu entledigen.

»Mir egal. Er ist und bleibt ein oberflächlicher Schnösel.«

»Emilia Altwein, ich bin kein Mann, weshalb du mich mit einer Aussage wie dieser bestimmt nicht abfertigen kannst«, erklärt mir meine Freundin leidenschaftlich und verschließt die Zimmertür hinter sich, um es mir nachzutun und sich auf ihre Seite des Bettes fallen zu lassen. »Du magst ihn. Das seh ich. Ich mein, du hast ihn sogar gegen mich verteidigt. Das muss doch etwas bedeuten. Gut, okay, ich kann natürlich verstehen, dass es schwer ist, zuzugeben, in einen homophoben Anwalt verliebt zu sein, aber hey, du musst dich vor mir für nichts schämen. Ich bin doch deine beste Freundin. Außerdem, homophob oder nicht, ist es doch total klasse, verliebt zu sein. Ich beneide dich da voll.«

Sie schlüpft aus ihren Schuhen und entledigt sich ihrer Ohrringe, während ich mich nach hinten auf die Matratze fallen lasse, meine rechte Hand auf die Stirn lege und stöhnend antworte: »Nochmal Kim: Ich bin mir nahezu zu Hundertprozent sicher, dass Raphael nicht homophob ist und du das nur in den falschen Hals bekommen hast und zu dem anderen: Was soll am Verliebtsein bitte klasse sein? Da wird einem doch nur das Herz gebrochen und soetwas wie mit dem Toni stehe ich kein zweites Mal durch.«

Kim klatscht freudig in die Hände: »Ha ha ... du hast es endlich zugegeben.«

»Blödsinn. Ich hab gar nichts zugegeben.«

»Doch. Du hast gerade gesagt, dass du ihn magst. Andernfalls könnte er dir ja nicht das Herz brechen.«

»Du, nur weil ich ihn fast geküsst hab, heißt das noch lange nicht, dass ich auf ihn steh.«

Fuck! Das war ein Mia'scher Versprecher. Unwillkürlich begebe ich mich wieder in eine aufrechte Position und sehe, wie die Augen meiner Freundin aufleuchten.

»Was? Ihr habt euch beinahe geküsst? Ich wusste ja, dass da etwas im Busch war. Die beste Freundin kann man nicht belügen. Der Hammer! Das freut mich ja so für dich, Mia Moon. Oh mein Gott. Das heißt ich kann vielleicht bald deinen Polterabend organisieren. Ich hab ja sowieso schon alles zusammengestellt und ein perfektes Thema für dich gefunden und die Homophobie treiben wir ihm bis dahin schon wieder aus.«

»Jetzt chill mal eine Runde, Kim. Das würde voraussetzen, dass ich an ihm interessiert bin, was ich nicht bin.«

Meine Freundin wedelt mit der Hand: »Geh bitte. Ich hab ein ur gutes Gefühl bei der ganzen Sache und bin der festen Überzeugung, dass ihr das perfekte Paar seid. Du wirst ihm lernen ein toleranterer Mensch zu sein und er ... na ja ... er wird dich sexuell befriedigen. Das muss fürs Erste reichen.«

»Boah, Kim, ich steh nicht auf den Typen, weil er voll langweilig ist und einfach nicht zu mir passt und selbst wenn er zu mir passen würde, dann würde er mir sowieso nur weh tun, wie der Toni. Diese Juristen sind alle gleich.«

Meine Freundin stemmt eine Hand in die Hüfte: »Hör sofort mit diesem Pauschalisieren auf. Das sieht dir gar nicht ähnlich. Der Raphi ist nicht der Toni.«

»Schon gut. Schon gut. Sorry.«

»Und den Toni solltest du endlich mal vergessen. Der ist ein unterentwickeltes Arschloch. Das hab ich schon immer gewusst.«

»Schön, dass du das schon immer gewusst, mir aber nie ehrlich mitgeteilt hast.«

»Hey, ich bin deine beste Freundin und habe damit die Verpflichtung, dich hinsichtlich der Wahl deiner Kleider und Freunde im positivem Sinne zu belügen. Du verstehst gar nichts, Mia Moon. Wenn ich immer ehrlich zu dir gewesen wäre, dann hätten wir in der Schule niemals Plateau-Schuhe getragen und damit wären wir nicht hip gewesen und die beliebten Kids hätten uns nur mit Verachtung gestraft.«

»Jep und jetzt stell dir mal vor, wenn alle ehrlich gesagt hätten, wie hässlich sie diese Schuhe finden, dann hätte sich dieser Modetrend niemals durchgesetzt«, halte ich dagegen.

»Okay, das klingt irgendwie plausibel. Aber es spielt ja auch keine Rolle, ob ich früher ehrlich war oder nicht, weil ich dir hoch und heilig schwöre ...« Das hat sie früher auch. Als würde ich irgendetwas darauf geben. »... dass ich in dieser Sache ehrlich bin und ich sag dir, dass ich der festen Überzeugung bin, dass dieser Raphael der Richtige für dich ist und dir niemals das Herz brechen wird.«

»Wie kannst du da so sicher sein?«

»Sagen wir einfach mal, dass ich es in der linken Arschbacke spüre.«

»Das war jetzt wirklich äußerst aufschlussreich.«

Sie zuckt mit den Schultern: »So bin ich eben.«

Ein Klopfen an der Tür unterbricht unser Gespräch und wie auf Befehl pocht mein verräterisches Herz. Okay, ich brauch dringend Beruhigungspillen.

»Atmen, Mia. Atmen«, versucht mich Kim zu beschwichtigen.

Es klopft noch einmal. Diesmal etwas ungeduldiger und dann dringt die gedämpfte Stimme Raphaels durch die Zimmertür: »Hallo!? Seid ihr noch wach?«

»Ja, ich komm schon«, ruft meine Freundin, steht auf und schließt die Tür auf. »Was gibt es denn so Dringendes?«

»Der Max hat mich aus dem Zimmer gesperrt.«

Nein, nicht lachen, Emilia! Nicht lachen!

»Ja und was sollen wir da jetzt machen?«, fragt Kim Raphael.

»Keinen Plan. Ihr seid irgendwie die Einzigen, die ich hier kenne und nachdem der Max einfach nicht aufmacht, ist mir nichts Besseres eingefallen«, antwortet er und kratzt sich verlegen am Hinterkopf.

»Was ist denn mit ihm los? Ich hoffe es ist alles okay«, fragt Kim ehrlich besorgt.

Raphi wedelt mit der Hand: »Das schon. Drinnen ist er wenigstens sicher vor mir. Ich schätze mal, er ist einfach weggepennt.«

»Na wenigstens kann er dann nicht mehr weitersingen«, füge ich hinzu.

Kim grinst: »Dabei war es doch so schön, ihm zuzuhören. Er könnte beinahe am Eurovision Song Contest teilnehmen.«

»Angesichts der dort vorherrschenden mangelnden Sinnhaftigkeit der Texte, dürfte das kein großes Problem für ihn darstellen«, entgegnet Raphael.

»Wir können gern noch über den Song Contest fachsimpeln, aber ich glaube es wäre besser, wenn du dafür mal hereinkommst. Sonst wecken wir noch jemanden auf«, lädt ihn Kim in unser Zimmer ein.

»Danke. Das ist echt lieb von euch, dass ihr mich noch aufnehmt«, erklärt Raphael verlegen und befolgt dabei die Anweisung meiner Freundin, um sich schließlich etwas planlos im Zimmer umzusehen.

»Magst du vielleicht etwas trinken?«, fragt Kim den ungebetenen Gast.

»Ja, gern. Was habt ihr denn noch da oder habt ihr schon die gesamte Minibar geleert?«

Ich stemme die Hände gespielt beleidigt in die Hüften: »Ha ha ha ... sehr komisch. Wir sind ja keine Alkoholikerinnen. Auch wenn es manchmal so wirkt.«

»Das hast du jetzt gesagt«, entgegnet Raphael schmunzelnd, während sich Kim an der Minibar zu schaffen macht, dann aber von einem impulsiven Vibrieren ihres Smartphones unterbrochen wird.

»Sorry, aber ich muss mal kurz ... Kannst du weitermachen, Mia?«, wendet sie sich an mich und wartet nicht einmal meine Antwort ab. Hektisch liest sie eine Mitteilung auf ihrem Handy und verfasst dann ihrerseits eine Nachricht. Indessen erhebe ich mich, um die Arbeit meiner Freundin fortzusetzen und durchsuche die Minibar nach alkoholischen Getränken. Dabei richte ich das Wort an Raphael: »Da sind noch zwei kleine Fläschchen Rum. Den könnte ich mit Cola mischen.«

»Klingt gut. Aber brauchst du nicht beide Fläschchen?«, fragt er mich provokant.

»Hast du Angst, dass für dich nicht mehr genug übrigbleibt?«, entgegne ich schnippisch. Allerdings kommt Raphael nicht mehr dazu, etwas zu erwidern, da er von der begeisterungsschwangeren Stimme meiner Freundin unterbrochen wird: »Saugeil.«

»Was denn?«, hake ich nach, ernte von Kim jedoch bloß ein Brummen. Stattdessen starrt sie mit einem breiten Grinsen auf das Display ihres Mobiltelefons.

»Kim?«, versuche ich es noch einmal.

»Ich glaub, die befindet sich gerade in einer anderen Dimension«, wirft Raphael ein.

»Dann müssen wir eben Kontakt zu der vierten Dimension aufnehmen. Erde an Kim. Erde an Kim.«

»Hm ... ja was? Wer befindet sich in einer anderen Dimension?«, fragt Kim noch immer leicht geistesabwesend.

»Du, weil du nicht antwortest«, stelle ich trocken fest und befülle die Gläser der Minibar mit Rum und Cola.

»Sorry, aber das war eine Nachricht auf die ich schon gewartet hab.«

»Klingt ziemlich geheimnisvoll«, wirft Raphael ein.

»Ist's auch. Der Typ hat auf *Tinder* nämlich nur ein Foto von sich mit Maske drinnen, aber er hat einen echt gut trainierten, nackten Oberkörper und er hat mich gerade gefragt, ob ich mich noch mit ihm treffen will. Der Giovanni lebt nämlich in Venedig.«

Was? Was soll das heißen? Will sie mich etwa mit Raphael alleine lassen? Das kann sie doch als meine beste Freundin nicht verantworten. Ich überreiche unserem Gast ein Getränk und mache dann gedankenverloren einen Schluck von meinem. Einen großen.

Nein, einen noch größeren. Okay, am besten ich leere gleich das gesamte Glas.

»Störts dich eh nicht, wenn ich mich noch mit dem Giovanni treffe? Wer weiß, wann ich wieder die Gelegenheit dazu habe.«

»Passt schon. Geh dich nur amüsieren.«

»Super. Du bist die Beste, Mia. Ich hab dich lieb!«, entgegnet Kim aufgeregt und haucht mir bei einer Umarmung einen Kuss auf die Wange. »Wünsch mir Spaß!«

In freudiger Erwartung und ohne sich nach mir umzuwenden, lässt sie mich alleine mit Raphael zurück.

»Deine Freundin lässt aber auch nichts anbrennen, oder?«

Ich zucke mit den Schultern: »Mag schon sein, aber wenigstens beschimpft sie nicht wahllos irgendwelche Passanten.«

»Touché. Aber auch wenn es schwer zu glauben erscheint, versichere ich dir, dass der Max auch sehr lieb sein kann.«

»Das wurde auch schon über diverse Diktatoren gesagt.«

»Schon, aber über die wurde auch gesagt, dass sie höflich sind.«

»Gut, du hast gewonnen. Das kann man über Max nun wirklich nicht behaupten. Aber nachdem ich auch Recht habe, wenn ich eigentlich Unrecht habe, kannst du gar nicht Recht haben. Merke es dir für die Zukunft«, entgegne ich und strecke dabei mahnend den Zeigefinger nach oben.

»Für welche Zukunft denn?«

Ich sollte echt nachdenken, bevor ich spreche, aber das ist unter Einfluss von Alkohol nahezu unmöglich. »Keinen Plan. Das habe ich nur so dahergesagt.« Ich nehme einen kräftigen Schluck von meinem Getränk, nachdem ich mir nachgeschenkt habe, und unwillkürlich wird mir so schwindlig, dass ich mich wieder aufs Bett setze. »Woher kennst du Maximilian?«

»Wir kennen uns aus dem Gymnasium und eigentlich hasst er es, wenn ich darüber rede, aber er war damals wirklich so ein klassisches übergewichtiges Omega-Kind mit Brille. Deshalb haben ihn die anderen Schüler dauernd verspottet.«

»Und du bist dann als sein großer Retter auf die Bildfläche getreten?«

Raphael lächelt: »Ja, obwohl ich mich jetzt nicht als großer Retter bezeichnen würde. Aber irgendwer muss ja schließlich etwas gegen diese Hänseleien unternehmen.«

»Eine echte Gemeinheit. Ich hätte auch einen Retter vertragen können.«

»Wieso denn das?«, hakt er nach und nimmt mit gebührendem Sicherheitsabstand neben mir Platz.

Ich werfe einen Blick in mein Glas, ehe ich antworte und Raphael dabei möglichst keines Blickes würdige, weil ich mich schäme: »Na ja, weißt du, ich war in der Schule nicht gerade beliebt.«

»Das kann ich mir kaum vorstellen.«

»Ich kann's ja auch nicht verstehen. Wahrscheinlich hat das daran gelegen, dass ich früher ein bissi pummelig und nicht besonders talentiert darin war, meine Klappe zu halten und als ich dann endlich abgenommen hab, hat mir ein Bursche nach dem anderen das Herz gebrochen. Die Mama hat mich dann zu einer Therapeutin geschickt, die meinte, dass ich diese ganzen Jungs aufreiße, weil ich einen Ersatz für meinen Papa suche. Aber jetzt mal ehrlich, wer sucht schon in einem Halbwüchsigen einen Ersatz für seinen Vater. Klingt irgendwie nicht besonders plausibel. Ich glaube eher, dass ich einfach nur ein bissi einsam war und deshalb nicht so sehr darauf geachtet habe, wen ich mir da angle und dann war halt immer das große Chaos da, wenn der Typ doch nicht das gehalten hat, was er versprochen hat. Na ja, und du kannst dir sicher gut vorstellen, was mit weinenden Mädchen in der Schule passiert. Kinder riechen Schwäche quasi auf zehn Kilometer Entfernung und dann machen sie dich erbarmungslos fertig.«

»Das tut mir leid für dich. Ich weiß nicht mal, was ich da sagen soll. Wenn es dich tröstet, dann versichere ich dir, dass meine Schulzeit auch kein Honiglecken war. Zumindest nach dem Tag, an dem ich unser finales Fußballmatch in der Schülerliga versaut habe, weil mich die blonde Helena so abgelenkt hat, dass ich den Ball vollkommen verschossen habe. Danach haben mich ein paar meiner Mitschüler nach der Schule abgepasst und so verdroschen, dass meine Mutter versucht war, die Polizei zu rufen, als ich nach Hause gekommen bin.«

Ich sehe Raphael an. Er lächelt freundlich.

»Zu mir haben die Mädels mal während einer Unterrichtsstunde, in der wir einen Film geschaut haben, gesagt, dass ich mir den Kopf abhacken soll.« Ich zucke mit den Schultern: »Sie haben hinter mir gesessen und ich hab scheinbar ihre Sicht auf den Film eingeschränkt.« Als würde das etwas erklären. »Aber das Allerschlimmste war der Moment auf der Sportwoche, in dem ich gecheckt habe, dass eine Mitschülerin in unser Zimmer eingebrochen ist und den anderen meine Tagebucheintragungen vorgelesen hat. Das waren meine innersten Gedanken.«

Was ist denn jetzt los? Wieso drückt es mir die Tränen raus? Das ist ja voll peinlich. Ich meine, was soll denn Raphael von mir denken?

»Scheiße. Das ist echt hart und hat niemand verdient. Aber weißt du, du musst dir immer in Erinnerung rufen, dass diese Kids einfach nur vollkommen unzufrieden mit ihrem eigenen Leben waren und deshalb ihren ganzen Selbsthass auf andere projiziert haben.«

Vorsichtig tupfe ich mir die Tränen vom Gesicht, um mein Make-up nicht zu verschmieren: »Du hast Recht, aber das ist halt leichter gesagt als getan. Vor allem, wenn man all diese Gefühle noch immer mit sich herumschleppt.«

»Ich weiß«, entgegnet er schulterzuckend und fügt dann hinzu: »Schade, dass du dich nicht mit meinen Augen sehen kannst.«

Eine pathetische Stille tritt ein, in der er mich mit seinem eindringlichen Blick fesselt und mein Herz zu einem derartig großen Sprung veranlasst, dass ich kaum noch atmen kann.

Alarm! Alarm! Alarm! Alarm!

Wieso stelle ich mich denn so blöd an und küsse den Kerl nicht einfach? Ich meine: er will es, ich will es, das Universum will es scheinbar auch so und so ganz nebenbei auch noch meine beste Freundin, obwohl sie wahrscheinlich noch immer der festen Überzeugung ist, Raphael sei homophob und man müsse ihm das austreiben. Aber abgesehen davon gibt es rein gar nichts, was dagegenspricht, diesen Mann zu küssen. Gut, ich muss jetzt echt mit dem Denken aufhören. Ich ...

Hilfe! Was ist denn jetzt los? Was macht er denn? Er ... Wham ... Küsst der gut.

Kapitel 18

Oh mein Gott! Ich bin eine Schlampe und werde von einem himmlischen Höchstgericht in Bälde eine teuflische Bestrafung erfahren, indem man mich in die Hölle zu den anderen Sündern steckt und das alles nur, weil ich meine Hormone im Alkoholrausch nicht mehr unter Kontrolle hatte. Mein Körper ist so ein verdammter Judas. Was mache ich denn jetzt? Bestimmt hat mich Raphael bloß benutzt, um schnell an Sex zu kommen. Und in diesem Fall plädiere ich hinsichtlich meiner Verantwortung in dieser Szenerie auf Unzurechnungsfähigkeit. Immerhin habe ich diese ganze Misere einzig und allein meiner besten Freundin zu verdanken, die sich weiß Gott wo herumtreibt. Wäre sie geblieben, dann hätte ich keinen Sex mit Raphael gehabt und wäre noch immer ... Ja, was denn eigentlich? Unglücklich!? Deprimiert? Sexuell frustriert? Na gut. Das Argument zählt also nicht. So ein Mist. Dabei habe ich darauf gehofft, meine Freundin als Sündenbock missbrauchen zu können, um keine Eigenverantwortung übernehmen zu müssen.

Wieso ist Raphael eigentlich so ruhig? Ich höre ihn nicht einmal atmen.

Oh mein Gott! Hoffentlich hat er während des Geschlechtsakts keinen Herzinfarkt erlitten. So eine Scheiße. Ich habe meinen One-Night-Stand mit akrobatischen Höchstleistungen gekillt.

Es könnte aber auch sein, dass der uneheliche Sex irgendeinen irren Axtmörder auf den Plan gerufen hat, der mit erhobener Waffe hinter mir steht, während sich das Blut meines Liebhabers bereits auf der Matratze ausbreitet.

In beiden Fällen sehen meine Zukunftsaussichten eher miserabel aus. Wenn ein verrückter Serienkiller sein Unwesen in den venezianischen Gefilden treibt, dann werde ich alsbald meinen letzten Lebensfunken aushauchen und wenn ich Raphael beim Liebesspiel unabsichtlich ermordet habe, dann wird man mich in Bälde neben einer Leiche liegend vorfinden, eins und eins zusammenzählen und mich wegen fahrlässiger Tötung in den Knast verfrachten.

Scheiße Panikattacke!!!

Okay, ruhig bleiben, Mia Moon. Es hat keinen Sinn, sich da jetzt hineinzusteigern. Du musst dich deiner Angst stellen. Außerdem habe ich irgendwie auch ein voll krasses Kuschelbedürfnis. Deshalb wälze ich mich keuchend um und stelle mit Entsetzen fest, dass Raphael nicht hier ist.

What the Fuck! Wo ist er denn hin und vor allem, was wesentlich wichtiger ist: Warum ist er weg? Wahrscheinlich hat er mich mit meinem verschmierten Make-up total unansehnlich gefunden, weshalb er bei meinem morgendlichen Anblick panisch die Flucht ergriffen hat. Vielleicht wird mein Po aber auch von einer übermäßigen Orangenhaut überzogen.

Jetzt bezahle ich den Preis für die Ablehnung chirurgischer Optimierungseingriffe an meinem Körper. Um einen Mann zu halten, ist es offenbar doch sinnvoller, ein prinzipienloses, naives Mädchen zu bleiben. Hauptsache schön. Das wäre eigentlich ein deutlich treffenderer Titel für diese Körperperfektionierungsshows, in denen optisch minimal gesegnete Frauen öffentlich gedemütigt werden, nur damit man ihnen dann kostenlose Operationen zur Verfügung stellen kann.

Also gut. Angesichts meiner Argumentationskette ist es dann doch besser, auf die Arbeit diverser plastischer Chirurgen zu verzichten, auch wenn mich Raphael deshalb verlassen hat.

Wie konnte er nur? Beziehungsweise, wie konnte mir dieses *fucking* Universum das antun? Ich meine, allmählich schuldet mir dieser unnötige Gott echt ein besseres Karma.

Ächzend richte ich mich auf und sehe mich im Zimmer um. Keinerlei Spur von dem Separationsadvokaten oder davon, dass er in dieser Nacht überhaupt hier war. So ein Mist. Vielleicht habe ich mir die Geschehnisse ja auch nur eingebildet, weil ich schon so benebelt vom Alkohol war und meine Einsamkeit mich übermannt hat. In diesem Fall räume ich ein, dass mir eine krasse suggestive Kraft innewohnt, die besser als jeder Erotikfilm ist ... oder ich leide an Schizophrenie.

Damned. Als wäre mein mangelhaftes Erscheinungsbild nicht schon genug an Demütigung, entpuppe ich mich jetzt auch noch als Verrückte, deren altbekannter Kloß im Hals wieder einmal das Aufkommen einer Kurzdepression ankündigt. Ich hasse das. Das Positive daran ist, dass ich wenigstens einmal etwas anderes außer mir hasse.

Mein Blick fällt auf meine Handtasche, die ich unachtsam auf dem Frisiertisch abgelegt habe. Vielleicht hat mich Raphael angerufen oder mir eine Nachricht hinterlassen.

So schnell ich kann, stehe ich auf, was sich allerdings als katastrophale Idee entpuppt, da mir für einen kurzen Augenblick so schwindlig wird, dass ich befürchte, zusammenzuklappen.

Shit, was habe ich denn bitte am Vortag getrunken? Wenn das so weitergeht, dann mache ich der ländlichen Bevölkerung auf ihren Bierzeltfeuerwehrfesten noch ernsthaft Konkurrenz, oder aber die italienischen Rettungssanitäter finden mich bewusstlos in Unterwäsche auf dem Boden liegend vor.

Okay, einmal tief durchatmen und dann ab zum Handy, das soeben einen verräterischen Benachrichtigungston von sich gibt.

Wie in Trance bewege ich mich auf meine Handtasche zu und mühe mich verzweifelt damit ab, den Reißverschluss zu öffnen, aber nichts da. Das Drecksding lässt sich keinen Millimeter weit bewegen.

Wieso kaufe ich mir immer so einen billigen Mist? Das ist bestimmt die Schuld meiner Mutter, denn wenn sie mir nicht ständig mit diesem politisch korrekten Ökoscheiß in den Ohren liegen würde, dann würde ich mir nicht aus reinem Protest diese billigen Produkte, die wahrscheinlich von irgendwelchen Kindern in China hergestellt werden, kaufen, sondern zu den teuren Sachen aus den Ökoläden greifen.

»So ein Scheiß«, fluche ich laut, nachdem mir bereits die ersten Schweißperlen über den Rücken rinnen. »Jetzt geh endlich auf, du Drecksding.«

Okay, es dauert nicht mehr lange und ich schleudere diese verdammte billige Handtasche gegen die Tür.

»Arrgghhhh ...«, mache ich meinem Ärger Dampf. »Geh bitte, was ist mit diesem Mistding los? Wieso ...«

Gut, das ist jetzt echt peinlich, weil ich in der Tat versucht habe, eine bereits unverschlossene Handtasche zu öffnen. Es geht bergab mit mir.

Hastig krame ich in meiner Clutch nach meinem und spüre, wie mein Herz total wild pocht, als ich es ertaste.

Juhu, eine WhatsApp-Mitteilung. Dummerweise ist die Nachricht allerdings nicht von Raphael, sondern von Kim, die mir mitteilt, dass es ihr gut geht.

»Alles klar. Hoffe du hattest eine schöne Nacht«, schreibe ich enttäuscht zurück und beschließe danach zur Überprüfung meines Aussehens ein Selfie zu schießen.

Ich tippe das Kamerasymbol an und ...

WHAT THE FUCK! Ich habe ein Doppelkinn und sehe aus wie ein fetter Fisch, der darauf wartet, gebraten zu werden, weil er nun endlich von seinem traurigen Leben erlöst wird. Obwohl das wenig attraktive Erscheinungsbild meines Gesichts natürlich auch am Winkel der Kamera liegen könnte. Mal sehen was passiert, wenn ich das Ding nach oben halte.

Aus dieser Perspektive sehe ich eigentlich ziemlich heiß aus. Vielleicht sollte ich einen potentiellen Partner dazu anhalten, mich nur von oben zu betrachten.

Ich schwenke mein Handy von links nach rechts und wieder zurück, dann halte ich es ein bisschen weiter nach unten. Ja, jetzt noch ein Duckface und ein kleines bisschen Lächeln. Ich drücke den Auslöser und sofort macht sich eine tiefe Enttäuschung in mir breit. Ich sehe aus wie meine Mutter, die sich voll eingeraucht hat. Unwillkürlich lache ich über meinen Anblick und spüre plötzlich wie mir just in dem Augenblick ein Furz entfleucht, in dem sich jemand an der Zimmertür zu schaffen macht. Shit! Hoffentlich ist das nicht Raphael!

Panisch stehe ich auf, laufe zum Fenster und reiße es so schnell wie möglich auf, wobei ich natürlich nicht daran denke, dass ich nur meine Unterwäsche trage, weswegen mich der Typ, der unten vor dem Hotel gerade seine Frühstückszigarette konsumiert, ansieht, als wäre ich die Betreiberin eines Bordells.

»Hey, was machst du denn da? War die Nacht mit mir so furchtbar, dass du dich aus dem Fenster stürzen willst?«, fragt mich Raphael und ich drehe mich hastig zu ihm um.

»Oh Äh ... Nein. Mir war nur heiß«, stammle ich und achte dabei nicht auf die Gänsehaut an meinen Armen und das leichte Bibbern meiner Lippen.

»Na dann bin ich echt beruhigt. Ich hab nämlich schon befürchtet, alleine frühstücken zu müssen.«

»Hast du Frühstück gesagt?«, hake ich noch einmal vorsichtig nach.

»Ja, ich hab uns was besorgt. Hab irgendwie nicht mehr schlafen können«, antwortet er und deutet dann auf zwei Kaffeebecher und eine prall gefüllte Einkaufstüte.

»Wow ... das ist aber echt süß von dir«, entgegne ich geistesabwesend, bis mir bewusst wird, was ich soeben gesagt habe und mich ausbessere: »Oh sorry. ‚süß‘ darf man zu einem Mann ja nicht sagen.«

»Wieso denn nicht? Ich will das nur nicht von anderen Männern hören, aber Frauen dürfen mich jederzeit süß finden.«

»Frauen dürfen das also ... hm, so ein Aufreißer bist du? Wenn ich das gewusst hätte, dann hätte ich mich von dir nicht so emotional manipulieren lassen«, erkläre ich ihm grinsend, während ich auf ihn zugehe und ihm einen Kuss auf die Lippen hauche.

Verdammt. Ich will mehr! Definitiv! Und ich hoffe, dass er auch mehr will!

Kapitel 19

»Morgen!«, grüße ich meinen Kollegen mit matter Stimme und lasse mich dann stöhnend auf den Schreibtischsessel sinken.

»Na? Auch schon da!?«, fragt mich Christoph provokant.

»Muss das jetzt sein. Ich hab eh schon genug Stress gehabt.«

Genau. Ich konnte mich von Raphael nicht einmal mehr richtig verabschieden. So ein Mist. Wahrscheinlich meldet sich der Typ nie wieder bei mir.

»Okay, okay. Was ist dir denn bitte über die Leber gelaufen? Bist du in Venedig dem Tod begegnet?«, fragt mich Christoph und lacht dabei über seinen Wortwitz.

»Ich mag jetzt echt nicht drüber reden«, schnauze ich ihn an und begebe mich dann zur Kaffeemaschine, um mir eine ordentliche Koffeinladung zu verpassen.

»Danke Christoph, dass du mir Kaffee gemacht hast«, wirft mein Kollege ein.

Kann er nicht die Klappe halten? Mein Selbsthass inklusive dem Hass auf die Welt, weil ich mir jetzt Gedanken darüber machen muss, wer sich zuerst bei wem meldet, kann seiner Aufmerksamkeit doch kaum entgangen sein. Ich meine, wenn Raphael ein richtiger Gentleman wäre, dann wäre diese Frage mit Gewissheit nicht aufgekommen, weil er bereits in glitzernder Rüstung vor dem Bürogebäude stehen und mich aus den Klauen der Kotenbeutel befreien würde.

»Du beginnst jetzt aber eh nicht zu heulen, oder?«, fragt mich Christoph. »Ich hab nämlich keinen Bock darauf, heut auch noch den Tröster zu spielen.«

»Warum? Hast du die Kotenbeutel schon in der Früh befriedigen müssen?«, entgegne ich spitz.

»Nein, die hat Gott sei Dank einen Auswärtstermin, was dir wahrscheinlich auch das Leben gerettet hat, Lustige.«

»Blödmann! Sehe ich etwa lustig aus? Kannst du irgendetwas an mir erkennen, dass lustig ist oder fröhlich wirkt?«

Okay, ich bin offensichtlich in einem tiefen schwarzen Loch gelandet. Holt mich hier raus!

Christoph seufzt und verdreht dabei die Augen: »Also gut! Dann schieß mal los. Was ist dir über die Leber gelaufen, dass du so mies drauf bist und komm mir jetzt nicht mehr mit dem, dass du nicht drüber reden magst. Dafür kenn ich dich viel zu gut. Du bist eine Frau und ihr redet immer gern über eure Probleme, auch wenn es das Gegenüber kaum noch interessiert.«

»Danke. Äußerst liebevoll von dir und überhaupt nicht sexistisch. Wenn du mir das nächste Mal versuchst, die Abseitsregel beim Fußball mit zwei Salzstreuern und einem Zahnstocher-Spender zu erklären, werde ich dich auch darauf aufmerksam machen, dass mich das eigentlich nicht wirklich interessiert.«

Christoph zuckt unberührt mit den Schultern: »Redest jetzt endlich oder soll ich wieder zum Arbeiten anfangen.«

Als hätte der heute schon mehr auf seinem PC gemacht, als die Sportergebnisse zu checken.

»Wieso sollte ich? Du hast mir ja gerade erklärt, dass es dich sowieso Nüsse interessiert, was ich zu sagen habe.«

»Wennst meinst.«

»Na bitte. Der eindeutige Beweis für dein Desinteresse.«

Ja, mir ist klar, dass ich anstrengend bin. Na und. Es ist schließlich Christophs Pflicht als Mann, mir zu beweisen, dass ihm auch wirklich das tiefe Verlangen nach der Lösung meiner Probleme innewohnt.

»Emilia, hörst du mir überhaupt zu?«

»Sorry. Was hast du gesagt?«

Er verdreht ein weiteres Mal die Augen. Wenn er das noch öfters macht, schweigen wir uns ganztägig an. Das schwöre ich bei meiner unsterblichen Seele.

»Na das ich dir sowieso zuhöre. Ob ich es nun gern tue oder nicht. Jetzt schieß schon los. Was ist passiert?«

»Mir ist aber nicht egal, ob du es gern tust oder nicht«, zicke ich weiter.

»Oh Gott. Können wir das nicht einfach lassen? Glaubst du echt, andere denken so viel darüber nach, ob mich das interessiert, was sie zu sagen haben? Die quatschen mich permanent mit irgendwelchen langweiligen Details zu. Du bist wenigstens ganz unterhaltsam und von allen die ich kenne noch die Harmloseste. Also schieß jetzt endlich los.«

Ich grinse – und das in meiner Verfassung: »Wow ... du hast mir doch glatt etwas Nettes gesagt. Bist du krank oder so? Ich glaub den Tag muss ich mir rot im Kalender einstreichen.«

»Jep ... das solltest du, weil das nämlich nicht mehr oft vorkommen wird. Und jetzt sag bitte endlich was los war? Ist deine Oma etwa wirklich gestorben oder was?«

»Nein.« Ich verziehe das Gesicht. »Wie kommst du denn darauf? Natürlich nicht.«

»Na ja ... vielleicht komme ich darauf, weil du unserer Chefin diese Geschichte aufgetischt hast, um nach Venedig fahren zu können. Du solltest daran denken, wenn sie dich darauf anspricht.«

»Danke für diesen überaus bedeutsamen Hinweis, Herr Kollege.«

»Bitte. Und jetzt los. Was war? Wie oft soll ich eigentlich noch fragen?«

»Keine Ahnung. Ich könnte mich daran gewöhnen.«

»Miaaaaaa«, fordert mich Christoph ernst auf.

»Ja ja schon gut. Also ... Ich hab diesen Scheidungsanwalt von meiner Mama im Bus nach Venedig wiedergesehen.«

Manno, Stich ins Herz. Er wird mich abschieben. Ganz sicher und ich bin einfach zu naiv für diese beschissene Welt.

»Emilia, ich bin keine Frau und merke mir derlei Details nicht. Also wer soll das bitte sein?«

»Das ist der Typ, der zu Silvester bei mir zu Hause war. Weißt du nicht mehr? Ich hab dir von ihm erzählt.«

»Ah ja ... das war dieser kunstinteressierte Anwalt, oder? Und? Habts geschnackselt oder was?«

Mein Gesicht wird heiß: »Ja.«

»Na passt ja eh, oder? War ja schon an der Zeit. Ich mein, ich hab ja schon befürchtet, dass du frigide wirst.«

»Herzlichen Dank auch. Du bist wie immer total einfühlsam.«

»Gern geschehen, aber kannst du mir jetzt erklären, warum du so grantig bist? War der Kerl im Bett so eine Niete oder was?«

»Nein, eigentlich nicht. Es war eine total schöne Nacht und er hat mir sogar noch Frühstück gebracht und war auch so voll lieb zu mir und so.«

»Ich versteh's noch immer nicht. Wo liegt eigentlich dein Problem?«

»Mein Problem liegt darin, dass der Raphael beim Abschied nur ,Bis bald' gesagt und kein weiteres Treffen vorgeschlagen hat. Ich meine, das ist doch der eindeutige Beweis, dass er gar nicht vorhat, mich wiederzusehen. Ich hasse mein Leben.«

»Okay, jetzt mach mal halb lang. Ich mein, wie lang ist es her, dass ihr euch verabschiedet habt? Eine Stunde? Das ist so typisch das klammrige Verhalten von euch Frauen. Da bekommt ihr die Krise, weil wir nicht daran gedacht haben, einen genauen Zeitpunkt für ein weiteres Treffen zu nennen. Können wir Männer es euch überhaupt Recht machen?«

»Ja, indem ihr einfach zuverlässiger seid.«

»Bullshit. Wenn wir gleich ein Treffen ausmachen wollen, dann findet ihr uns klammrig und wenn wir es nicht tun, dann sind wir unzuverlässig. Ich hab echt den Eindruck, dass ihr Frauen manchmal einfach etwas Schlechtes finden wollt, weil ihr so eine sadistische Ader habt.«

»Ja klar, Christoph. Deshalb hab ich im Keller auch eine kleine Folterkammer für Männer eingebaut.«

»Na ja, dafür dass es nicht so ist, würd ich aber auch nicht die Hand ins Feuer legen.«

»Boah, du kannst mich echt nicht ernst nehmen, oder?«

»Doch, ich nehm dich ja ernst. Nur gefällt dir meine Antwort eben nicht.«

»Sowieso nicht. Weil das auch voll der Blödsinn ist. Ich bin nämlich überhaupt nicht klammrig und es ist auch überhaupt nicht schwer, mich zufriedenzustellen.«

Er lacht laut auf und hält dann fest: »Du bist voll klammrig und beschwerst dich jetzt schon über Nichtigkeiten. Chill einmal ein bissi.«

Frechheit. Ich bin total gechillt.

»Selbst wenn ich klammrig bin, dann ist das auch nur auf den Typen zurückzuführen.«

»Jetzt bin ich echt gespannt, wie du mir das erklären willst«, entgegnet mein Kollege und verschränkt dabei erwartungsvoll die Arme vor der Brust, während er sich in seinem Schreibtischsessel zurücklehnt.

»Na ganz einfach. Wir Frauen werden psychologisch gesehen nur dann klammrig, wenn ihr Typen einem Wiedersehen aus dem Weg geht's.«

»Was für ein Schwachsinn. Ihr werdet's klammrig, wenn eure Verlustängste zuschlagen. Also quasi immer.«

»Ich hab überhaupt keine Verlustsängste, weil ich zum Überleben gar keinen Mann brauche«, verteidige ich mich schnippisch.

Christoph grinst: »Achso und warum machst du dir dann jetzt schon Sorgen, dass sich dieser Anwalt nicht mehr bei dir meldet? Wenn du ihn nicht brauchst und keine Verlustsängste hast, dann könnte dir das doch vollkommen egal sein.«

Damned. Er hat Recht. Ich bin wie dieser Busserl-süchtige Dagobert aus dem Kasperltheater, aber angesichts der Tatsache, dass sich die Damenwelt von diesem Rückschlag niemals erholen wird, kann ich das unmöglich vor ihm zugeben.

»Es ist mir eh vollkommen egal.«

»Ja klar. Es sieht auch wirklich danach aus, als wäre dir das vollkommen egal. Deshalb grantelst du auch herum.«

»Das ist einfach nur der gewöhnliche allwöchentliche Montagsgrant. Mehr nicht.«

»Wennst meinst.«

Ich zucke mit den Schultern und fahre meinen PC diesmal ohne Zwischenfälle hoch. Dabei fällt mein Blick auf mein Handy.

Keine Nachrichten, keine Facebook-Freundschaftsanfragen, keine Einladungen zu irgendwelchen coolen Events. Niemand mag mich. Ich bin ganz alleine auf der Welt und gehe gedanklich nochmal zurück zu der Verabschiedung von Raphael.

Was hat er denn genau gesagt? »Bis bald« und ein leidenschaftlicher Kuss. Obwohl der Kuss bei weitem weniger leidenschaftlich war, als jener am Tag zuvor in Venedig. Bestimmt hat das etwas zu bedeuten und mit etwas meine ich nichts Gutes.

So eine Scheiße. Wahrscheinlich hat Raphael während des Kusses festgestellt, dass er noch in seine Exfrau verliebt ist, weswegen er sich kurz nach dem Abschied von mir in ihre Arme begeben hat und sich jetzt mit ihr gemeinsam über mich lustig macht. Ich bin so ein Loser und könnte heulen.

»Bin ich wirklich so klammrig?«, frage ich meinen Kollegen schließlich verunsichert.

»Was weiß ich, wie du bei diesem Anwalt warst. Ich kann dir nur sagen, dass du *jetzt* schon ziemlich klammrig bist«, erklärt er mir augenrollend.

»Hm ... na ja ... ich glaub nicht, dass ich das so gezeigt hab. Ich hab mich eh bemüht, cool zu bleiben.«

»Na worüber sorgst du dich dann?«

»Keine Ahnung. Es könnte ja sein, dass er mein Klammern instinktiv spürt.«

Christoph sieht mich an, als würde er soeben ein Gespräch mit einer Geisteskranken führen: »Wie soll er dein Klammern bitte instinktiv spüren?«

»Na keine Ahnung. So energetisch oder so.«

»Oida, bist du heimlich einer Sekte beigetreten? Wie soll er das bitte energetisch spüren? Du schickst ja keine Strahlen aus. Es sei denn du bist damals in Tschernobyl geboren. Lass ihn einfach jagen. Wir Männer finden Frauen langweilig, bei denen wir nix investieren müssen.«

»Kommst du mir jetzt wirklich mit diesem Jäger und Sammler Quatsch?«

»Das ist kein Quatsch, Mia. Das ist die reine Wahrheit und die Frauen, die das kapieren, können sich den Mann ihrer Träume quasi aussuchen.«

»Das würde allerdings voraussetzen, dass soetwas wie ein Traummann überhaupt existiert, was ich angesichts meiner neuesten Erkenntnisse stark bezweifle, weil mein Traummann beim Abschied nicht einfach nur ›Bis bald‹ sagt.«

»Was soll er denn sonst machen? Einen Ring kaufen und dir einen Heiratsantrag machen?«

»Nein, natürlich nicht. Aber er sollte das zumindest schon in Erwägung ziehen, wenn ich mich schon so verletzlich gemacht habe.«

»What the Fuck. *Pretty Woman* und Co gehören echt auf eine Verbotsliste gesetzt«, stellt Christoph kopfschüttelnd fest.

»Fix nicht. Ich meine, ihr könntet die Filme ja auch als Lernmaterial benutzen, wenn ihr schon so tolle Jäger und Sammler seid. Schließlich finde ich nichts dabei, dass wir Frauen noch an soetwas wie den Traumprinzen glauben. Wenigstens laufen wir nicht ziellos durchs Leben, um uns ein Wochenende nach dem anderen mit unseren Kumpels in der ewig gleichen Bude zu besaufen. Und deshalb gründe ich jetzt eine neue Religion. Den Traumprinzenkult und begebe mich auf einen heiligen Kreuzzug, um alle Ungläubigen auf den rechten Weg zu führen, das Traumprinzenreich auf Erden zu schaffen und entsprechende Toy-Boy-Opfer von meinen Anhängern zu fordern.«

Christoph schlägt sich mit der flachen Hand auf den Kopf: »Also da ist ziellos und saufend definitiv die bessere Option.«

»Schön. Das freut mich wirklich für dich. Aber mein Problem wurde dadurch auch noch nicht gelöst.«

Mein Kollege stöhnt: »Was denn für ein Problem? Es gibt kein Problem, Emilia. Wenn er auf dich steht, dann meldet er sich bei dir. Schließlich wollen wir Männer ja erobern.«

»Ich bin doch keine antike Stadt, deren Mauern eingerissen werden müssen, um an das Gold heranzukommen.«

»Doch gewissermaßen schon.«

»Bullshit. Und außerdem: wenn er mich gut findet und mag, dann kann ich nichts falsch machen.«

Christoph grinst: »Schon wieder failed. Wenn du ihm fünfmal täglich deine neuesten Erkenntnisse über Nagellack mitteilst, oder dich wie eine wilde Furie aufführst, weil er nicht binnen einer halben Stunde eine Antwort auf deine WhatsApp-Mitteilung verfasst, dann wird seine anfängliche Euphorie schneller verschwinden, als du ‚Aua‘ sagen kannst.«

»Zum einen mach ich das nicht, weil ich durchaus dazu in der Lage bin, selbstständig mit meinen Verlustsängsten umzugehen und zum anderen verwende ich keinen Nagellack.«

»Warum steigst mich jetzt eigentlich so an? Ich hab dir gerade geholfen und damit einen wesentlichen Beitrag zu deinem künftigen Selbstwert geleistet.«

»Na geh. Mi Mi Mi ... werden wir jetzt empfindlich, Herr Kollege, weil du mit der Offenbarung deiner Erkenntnisse zu einer massiven Schädigung der bewährten Aufreißtaktiken von Männern beigetragen hast, sodass diese dazu gezwungen sind, sich evolutionär weiterzuentwickeln?«

Christoph zuckt mit den Schultern: »Ich bin bereits die Spitze der Evolution. Wozu also weiterentwickeln?«

Depp.

»Ich würd ja eher sagen, dass hinsichtlich einer Weiterentwicklung des Mannes Hopfen und Malz verloren ist«, entgegne ich grinsend.

»Eh, der Mann ist bereits vollentwickelt von Gott erschaffen worden.«

Ich verdrehe die Augen: »Größenwahnsinnig bist du ja nicht, gell?«

»Das würde implizieren, dass ich nach etwas Größerem strebe, was ich nicht muss, weil ich ja bereits meine vollste Größe entwickelt habe.«

Manno, den überbordenden Selbstwert eines Mannes hätte ich auch gerne.

Oh ... mein Handy vibriert. Hastig nehme ich das Smartphone zur Hand, entsperre es und ... Na sehr super. Die Nachricht ist nur von Toby, der sein Innenleben offensichtlich wieder halbwegs im Griff hat und mich nicht mehr als materialistische Hure bezeichnet.

Toby: Hey Mia. Hoffe es geht dir gut!? Können wir uns vielleicht mal treffen? Würd gern mit dir reden.

Schön, aber jetzt kann ich nicht, weil ich mich hineinsteigern muss. Versteht er das denn gar nicht?

»Und? Hat er dir jetzt geschrieben? Bist jetzt wieder glücklich?«, fragt mich Christoph semibegeistert.

»Nein. Es war nur der Toby.«

»Ah ja.«

Ah ja!? Echt jetzt!? Mehr kommt da nicht. Er könnte wenigstens so tun, als würde er sich für mein Liebesleben interessieren und ein wenig mehr Anteilnahme zeigen. Frechheit.

»Duuu?«

Er verdreht die Augen: »Was denn?«

»Glaubst du wirklich nicht, dass mich Raphael ghosten will?«, hake ich nochmal nach. Schließlich kann man nie sicher genug sein.

»Oida. Wie kommst du darauf, dass er dich ghosten wird? Er ist der Scheidungsanwalt deiner Mutter. Das wär etwas dämlich, oder?«

»Ja, okay.«

Ich gebe wirklich ungern zu, dass Christophs Argumente äußerst stichhaltig sind.

»Sag, glaubst du eigentlich, dass es so Ghosting-Selbsthilfegruppen gibt? Wär eigentlich total unpraktisch, weil da nie jemand hinkommen würde, oder?«, füge ich nach einem Geistesblitz hinzu.

Christoph schüttelt den Kopf: »Oida Mia, dir ist wirklich nicht zu helfen.«

»Wieso?«, frage ich ihn grinsend.

»Weil du voll die Stimmungsschwankungen hast. Jetzt reiß dich doch zusammen! Wie kann man so einen One-Night-Stand so ernst nehmen?«

»Ich nehme das immer ernst, weil ich Sex nicht von Emotionen entflechten kann.«

Ein weiteres Mal meldet sich mein Handy zu Wort und ich nehme es zitternd zur Hand.

Es ist nur Kim, die mich fragt, ob ich ihren roten BH eingepackt habe. Woher soll ich das bitte wissen?

Schließlich kann ich das in der Arbeit schlecht überprüfen.

»Weiß ich nicht«, tippe ich in das Smartphone und drücke dann auf senden.

»Und? War er das jetzt endlich? Können wir die Therapiesitzung damit beenden und zum alltäglichen Bürowahnsinn übergehen?«

»Nein, es war nur Kim«, gebe ich enttäuscht zurück.

»Du brauchst jetzt aber eh keine Antidepressiva, oder?«

»Ich ...«

Schon wieder eine WhatsApp-Mitteilung von Kim mit einem Foto im Anhang. Ich öffne die Nachricht und ...

OH MEIN GOTT! Wie furchtbar sehe ich denn auf diesem Foto aus? Was für eine Scheiße.

Unter dem Bild steht ein Text:

Das Foto hat mir übrigens Maximilian geschickt. Hat er am Samstag von uns beiden gemacht und ich finds echt hübsch.

Das findet sie hübsch? Echt jetzt? Ich meine, da sehe ich aus wie eine halslose Qualle mit Kopfbehaarung.

»Diesmal dein Adonis?«

»Nein und außerdem ist er nicht mein Adonis.«

»Also ist er schirch. Oida, Mia du bist echt unbelehrbar.«

»Manno, kannst du einmal zuhören und mich ernst nehmen, bitte. Ich bin total verzweifelt, weil sich dieser blöde Lombie nicht bei mir meldet und du machst nur einen blöden Witz nach dem anderen.«

Christoph zieht eine Augenbraue nach oben: »Lombie? Was soll das bitte sein?«

»Ein Love-Zombie. Männer, die sich ewig Zeit lassen.« Nach einer kurzen Pause füge ich hinzu: »Warum schreibt er mir denn nicht?«

Unberührt zuckt mein Kollege mit den Schultern: »Keine Ahnung. Weil er vielleicht auch einen Job hat?«

»Du bist aber echt keine besonders große Hilfe im Moment.«

»Ich hab auch nie behauptet dir helfen zu können.«

»Kannst du das jetzt verdammt nochmal ernst nehmen, Lustiger.«

»Wieso sagst dann Lustiger zu mir, wenn du willst, dass ich das ernst nehme?«

»Christoph, bitte«, entgegne ich und verdrehe dabei die Augen.

»Na was soll ich dir jetzt sagen. Ich kenn diesen Mann nicht und ich persönlich würd gleich beim ersten Treffen offen sagen, was und wie ich es will.«

»Das ,wie' hast du dir jetzt nicht verkneifen können, gell?«

»Siehst du. Das ist das Schlaue an uns Männern.«

»Was bitte? Komm klär mich auf.«

»Na ja ... wir reden nicht um den heißen Brei herum.«

»Du es kommt sicher total gut, wenn man beim ersten Date sagt ‚Unverbindliches Schnackseln, hier und jetzt?‘.«

»Warum nicht!? Immerhin ist dann von Anfang an alles klar.«

»Ping!«, meldet sich mein Handy erneut zu Wort.

Mit klopfendem Herzen entsperre ich mein Smartphone und stelle enttäuscht fest, dass die Nachricht von irgendeinem braungebrannten Fitnessjunkie ist, der sich scheinbar durch sämtliche Facebook-Profile swipt, um ein Date zu ergattern.

Womit habe ich das verdient!? Ich werde das Karma auf Schadenersatz verklagen und als hätte mich die höhere Macht verstanden, schwingt die Tür zum Büro auf und die Kotenbeutel betritt das Zimmer.

»Guten Morgen. Frau Altwein, wie geht es Ihnen denn heute? Was macht die Frau Großmutter?«

What the Fuck! Was führt meine Chefin bitteschön im Schilde? Misstrauisch mustere ich sie, ehe ich antworte: »Hm ... ja ... also ... es geht.«

Die Kotenbeutel kommt auf mich zu und streichelt mir einfühlsam über den Rücken.

Ist das unheimlich. Bestimmt durchbohrt mich jeden Moment ein Dolch, den sie im Ärmel ihrer Bluse versteckt hat.

»Oh, ich verstehe. Sie wollen wahrscheinlich nicht darüber sprechen. Das kann ich gut nachvollziehen. Wissen sie, ich habe meine Mutter ja auch lange gepflegt. Gott hab sie selig. Leider ist sie schon vor drei Jahren von uns gegangen, aber ich kann mich noch gut erinnern, wie hart das alles für mich war. Sie haben mein vollstes Mitgefühl, Frau Altwein und wenn sie was brauchen, irgendwas, dann sagen sie mir einfach Bescheid und ich werde dafür sorgen, dass sie es bekommen.«

Okay. Welche innovativen Pillen sind dafür verantwortlich, dass die Kotenbeutel so einfühlsam geworden ist? Gibt es etwa eine neue Empathie-Droge?

»Oh ... Äh ... danke. Das ist wirklich sehr lieb von ihnen, aber im Moment passt eigentlich eh alles.«

Ich traue ihr nicht. Irgendetwas ist hier faul und ehe ich mich versehe, spreche ich in Caesar-Manier meine letzten Worte: »Auch sie, meine Excrementitia Sacculum.«

Die Kotenbeutel beugt sich nach vorne und tätschelt meine Hand mit eindringlichem Blick: »Ja, ich weiß. Das hab ich auch immer gesagt, aber innerlich hab ich geweint. Ich kann mich noch so gut erinnern. Wirklich, muten sie sich nicht zu viel zu. Ich weiß noch, dass ich damals nahe am Burnout war.«

Sie war nicht nahe am Burnout, sie ist das Burnout.

»Ja«, antworte ich bloß.

»Es ist ja auch wirklich furchtbar, was man den Menschen heutzutage so alles zumutet«, spricht sie weiter und aus dem Augenwinkel beobachte ich, wie Christoph ein dämliches Grinsen hinter seiner Hand verbirgt.

»Mmh ...«

»Ich war ja auch wirklich erleichtert, als meine Mutter dann endlich verstorben ist und ich sag ihnen, es wäre alles leichter gewesen, wenn man sie nicht monatelang mit einer Therapie gequält hätte. Das ist ja ein Wahnsinn heutzutage. Man wird beinahe dazu gezwungen eine Chemotherapie zu machen, dabei ist die Lebensqualität viel höher, wenn man das sein lässt.«

Ja, wirklich. Vielleicht sollten wir all die Spitäler abschaffen und die Alten und Kranken einfach wieder in der Pampa zum Sterben aussetzen. Das ist sicherlich wesentlich humaner, als sie bei der Chemotherapie im Spital zu begleiten. Sarkasmus Ende.

»Also ich bin ja eine überzeugte Verfechterin von natürlichen Heilmitteln. Ich hab auch mein ganzes Leben noch kein Antibiotikum zu mir genommen.«

Wahrscheinlich fürchten sich die Krankheitserreger bloß vor der Kotenbeutel, weswegen sie nicht ausbrechen.

»Mmh«, murmle ich bloß und spüre meine Wangen heiß werden.

»Aber was plappere ich da so herum. Sie wollen schließlich nicht darüber reden. Das sieht man ihnen ja ganz deutlich an. Es tut mir furchtbar leid, wenn ich sie jetzt damit in Verlegenheit gebracht habe.«

»Ist schon okay.«

»Ach, wie optimistisch sie noch sind. Ich hoffe das bleibt ihnen, Frau Altwein. Ich hoffe das bleibt ihnen.«

Mit diesen Worten verschwindet sie in ihrem Zimmer und schließt die Tür hinter sich, während mich Christoph feixend ansieht.

»Super gemacht, Frau Altwein. Ich bin gespannt, wie du dich aus der Geschichte wieder herauswindest.«

Ich zucke mit den Schultern: »Wenn du deine dämliche Klappe hältst, dann kann die Geschichte gar nicht auffliegen.«

»Meine Lippen sind versiegelt, was man allerdings von deinen in den meisten Fällen nicht behaupten kann.«

»Ach halts doch z'samm«, entgegne ich schnippisch und will noch etwas sagen, als die Kotenbeutel ein weiteres Mal das Zimmer mit der klassischen Zigarette im Mund betritt.

Ich schlucke. Das war's jetzt. Gleich wird sie mich im ärgsten Meidlinger Dialekt zu sich zitieren, mich schreiend feuern, mir den Kopf rasieren und mich dann schimpfend durch die versammelte Kollegenschaft treiben.

»Es tut mir leid, dass ich sie schon wieder störe, Frau Altwein«, entschuldigt sie sich.

»Kein Problem.«

»Ich bin auch gleich wieder weg. Ich wollte ihnen eigentlich nur diese Broschüre geben. Ich dachte mir, dass sie die vielleicht bald brauchen könnten und bei mir ist sie nur so herumgelegen.«

Sie drückt mir einen Folder in die Hand, auf dem Särge abgebildet sind.

Fuck! Ich habe Angst. Ich will nicht sterben!

»Oh ... äh ... danke«, entgegne ich vorsichtig und begutachte den Folder, um Interesse vorzugaukeln, während mir die Kotenbeutel erneut über die Schulter streicht.

»Es ist wirklich fantastisch, wie sie damit umgehen. Sie sind eine so starke Frau. Alle Achtung. Sie haben sich in der letzten Woche wirklich unglaublich weiterentwickelt.«

Was soll das jetzt heißen? Dass ich vorher unterentwickelt war, oder was?

»Danke für die Hilfe.«

»Kein Problem. Das mache ich doch gern«, antwortet meine Chefin und zieht sich dann wieder in die Dunstschwaden ihres Büros zurück.

»What the Fuck! Die hat mir gerade eine Broschüre mit Särgen in die Hand gedrückt«, erkläre ich Christoph, der allerdings wenig berührt wirkt. »Ich meine, was will sie mir damit sagen. Dass ich bereits mein Testament machen kann?«

»Du solltest echt mal an deinem Verfolgungswahn arbeiten, Mia. Sie glaubt eben immer noch, dass deine Oma nur noch wenige Monate zu leben hat und als Pragmatikerin versucht sie dich eben zu unterstützen. Sie meint es also lieb.«

»Damned. Wieso habe ich sie nicht schon früher belogen?«

»Wahrscheinlich weil die Art deiner Lüge selbst für deine Verhältnisse ziemlich geschmacklos ist.«

»Na und. Weder meine Oma noch die Kotenbeutel wissen etwas davon.«

»Wenn du deinen Job behalten und von deiner Familie nicht enterbt werden möchtest, dann wäre es auch ratsam, wenn die beiden nie dahinterkommen.«

Manno, muss er denn Recht haben? Andererseits wie sollten die beiden jemals dahinterkommen?

Kapitel 20

Raphael: Hey, hoffe du hattest einen halbwegs erträglichen Arbeitstag. Ich wollte dir nur sagen, dass ich das Wochenende mit dir wirklich schön gefunden habe. Hoffe wir können das bald wiederholen. Bussi-Emoji, Raphael

Scheiße. Was ist denn mit mir los? Da warte ich den ganzen Tag auf eine Nachricht von Raphael und jetzt wo sie da ist, bekomme ich plötzlich Erstickungsanfälle.

Es könnte allerdings auch sein, dass ich tatsächlich dem Sterben nahe bin. So ein Mist!

Verzweifelt sehe ich mich nach Fahrgästen um, die mir im Ernstfall helfen könnten. Mein Blick bleibt zweifelnd an drei jungen Frauen mit monumentaler Gesichtsbemalung hängen.

Alles klar. Möglicherweise sollte ich mein mündliches Testament via Handykamera verfassen. Nachdem ich nämlich nicht aussehe wie Chris Hemsworth, fürchte ich, steht es um meine Überlebenschancen eher schlecht.

So als hätte ich meine mentalen Ergüsse laut ausgesprochen, wendet sich mir plötzlich eine der Schönheitschirurgenstammkundinnen zu, um mich anzustarren wie ein Unbekanntes Erdobjekt, während sie ihre blondierten Korkenzieherlocken durch ihren Zeigefinger gleiten lässt.

Soll ich sie fragen, ob ich ihr ohne meines Wissens in der Nacht ihre Notfallration Botox geklaut habe?

»Was schaust so deppert?«, faucht sie mich plötzlich an und zeigt mir dabei ihren perfekt manikürten, Mittelfinger, dessen Nagelform und -länge mich an die Krallen eines Velociraptors erinnern.

Hastig wende ich mich ab und beobachte die Reflexion der Truppe paranormaler Frauen in der Glasscheibe der U-Bahn.

»Herst Oida, chill eine Runde und schau dir an das Video«, gibt die Sitznachbarin des Velociraptors von sich und beugt sich dann mit ihrem Handy in goldener Glitzerhülle zu ihrer Freundin. Ich komme allerdings nicht mehr dazu, die beiden weiterhin zu beobachten, da mir ein Übelkeit erregender Gestank in die Nase steigt. Mit einer Hand vor meinem Riechorgan sehe ich mich im Wagon um und entdecke einen Obdachlosen, hinter dem sich soeben die U-Bahn-Türen schließen.

Bitte setz dich nicht zu mir. Bitte setz dich nicht zu mir.

Ich sehe nur noch, wie er mich entdeckt und dann zielstrebig auf mich zukommt, um mir gegenüber Platz zu nehmen.

Fuck. Mir wird ganz übel von dem Gemisch aus Schweiß- und Biergeruch, aber ich will auch nicht aufstehen, weil mir der Mann irgendwie so leidtut. Wer weiß welche traurige Geschichte hinter seiner Obdachlosigkeit steckt. Vielleicht ist seine geliebte Frau gestorben und ihm dann als Geist erschienen, den aber nur er sehen konnte, weswegen er sich dann täglich betrunken hat, bis er den Job und die Wohnung verloren hat und jetzt ist er ganz allein auf der Welt, die ihn am liebsten loswerden würde.

Nein, Mia. Nicht weinen. Das hat überhaupt keinen Sinn und hilft dem Mann nicht weiter.

So unauffällig wie möglich werfe ich einen Blick auf die Sponsorinnen der plastischen Chirurgie, die kichernd in meine Richtung sehen.

»Herst, die hat einen neuen Freund, Oida«, setzt der Velociraptor seine Freundinnen in Kenntnis und deutet dabei unmissverständlich auf mich und den Obdachlosen. Dieser wiederum dreht sein bartumwuchertes Gesicht in Richtung der Mädchen, zuckt dann eher unberührt mit den Schultern und lässt den Kopf wieder nach unten hängen, wobei er in der Bewegung zufällig mein Bein berührt.

Das ist zu viel für meine Nerven. Wie von der Tarantel gestochen, springe ich auf, ernte dabei ein verächtliches Grinsen von den Schönheitschirurgenstammkundinnen und begebe mich planlos vorwärts bis ich allmählich das Gefühl habe, den Obdachlosen und die Mädelsgang hinter mir gelassen zu haben. Aufgeregt zücke ich mein Handy und will gerade eine Antwort an Raphael verfassen, als es sich lautstark zu Wort meldet.

Wer ruft denn jetzt bitte an?

Nachdem mich gefühlte neunzig Prozent der Fahrgäste anstarren, als hätte ich soeben nackt die U-Bahn betreten, zücke ich hastig mein Smartphone, das ich vorhin in die Jackentasche gesteckt habe und stelle fest, dass es sich bei der Anruferin um meine Mutter handelt.

Wunderbar. Die hat mir gerade noch gefehlt.

»Hallo«, nehme ich den Anruf entgegen.

»Na, dass ich dich auch mal erreiche, Schatzl. Ich hab ja schon gedacht, dir ist was passiert«, erklingt die vorwurfsvolle Stimme meiner Mutter.

»Mama, ich hab dich gestern noch zurückgerufen und dich nicht erreicht.«

Undefinierbares Brummen. »Ach ja ... na da war ich ja mit dem Karli unterwegs.«

Oh mein Gott. Ehemann Nummer fünf naht.

»Wer bitteschön ist Karli?«

Und vor allem hoffe ich doch, dass sie ihn diverse Drogen- und Psychotests durchführen hat lassen, um sicherzustellen, dass es sich bei dem lieben Karli um ein *Exemplarus normalus* der Gattung Mann handelt.

»Na du weißt schon. Der Karli aus meiner Selbsthilfegruppe.«

Oh no ... Die Dauerdemütigungsselbsthilfegruppe, die Satan gechillt auf seinem brennenden Thron in der Hölle warten lässt, weil die sich aufgrund der ausbrechenden Gruppendepression ohnehin bald alle ohne Zutun diverser Mörder selbst killen werden.

»Äh ... Nein. Wer ist das?«

»Geh jetzt tu doch nicht so?«

»Ich tue überhaupt nicht so. Ich weiß wirklich nicht, von wem du gerade sprichst.«

»Mia, ich bitte dich. Was hast du denn für ein Gedächtnis? Zu Weihnachten hat er uns doch eine Flasche Rotwein vorbeigebracht, weißt du nicht mehr?«

Es dämmert.

»Ah ja ... und was ist jetzt mit dem grauen Star deiner Selbsthilfegruppe? Bist du mit ihm zusammen? Und vor allem, jetzt kommt's mir erst: Du hast mir doch erst vor ein paar Wochen erzählt, dass du so einen Typen aus dem Internet datest. Was ist denn aus dem geworden?«, frage ich nach.

Betretenes Schweigen. Okay, ich habe ins Schwarze getroffen. Meine Mutter ist eine schändliche Betrügerin und fährt zweigleisig.

»Na ja, das mit dem Konrad und mir hat irgendwie nicht geklappt.«

»Wieso denn nicht? Du hast doch so von ihm geschwärmt? Was ist passiert?«

»Er hat sich als Arschloch entpuppt. Das ist passiert«, erklärt meine Mutter mit einer plötzlichen Härte in der Stimme.

»Und wie das? Du meintest doch, er sei so nett.«

»Das war er ja auch und dann haben wir uns vor etwa einer Woche ausgemacht, dass wir uns am Abend treffen, wobei er ganz kurzfristig abgesagt hat, weil er angeblich in ein wichtiges Meeting musste.«

»Ein Meeting am Abend? Was kann denn bitte so wichtig sein, dass man sich am Abend noch zusammensetzen muss. Er leitet ja keinen internationalen Konzern.«

»Nein, tut er nicht und deshalb bin ich auch stutzig geworden und zu Madame Sternenlicht gegangen.«

»Mama, wer bitteschön ist Madame Sternenlicht? Du bist doch hoffentlich keinem Hexenzirkel beigetreten und musst jede Woche einen Liter Blut abliefern, das die Frau dann aus einem Totenkopfkelch trinkt, oder?«

»Geh Mia, kannst du eigentlich einmal ernst bleiben? Das hast du eindeutig von deinem Vater.«

Super, jedes Mal, wenn ihr irgendetwas an mir nicht behagt, habe ich die besagte Eigenschaft von meinem Vater. Das ist total unfair.

»Ich bin doch ernst. Das war eine ernst gemeinte Frage. Madame Sternenlicht klingt irgendwie ein bissi creepy, sorry.«

»Das würde es aber nicht, wenn du mir auch hin und wieder zuhören würdest.«

»Irgendwann, Mama, steigt man bei dir aus. Weißt du, jeder Mensch hat ein gewisses Pensum.«

»Ha ha ha, du bist ja wieder besonders lustig heute.«

»Weiß ich eh. Also, wer ist jetzt die Madame Sternenlicht, oder willst du mich lieber weiterhin zurechtweisen?«

»Das ist meine Kartenlegerin und die hat mir an dem besagten Tag eben einen Fuchs gelegt.«

»Und was soll ich mit dieser Information anfangen? Wird dein nächster Liebhaber etwa einen Fuchspelz tragen?«

Ich kann ihr missbilligendes Kopfschütteln förmlich sehen: »Nein, wird er nicht, weil das symbolisch zu verstehen ist und der Fuchs steht für Betrug und Lüge. Und weil das eben herausgekommen ist, bin ich kurzerhand in die Firma zum Konrad gefahren, weil ich nachschauen wollt, ob er wirklich in einem Meeting ist. In seiner Firma haben sie mir gesagt, dass er schon am frühen Nachmittag nach Hause gefahren ist …«

»Du bist dann aber nicht zu ihm nach Hause gefahren, oder!?«, unterbreche ich sie vorsichtig und werfe einen Blick aus dem Fenster, um sicherzugehen, dass ich noch nicht aussteigen muss.

»Doch. Genau das hab ich gemacht und …. ich weiß eh, dass das total peinlich ist, deshalb darfst du das auch wirklich niemandem erzählen, aber ich bin dann mal über den Gartenzaun geklettert.«

»Mama, du bist voll die Stalkerin. Wieso machst du denn sowas?«

»Na weil die Madame Sternenlicht eben den Fuchs gelegt hat und wie sich herausgestellt hat, war es ja auch gar nicht so ungerechtfertigt, das zu machen, weil ich durch die Terrassentür gesehen habe, dass sich neben dem Konrad im Bett eine Frau bewegt.«

»Und dann?«, frage ich sensationslüstern nach und bemerke aus dem Augenwinkel, wie mich zwei Teeniemädchen mit offenstehenden Mündern belauschen. »Was hast du dann gemacht? Ich meine, bist du dann einfach so gefahren?«

»Nein, ich bin so wütend gewesen, dass ich sofort bei ihm angeklopft hab und ihn zur Rede gestellt habe. Daraufhin meinte er, dass die Frau seine Arbeitskollegin sei, der beim Meeting schlecht geworden ist, weswegen er sie in sein Bett legen musste.«

»What the Fuck! Die Männer geben sich nicht einmal mehr Mühe beim Lügen. Entweder halten die uns

Frauen für dämlich, oder wir sind ihnen einfach scheißegal«, werfe ich solidarisch ein.

»Er ist so ein Arschloch«, stellt meine Mutter fest. »Und am liebsten hätte ich ihn gefragt, warum er sich dann an mich herangemacht hat, wenn er eh schon eine andere Frau in petto hat.«

»Na ja, manche Männer sind eben instinktgetriebene Idioten, die ihr Sperma auf der ganzen Welt verteilen müssen wie Tiere.«

»Ja, das hat der Karli auch gesagt.« Gott sei Dank wurde diese Tatsache auch vom Messias abgesegnet. »Trotzdem war ich die erste Woche total fertig mit den Nerven, weil der Konrad doch so lieb war und ich einfach nicht fassen konnte, was da passiert ist.«

»Jep, kann ich eh verstehen, aber wenn jeder Mann, der beim ersten Kennenlernen lieb ist, auch weiterhin für seine Handlungen Verantwortung übernehmen würde, dann würde der Anteil an zwischenmenschlichen Problemen auf null Komma fünf Prozent sinken. Ein paar Anomalien gibt es schließlich immer.«

»Trotzdem bin ich mir wie eine vollkommene Idiotin vorgekommen, weil ich doch gedacht hab, dass er mich gernhat. Ich meine, vielleicht liegt es ja daran, dass ich so eine furchtbare Liebhaberin bin.«

»Geh Mama, bitte. Nimm das nicht so ernst. Der Typ ist ein Arschloch, mehr nicht. Und das hat rein gar nichts mit dir zu tun. Also mach dir keinen Kopf«, sage ich bestimmt in mein Smartphone und werde von den Blicken einer wütenden Frau im Freizeitlook durchbohrt, der ich offensichtlich nicht schnell genug aussteige, weswegen sie mich förmlich aus dem Wagon schiebt.

»Da hast du schon Recht. Der Karli meint ja auch, dass ich mir immer viel zu viele Gedanken mache, aber ich kann halt nicht anders. Weißt du, da kommen immer gleich Zweifel an mir selbst auf. Dass ich vielleicht zu hässlich für ihn war und er deshalb diese Kollegin mit nach Hause genommen hat und so weiter.«

Okay, ab heute ist es gewiss: Ich bin wie meine Mutter! Oh no!

»Also ich finde, du bist die total fesche und interessante Frau und wenn der Typ das nicht gesehen hat, dann ist er einfach nur ein Volltrottel.«

»Du redest dir da einfach noch leichter, Mia Moon, weil du noch so jung bist, aber in meinem Alter ist es leider nicht so leicht einen vernünftigen Mann zu finden«, stellt sie nüchtern fest. »Wie sieht's denn eigentlich bei dir aus, Kind? Hast du in der Zwischenzeit jemanden kennengelernt?«

Wieso muss sie mich mit dieser Frage so überrumpeln? Ich will ihr nichts von mir und Raphael erzählen, weil ein Scheitern dann unvermeidbar ist. Wenn ich nämlich zugebe, dass ich ihn mag, dann werden die himmlischen Geschöpfe mit Gewissheit dafür sorgen, jede aufkommende Freude in meinem Inneren im Keim zu ersticken. Schließlich war das schon immer so.

»Mia? Bist du noch dran?«

»Ja klar und um deine Frage zu beantworten: Nein ich hab niemanden, aber das macht auch nix, weil ich sowieso keinen Mann will. Mir geht's auch allein gut«, antworte ich.

»Ach das solltest du nicht sagen. Du bist noch so jung und die Madame Sternenlicht meinte, du müsstest nur endlich mal deine Bindungsangst überwinden.«

»Diese Madame Sternenlicht soll sich gefälligst um ihren Monsieur Sternenlicht kümmern und dir nicht einreden, ich würde an einer Bindungsangst leiden, was ich mal bestimmt nicht tue!«

»Siehst du. Genau das hat mir die Madame Sternenlicht auch gesagt. Du würdest es leugnen, dass du an Bindungsängsten leidest, weil es dir gar nicht bewusst ist, weshalb du auch nichts dagegen tun kannst. Aber sie meinte, du wirst es irgendwann erkennen und dann deinen Weg gehen. Du sollst jetzt einfach mal das Leben genießen.«

»Ja, werd ich machen«, entgegne ich. »Du Mama, ich bin gerade am Weg nach Hause und sollt mich dann vielleicht doch ein bissi auf die Straße konzentrieren«, erkläre ich meiner Mutter, als ich aus den sicheren Gefilden der U-Bahn-Station in die kalte Abendluft trete.

»Ja, schon klar, aber ich wollte dich eigentlich noch fragen, ob du eh nicht auf meine Ausstellung am Wochenende vergisst?«

Erwischt.

»Was denn für eine Ausstellung?«

»Na du weißt schon. Die, für die du zu Silvester zugesagt hast.«

Shit. Darauf habe ich total vergessen.

»Emilia?«

»Äh ... Ja. Ähm ...«

»Deine Schwester und Rainer kommen auch.«

Super, erzählt sie mir das jetzt, um mir zu verdeut-
lichen, wie lieb die Kathi ist und was für ein Arschlochkind ich bin, wenn ich absage. Das ist ja voll der
Gruppenzwang.

»Ähm ... hm ... ja, okay«, gebe ich mich schließlich
geschlagen.

Damned. Ich will nicht dahin.

»Super. Raphael kommt auch. Du kannst dich eh
noch an ihn erinnern, oder?«

»Jep.« Die Nacht mit ihm werde ich bestimmt nicht
so schnell vergessen.

»Na sehr schön. Das freut mich. Dann lass ich dich
jetzt mal ...«, sagt sie, kommt aber nicht mehr dazu,
ihren Satz zu Ende zu sprechen, da ich sie vorzeitig
unterbreche, als ich an meiner Haustüre eine mir bekannte Gestalt erspähe.

»So eine Scheiße«, gebe ich entsetzt von mir.

»Was? Was ist denn los Kind?«, hakt meine Mutter
nach.

»Ich ... ich ... Der Toni steht vor der Tür. Ich muss
jetzt aufhören.«

Kapitel 21

lles klar. Nur die Ruhe bewahren. Es ist schließlich nicht der Weltuntergang, dass mein Exfreund vor der Eingangstür steht. Aber es ist zumindest nah dran am Weltuntergang!

Toni hebt seinen Kopf und sieht genau in meine Richtung. Mit dem vor Erstaunen geöffneten Mund gebe ich bestimmt keinen besonders intelligenten Anblick ab.

»Ciao bella Emilia!«, begrüßt mich mein Exfreund mit seinem lautstarken Organ und eilt mir freudestrahlend entgegen.

Mit einem distanzierten Winken erwidere ich seinen Gruß: »Äh … Hallo!«

Antonio ignoriert meine eindeutigen weiblichen Zeichen der Ablehnung und drückt mich fest an sich.

»Ciao Mia. Ich habe schon so lang hier auf dich gewartet. Wo treibst du dich denn um die Uhrzeit noch alleine herum?«, fragt er mich mit diesem charmanten Lächeln im Gesicht, das es einem unmöglich macht, ihn zu hassen.

»Äh … ich war arbeiten«, entgegne ich und bin darum bemüht, mich wieder aus seiner Umklammerung zu befreien, was kein leichtes Unterfangen darstellt.

»Aber so lange? Du bist doch pazzo, Emilia. Was dir am Weg nach Hause alles zustoßen könnte.«

»Ja, Wien kurz nach siebzehn Uhr ist auch wirklich ein total gefährliches Pflaster. Am besten ich bestelle gleich einen Personenschutz bei der Polizei. Davon abgesehen hast du dich vor einem halben Jahr auch nicht besonders um meine Sicherheit gekümmert. Woher kommt denn der plötzliche Sinneswandel?«, hake ich bei ihm nach, während ich in meinem Rucksack verzweifelt nach meinem Hausschlüssel krame.

Hoffentlich zittern meine Hände nicht zu auffällig.

»Aber Emilia, dieser bösartige Panzer aus Sarkasmus steht dir überhaupt nicht.«

Ich zucke unberührt mit den Schultern: »Du das ist mir eigentlich ziemlich egal. Das Einzige, was mich hier interessiert, ist die Begründung für dein plötzliches Auftauchen vor meiner Haustüre.«

»Müssen wir das hier unten klären, bella Emilia?«, fragt mich Antonio und fährt sich nervös mit der rechten Hand durch das dunkle, volle Haar.

Oh Gott. Ich würde es ihm so gerne nachtun. Ich weiß noch zu gut, wie sich das anfühlt. Ich steh einfach auf seine Haare.

»Warum müssen wir unbedingt nach oben gehen? Hast du Angst, dass wir belauscht werden? Wir zwei sind so unwichtig für den Rest der Menschheit, dass wir unsere privaten Probleme wahrscheinlich sogar schreiend in der U-Bahn klären könnten«, stelle ich trocken fest.

Yeah, das hat gesessen. Ich bin besser als jede Superheldin. Und ich hätte echt gern ein Foto von seinem dämlichen Gesichtsausdruck.

»Aber nein, du Dummerchen. Für so wichtig halte ich mich nun auch wieder nicht.«

»Wer's glaubt«, murmle ich in mich hinein, werde von Toni jedoch ignoriert.

»Es ist nur so, dass ich dir so viel zu sagen habe, bella Emilia und hier draußen ist es so freddo«, erklärt er mir und reibt sich dann mit beiden Händen die Schultern, um seine Aussage zu unterstreichen.

»Und inwiefern sollten mich deine Befindlichkeiten interessieren? Ich meine, du tauchst hier nach einem halben Jahr des Schweigens auf und tust so, als sei nichts gewesen. Was denkst du dir eigentlich dabei?«

»Ich habe dich vermisst, bella Emilia«, antwortet er und ergreift dabei meinen Arm, um mich an sich zu ziehen.

Oh Gott, steh mir bei. Er riecht so gut! Ich werde schwach.

»Emilia, meine piccola Emilia. Ich weiß doch, dass du mich noch liebst. Und ich kann mir einfach nicht vorstellen, dass du nicht wissen willst, was mit mir los war. Meine Principessa, meine bella Emilia«, schleimt er mich voll und streichelt dabei meine kalten Wangen.

Manno. Wieso fühlt sich das so gut an? Ich will ihn nicht mehr mögen. Ich will ihn hassen für das, was er mir angetan hat.

Toni spürt meine Schwäche instinktiv und kommt mir mit seinem Kopf immer näher.

Okay, es wird Zeit, dass ich ein wenig Härte an den Tag lege, weshalb ich einen Schritt zurückmache und dann bestimmt sage: »Meinst du wirklich, dass du mich mit deinem Gesülze beeindrucken kannst?«

Antonios Gesichtsausdruck friert augenblicklich ein, so als hätte ich ihm soeben eine Ohrfeige verpasst und ich nutze den Moment der Stille, um die Eingangstür aufzuschließen.

»Emilia, ich weiß doch, dass ich Scheiße gebaut habe, und es tut mir so furchtbar leid. Bitte hör mich an, meine bella Emilia.«

Alles klar. Seine Schockstarre ist einer gekünstelten Verzweiflung gewichen.

Ich bleibe in der Tür stehen und wende mich um: »Für wie schwach und dämlich hältst du mich eigentlich?«

Er ergreift meine mittlerweile eiskalte Hand und führt sie an seine Lippen: »Aber meine bella Emilia, ich würde dich doch niemals für stupido halten. Du bist die intelligenteste, schönste Frau, die mir je untergekommen ist und du erweichst mein Herz immer wieder aufs Neue.«

Scheiße. Ich würde ihm so gerne glauben. »Also gut. Komm rein. Aber damit eines klar ist: Zwischen uns ist es aus und vorbei. Ich höre mir aus reinem Interesse an, was du zu sagen hast, okay?«

Seine Augen gleichen allmählich denen eines Hundes, der bei Tisch um etwas Essbares bettelt, als er mir zustimmt: »Aber gewiss doch, meine bella Emilia. Alles so wie du es dir wünschst. Ich würde nie etwas machen, das dich enttäuschen könnte.«

Ich zucke unberührt mit den Schultern, als ich eintrete und ihm mit einem Wink bedeute, mir zu folgen:

»Du solltest nichts versprechen, was du nicht mehr halten kannst, Toni.«

»Aber bella Emilia, es war nie meine Absicht, dich zu enttäuschen. Weißt du, ich bin ein Mann und wir Männer sind nun einmal hormongesteuert. Da habe ich mich oft nicht unter Kontrolle.«

»Achso, das klingt aber wirklich total beruhigend. Hast du jetzt etwa eine Hormontherapie gemacht, die verhindert, dass du die Kontrolle über deine Handlungen verlierst?«, hake ich nüchtern nach, während wir zu zweit den Fahrstuhl betreten.

»Bella Emilia, es ist wirklich schön, dass du selbst in den schwierigsten Stunden deinen fantastischen senso dell'umorismo nicht verlierst.«

Minderbeeindruckt mustere ich ihn: »Echt jetzt? Meinst du das ernst? Glaubst du denn wirklich, dass du so wichtig für mich bist, dass das soeben meine schwierigste Zeit ist?«

Jetzt sieht er wie eine Katze aus, die man soeben in eine Wanne voll Wasser getaucht hat. Geschieht ihm Recht.

»Nein, natürlich nicht. Ich weiß doch, dass du eine unabhängige und starke Frau bist, bella Emilia, aber ich habe gehofft, dass du mich noch nicht ganz vergessen hast.«

Er stottert. Das ist ein eindeutiger Hinweis darauf, dass er sich bei weitem nicht mehr so stark fühlt, wie bei meiner Ankunft. Ich bin dem Netz der italienischen Spinne entkommen und schlage endlich zurück. Das ist ja so cool. Wer hätte gedacht, dass ich so bitchy sein kann?

»Es fällt ein bisschen schwer, jemanden nicht zu vergessen, der von heute auf morgen aufhört, mit dir zu sprechen«, entgegne ich trocken, als sich die Fahrstuhltüren öffnen und wir auf meine Wohnung zugehen.

»Aber das habe ich doch nicht absichtlich gemacht, Emilia.«

»Und was ist dann passiert? Ist etwa der Heilige Geist in dich gefahren?«

»Emilia, wieso bist du denn heute so bissig zu mir?«

»Du hast keine Ahnung, wie ich bin, wenn ich wirklich bissig werde«, entgegne ich und sperre dabei die Tür auf. Sogleich kommt mir Donatello mit erwartungsvollem Blick entgegen.

»So kenne ich dich gar nicht, bella Emilia.«

Allmählich nervt mich dieses ständige »Bella Emilia«. So als wäre »bella« ein Teil meines Namens.

Mit Donatello auf dem Arm mustere ich meinen Exfreund, der die Tür hinter sich schließt und im Begriff ist, mit den Schuhen das Wohnzimmer zu betreten, woraufhin ich mich räuspere: »Ähem, hast du nicht etwas vergessen, Toni?«

Verdutzt sieht er mich an: »Was denn? Oh ja, scusi.« Zielstrebig kommt er auf mich zu und haucht mir einen Kuss auf die Lippen.

»Das meinte ich eigentlich nicht«, erkläre ich ihm und werfe dann einen bedeutsamen Blick auf sein vom Schnee nasses Schuhwerk.

Toni zuckt mit den Schultern: »Ich verstehe es nicht, bella Emilia.«

Oh Gott. Wie ist es dem Kerl eigentlich gelungen, sein Jurastudium zu absolvieren?

»Deine Schuhe, Toni«, erkläre ich ihm und verdrehe dabei genervt die Augen.

»Achso. Scusi. Na klar. Du willst natürlich nicht wieder aufwaschen. Verstehe ich.«

»Keine Sorge. Wenn du die Schuhe nicht ausgezogen hättest, dann hätte ich dir eigenhändig einen Wischmopp in die Hand gedrückt«, entgegne ich schnippisch und schneide ihm dann jede Möglichkeit zu antworten ab, indem ich einfach weiterrede: »Möchtest du vielleicht etwas trinken?«

»Ja, sehr gern.«

Mit meinem Smartphone in der Hand begebe ich mich in die Küche und verfasse währenddessen beidhändig tippend eine Nachricht an Kim.

Du wirst es nicht glauben, wer soeben bei mir zu Besuch ist!!!!

»Wem schreibst du denn?«, ertönt plötzlich Antonios Stimme hinter meinem Rücken.

»Ich wüsste nicht, was dich das angeht. Kannst du bitte im Wohnzimmer auf mich warten?«

»Aber bella Emilia, meine Anwesenheit braucht dich doch nicht nervös zu machen und du musst dich auch nicht für deine einfache Küche genieren. Ich finde es eigentlich sehr gemütlich hier.«

»Sag mal spinnst du jetzt total? Weder machst du mich nervös, noch geniere ich mich für meine einfache Küche. Ich will lediglich einen Moment allein sein, um ein bissi zu meditieren und damit zu verhindern, dass ich heute noch einen Mord begehe«, kontere ich und öffne die Kühlschranktür, um daraus eine Flasche Lambrusco zu entnehmen.

»Aber bella Emilia, wir haben doch auch früher alles miteinander geteilt.«

»Jep, vor allem haben wir deine Sorgen geteilt.«

»Ich verstehe ja, dass du wütend bist, bella Emilia, aber du kannst mir auch nicht für alles die Schuld geben.«

»Ich geb dir die Schuld auch gar nicht. Die hast du auch ohne mein Zutun.«

»Ping!« Eine Nachricht ist auf meinem Handy eingetroffen. Ich werfe einen raschen Blick auf das Display. Von Kim. Alles klar.

»Wer schreibt dir denn da und wieso tust du so geheimnisvoll? Hast du einen neuen Liebhaber?«

»Das geht dich einen feuchten Dreck an, Toni und jetzt verschwinde endlich ins verdammte Wohnzimmer und warte da auf mich. Die Couch wirst du ja finden. Das ist so ein Ding, auf das man sich setzen kann. Meistens gepolstert.«

Boah, der Typ nervt mich. Der ist ja wie ein großes Kind.

»Ja, ja schon gut. Kein Grund gleich so arrabbiata zu werden«, entgegnet mein Ex, ehe er mit hängenden Schultern Richtung Wohnzimmer trottet.

Wenn ich nicht bald ein wenig Wein intus habe, zeige ich ihm, was ich unter »arrabbiata« verstehe. Idiot.

Ich nehme mein Smartphone zur Hand und lese Kims Nachricht.

Hey Mia Moon! Jetzt machst du mich aber ganz schön neugierig. Ich rate mal so ins Blaue: bestimmt ist entweder Raphael oder Toby hier.

Scheiße. Auf Raphael habe ich ganz vergessen! Andererseits wird er das Warten auf eine Mitteilung von mir schon aushalten. Er ist schließlich kein versorgungspflichtiges Baby.

»Weder noch«, verfasse ich eine Antwort an Kim und lege nach dem Senden das Mobiltelefon zur Seite, um dem Küchenschrank zwei Weingläser zu entnehmen. In diesem Moment ertönt irgendeine italienische Schnulze im Wohnzimmer.

Das gibt's doch nicht. Versucht dieser manipulative Mistkerl tatsächlich gerade ein wenig romantische Stimmung aufkommen zu lassen? Für wie blöd hält mich Antonio? Ich bin doch kein verklärt romantisch veranlagtes Mädchen, das sich heimlich alle Rosamunde-Pilcher-Filme reingezogen hat und deshalb zu seltsamen Vorstellungen über Gärtner, verschollene Schwager und sonstige potenzielle Liebhaber neigt. Davon abgesehen, dass Toni mal in keine der eben erwähnten Kategorien hineinpasst.

Mit einem weiteren »Ping« meldet sich mein Handy zu Wort.

Kim: Okay, keinen Plan. Wer ist bei dir? Sag nicht, der Toni? Und wenn schon, dann wirf ihn hinaus, Mia Moon!!!! Der Arsch soll sich nie wieder bei dir blicken lassen. Der hat ewig nicht mit dir geredet. Du schuldest ihm rein gar nichts.

Ich: Du hast es erfasst. Antonio ist hier und ich habs

natürlich nicht übers Herz gebracht, ihn hinauszuwerfen. Was soll ich denn jetzt tun?

Kim: Wirf ihn hinaus!!!! Sofort!!!! Drei Munch-Emojis. Er hat dich voll mies behandelt und außerdem passt der Raphael viel besser zu dir. Herzchenaugen-Emoji.

Ich: Eh, aber ich kann mir ja trotzdem einmal anhören, was der Toni zu sagen hat.

So noch ein Zwinker- und ein cooles Sonnenbrillen-Emoji dran, damit Kim auch wirklich den Eindruck hat, ich hätte alles im Griff und dann ab auf »Senden«.

Kurze Zeit später langt eine weitere Nachricht von meiner besten Freundin ein, doch ehe ich sie lesen kann, werde ich von Antonios Ruf aus dem Wohnzimmer unterbrochen: »Brauchst du noch lange, bella Emilia?«

»Ich komme schon«, antworte ich und begebe mich dann mit den beiden Gläsern und der Weinflasche zu ihm ins Wohnzimmer, wo er es sich mit hinter dem Kopf verschränkten Armen auf dem Sofa bequem gemacht hat.

»Wenn du nicht gänzlich armamputiert bist, wäre es wirklich total cool, wenn du uns einschenken könntest«, schlage ich ihm vor, nachdem ich Wein und Gläser auf dem Tisch abgestellt und mich im angemessenen Sicherheitsabstand neben ihm auf der Couch niedergelassen habe.

»Aber bella Emilia, so bissig kenne ich dich wirklich nicht.«

»Tja, wenn man Hunde tritt, beißen sie irgendwann zu.«

»Amore mio, ich habe doch niemals Hand an dich gelegt.«

»Das war auch sprichwörtlich gemeint, Toni. Und zwar für all jene Situationen, in denen du mich gedemütigt hast. Wie zum Beispiel an dem Tag, an dem du unsere Beziehung mit einer SMS beendet und mich danach blockiert hast, sodass ich nur noch mit deiner größenwahnsinnigen Mutter kommunizieren konnte, die du aus purer Faulheit dazu benutzt hast, unseren gemeinsamen Sohn abzuholen.«

Er reicht mir ein volles Weinglas weiter, betrachtet mich dann mit eindringlichem Blick und prostet mir zu: »Ach komm, jetzt trinken wir einmal etwas. Salute!«

Ich hasse es, wenn er meine Aussagen einfach so übergeht. Ich hasse es zutiefst.

»Ich wüsste nicht, worauf ich mit dir anstoßen sollte.«

»Aber bella Emilia, soviel Wut steht dir überhaupt nicht. Das macht dich so unsexy. Entspann dich doch ein bisschen.«

»Eh gut. Für dich will ich auch gar nicht mehr sexy sein.«

Toni macht einen Schluck von seinem Wein und ergreift dann meine Hand, als ich es ihm nachtun will: »Schau, bella Emilia. Ich weiß doch auch nicht, was mit mir los war. Mein Herz hat wehgetan, als ich dich verlassen musste, verstehst du das?«

»Du tust ja gerade so, als hätte dich die dunkle Seite der Macht dazu gezwungen, dich von mir zu trennen«, stelle ich emotionsbefreit fest und entziehe Antonio meine Hand, um endlich etwas Lambrusco zu mir zu nehmen.

»Ja, aber genauso hat es sich angefühlt, bella Emilia. Dabei habe ich die ganze Zeit nur an dich denken können.«

»Ja klar. Und das soll ich dir glauben? Meine Gefühle waren dir doch vollkommen gleichgültig. Du hast, wie immer, nur an dich selbst gedacht.«

Antonio verzieht das Gesicht, als wäre er ein Baby, dem ich soeben Spinat vorgesetzt habe: »Bella Emilia, du unterstellst mir da Sachen, die mich echt in Erstaunen versetzen. Ich habe niemals auch nur geahnt, dass du das so empfindest. Warum hast du denn nichts gesagt?«

»Toni, ich hab sehr oft versucht mit dir über alles zu sprechen, aber du hast mich meistens nicht ernst genommen und nur blöde Witze gerissen. Wobei ich noch froh sein musste, wenn du mir überhaupt zugehört hast. Im Weghören bist du nämlich besonders talentiert.«

Entsetzt fasst sich Toni an die Brust: »Emilia, liebste Emilia, du bist doch das Wichtigste für mich in meinem Leben. Ich hatte nur permanent das Gefühl, dich niemals zufriedenstellen zu können.«

»Dabei wäre das gar nicht schwer gewesen, Toni. Du hättest nur ein wenig Interesse an mir zeigen müssen.«

»Aber das kann sich doch jetzt alles ändern, bella Emilia. Ich bin ein ganz anderer Mensch.«

»Echt jetzt? Du warst also in einem Bootcamp für beratungsresistente Männer?«

Er nimmt mich in den Arm: »Emilia, jetzt sei doch nicht so.«

»Wie soll ich denn sonst sein, Toni? Du hast ein halbes Jahr lang nichts mit mir gesprochen. So als hätte ich Aussatz.«

»Du Dummerchen du, Emilia. Ich war krank. Verstehst du das denn nicht. Ich hatte Burnout. Nicht zuletzt deshalb, weil ich pausenlos versucht habe, dich glücklich zu machen.«

»Das hast du dann aber nicht besonders gut gemacht«, murmle ich trocken in mich hinein.

»Aber seit ich dir diese Nachricht geschickt habe, habe ich keinen ruhigen Schlaf mehr finden können.«

»Das beruhigt mich sogar irgendwie, weil es ein eindeutiges Zeichen dafür ist, dass du noch soetwas wie ein Gewissen besitzt«, erkläre ich und greife zu der Flasche, um mir nachzuschenken, bekomme sie jedoch nicht zu fassen, da mich Antonio aufhält.

»Emilia, du solltest nicht so viel trinken. Der Vino macht dich nur stupido.«

»Du misst wirklich permanent mit zweierlei Maß, oder?«

»Aber überhaupt nicht. Ich mache mir nur Sorgen um dich, Emilia. Du hast doch früher auch nicht so viel getrunken.«

Ich funkle ihn wütend an: »Vielleicht hätte ich das tun sollen, dann hätte ich deine Anwesenheit in meinem Leben besser ertragen.«

So eine Scheiße. Habe ich das gerade laut gesagt?

Die Augen meines Exfreundes werden plötzlich glasig und ehe ich mich versehe, verbirgt er schluchzend seinen Kopf in seinen Händen und ich spüre so ein merkwürdiges Ziehen im Bauch.

»Bitte sei mir nicht mehr böse, bella Emilia. Ich kann doch nicht ohne dich leben.« Mit tränenverschleiertem Blick sieht er auf und streicht mir über die Wangen: »Emilia, liebste Emilia. Ich verstehe so gut, dass du noch wütend auf mich bist. Du hast absolut Recht. Ich bin kein guter Mensch. Du bist ein viel besserer Mensch als ich.«

»Was für ein Blödsinn. Deshalb bist du doch kein schlechter Mensch.«

»Bitte gib mir noch eine Chance, bella Emilia. Ich weiß, ich war nicht immer für dich da. Aber jetzt bin ich da. Bei dir. Und ich gehe auch nicht wieder weg. Nie wieder.«

»Ist das eine Drohung?«, murmle ich in mich hinein und kurz darauf läutet Antonios Handy, das er zuvor auf dem Couchtisch abgelegt hat, woraufhin ich den Kopf neugierig nach vorne recke, um den Namen des Anrufers auf dem Display zu identifizieren. Dummerweise ist der Vater meines Kindes schneller und reißt sein Smartphone hektisch an sich, um mir dann mitzuteilen, dass er den Anruf nicht auf später verschieben kann.

»Hallo! Du, es ist jetzt wirklich ungünstig«, sprudelt es aus Toni heraus, ehe die Person am anderen Ende der Leitung zu Wort gekommen ist.

Pause und dann folgt eine wütende Stimme.

»Ja, ja ich weiß, dass ich gesagt habe, es dauert nicht lange, aber was soll ich denn tun. Sie will es einfach nicht verstehen.«

Redet er da von mir!?

»Ich weiß. Ich hab es ihr auch schon mehrmals erklärt, aber was soll ich machen? Außerdem ist es doch noch gar nicht so spät. Du tust ja gerade so, als würdet ihr verhungern.«

Wütendes Schimpfen und die Stimme meines Kindes im Hintergrund, der seinem Vater etwas erzählt und dann wieder Schimpfen.

Mit wem verflucht nochmal redet Toni da? Hat er etwa neuerdings einen Babysitter? Mir hat er das immer verwehrt, weil er der festen Überzeugung war, dass wir das auch allein schaffen und mit *wir* hat er natürlich mich gemeint, weil der kleine italienische Prinz nicht die Kindererziehung übernehmen kann, wo doch sein Anwaltsjob wesentlich prestigeträchtiger ist.

»Si ... Si. Ich ... ja, natürlich. Ich erledige das so schnell wie möglich. Keine Sorge, Claudia. In einer halben Stunde bin ich zu Hause.«

Er legt auf und sieht mich mit gehetztem Gesichtsausdruck an, woraufhin ich das Wort an ihn richte: »Ja? Du willst mir etwas sagen?«

»Oh ... Äh ... si. Naturalmente. Ich muss nur leider jetzt gleich weg, aber vielleicht können wir unser Gespräch ja auch auf ein andermal verschieben?«, antwortet Toni und setzt sich dann in Richtung Vorzimmer in Bewegung. Langsam folge ich ihm. »Weißt du, ich kann Claudia nicht so lange mit Noah allein lassen, sonst würde ich wirklich liebend gerne noch länger bleiben.«

Mit vor der Brust verschränkten Armen lehne ich mich an den Türstock und hake nach: »Und wer bitteschön ist Claudia?«

»Oh ... äh ... hab ich dir denn gar nicht von Claudia erzählt, meine bella Emilia?«

Erwischt! Er hat doch tatsächlich ein schlechtes Gewissen, weil er den Babysitter nicht erwähnt hat. Recht so.

»Nein, hast du nicht«, gebe ich von mir und kann mir ein süffisantes Grinsen nicht verkneifen.

Nervös fährt er sich durchs Haar: »Nun ... Äh ... Claudia ist ...«

»Ja?«

»Nun ja, ich bin mit Claudia seit einem Monat verlobt.«

SCHOCKSTARRE!!!!!!!

»Aber das ist nichts Ernstes. Nicht so wie mit dir, bella Emilia.«

Ob meine generelle Lebenssituation schon als mildernder Umstand bei einem Mord gilt?

»Du bist mit ihr verlobt. Ich meine, wie ernst muss es denn sein, dass du es auch als ernst begreifst?«

»Aber bella Emilia, du musst mich doch nicht gleich verurteilen, ohne die ganze Geschichte zu kennen«, beteuert er, während er mir mit seiner rechten Hand über die Wange streichelt.

»Ich bin mir wirklich nicht sicher, ob ich diese Geschichte hören will«, erwidere ich und schiebe dabei seine Hände von mir. »Ich meine, was denkst du dir eigentlich bei so einer Scheiße?«

»Ich weiß nicht, bella Emilia. Aber ich kann dir versichern, dass ich alles ernst gemeint habe, was ich sagte.«

»Na wenn du es so ernst nimmst, wie deine Verlobung, dann weiß ich eh, was ich davon halten kann.«

Seine rechte Hand gleitet über meine Schulter, um mich zu beruhigen: »Bella Emilia, ich habe dich so vermisst. Mit Claudia ist es nicht dasselbe, verstehst du. Sie nervt mich, ist permanent eifersüchtig und misstrauisch.«

»Was für eine Überraschung. Das ist wirklich schwer zu verstehen, wo du doch so ein ehrlicher und treuer Mensch bist«, stelle ich fest und schüttle seine Hand ein weiteres Mal ab.

»Liebste Emilia, du hast keine Ahnung wie Claudia sein kann, verstehst du nicht. Sie überwacht meine Körperfunktionen mit einer App und ich muss bei ihr zu einer bestimmten Zeit ins Bett gehen, damit ich am nächsten Tag ausgeschlafen bin. Und dann dieses ständige Achten auf die richtige Ernährung. Das nervt total. Du bist da ganz anders als Claudia. Mit dir war alles viel leichter.«

»Jep, aber mich hast du ja verlassen. Wie lange läuft das eigentlich schon zwischen dir und Claudia? War sie etwa der Grund, warum du mit mir Schluss gemacht hast?«

Er sieht mich an, als hätte ich ihm soeben eine Ohrfeige verpasst. Gott, wie konnte ich bloß so blöd sein?

»Ich ... Äh ... Na ja ... Nun ... das war nicht so geplant, bitte versteh mich nicht falsch, aber du hast immer weniger auf mich geachtet und Claudia hat sich um mich gekümmert.«

Angewidert schüttle ich den Kopf: »Du bist echt so ein Arschloch, Toni und das Einzige, was mir leidtut, ist die Tatsache, dass ich das erst jetzt begreife.«

»Aber bella Emilia, nun sei doch nicht böse. Ich bitte dich. Du bist mir doch so wichtig.«

Wütend funkle ich ihn an: »Wenn ich dir so wichtig bin, warum hast du mir dann nicht gleich erzählt, dass du verlobt bist?«

Hilflos zuckt Toni mit den Schultern: »Ich weiß ja auch nicht. Du siehst einfach so sexy aus. Ich meine, das zwingt einen Mann quasi dazu, unehrlich zu sein.«

»Boah echt. Am liebsten würde ich dich bespringen«, gebe ich unüberlegt von mir.

»Wirklich. Ich habe nichts dagegen.«

»Nicht so, du Idiot. Vor lauter Wut. Ich glaube es hat vorher noch nie einen Menschen gegeben, dem es gelungen ist, mich derartig wütend zu machen.«

»Schau mal, bella Emilia. Eigentlich müsstest du mir doch dankbar für meine Ehrlichkeit sein. Schließlich hätte ich dich doch weiterhin belügen können, was ich aber nicht getan habe.«

»Ja, klar und am besten ich küsse dir auch gleich die Füße dazu, weil du mich nicht weiterhin belogen hast.«

»Aua Aua, du hast mich mitten in mein geschundenes Herz getroffen, bella Emilia«, erklärt er mir und greift sich dabei pathetisch an die Brust.

»Da brauchst du dir nicht hinfassen, Toni. Da ist nämlich bei dir nichts.«

»Emilia, sei doch nicht böse auf mich. Bitte. Du bist so eine wunderbare Frau. Ich finde doch nie mehr wieder so eine wunderbare, schöne und sonnige Frau wie dich.«

»Tja, dumm gelaufen. Es wäre vielleicht sinnvoll gewesen, dir das zu überlegen, bevor du mich für deine Claudia verlassen hast.«

»Emilia, Emilia, Claudia gibt mir Sicherheit. Das ist wichtig für mich und sie ist so ganz anders als du.«

»Also damit ich das richtig verstehe: Ich hab dir keine Sicherheit gegeben oder was?«

»Nun ja, du bist so schön und schlau und witzig und hast so viele Freunde und damit musste ich immer befürchten, dass du mich verlässt. Claudia hat nur mich, was mit der Zeit aber auch ziemlich nervt. Deshalb wollte ich dir den Vorschlag unterbreiten, dass ich - so quasi als Sicherheit - mit Claudia zusammenbleibe und du meine Affäre wirst.« Er nimmt meine Hände in die seinen und sieht mir dann ernst in die Augen: »Emilia Altwein, willst du meine Zweitfrau sein?«

What the Fuck?

»Aus welchem Jahrhundert bist du denn bitte? Soll ich als deine Zweitfrau dann auch zu deiner Hochzeit kommen?«

Er strahlt: »Ja, was wäre da schon dabei? Wir sind doch alle eine wunderbare und große Familie und in unserer modernen Zeit muss das doch locker drinnen sein.«

Ich starre meinen Exfreund ungläubig an. »Spinnst du jetzt total?«

»Aber ich versteh das alles nicht.«

»Das merk ich und deshalb ist es auch echt besser, wenn du jetzt gehst, weil ich sonst versucht sein könnte, dir noch eine zu knallen und das wiederum würde ich mir ewig lange nicht verzeihen.«

»Aber, bella Emilia, hör mich doch an.«

Entschieden schüttle ich den Kopf: »Nein, Toni. Ich will dein Gesäusel nicht mehr hören. Geh jetzt bitte. Ich habe genug von dir.«

»Aber ...«

»Nein. Ciao, Toni!«, sage ich noch einmal in aller Deutlichkeit, drücke ihm seine Jacke und seine Schuhe in die Hände und schiebe ihn dann Richtung Tür, die er mit hängendem Kopf öffnet, um meine Wohnung zu verlassen.

Kapitel 22

Ich bin noch immer total fertig vom gestrigen Abend, weil ich in der Nacht kaum ein Auge zugetan habe und ausgerechnet heute ist Christoph krank. Das hat er bestimmt mit voller Absicht so eingerichtet, um einer Therapiesitzung mit mir zu entgehen. Wie soll ich diesen Tag ohne jegliche Ablenkung überstehen?

Mit einem *Ping* meldet sich mein Handy zu Wort und ich nehme es zur Hand, um die eingelangte Nachricht zu lesen:

Raphael: Alles okay bei dir Mia? Ich hoffe, ich bin nicht zu aufdringlich, aber nachdem mich deine Mutter vorhin angerufen hat, dachte ich, ich frag dich mal, ob wir uns am Samstag auf der Ausstellung wiedersehen!? Bussi-Emoji Raphael

Oh mein Gott. Auf den hab ich in meiner Not vollkommen vergessen. Schande über mein verruchtes Haupt. Dabei ist es wirklich süß von ihm, dass er sich Sorgen um mich macht. Hastig antworte ich:

Morgähn, tut mir leid, dass ich mich erst jetzt melde, aber es war gestern ziemlich viel los bei mir und hey, hör ja nie damit auf, aufdringlich zu sein. Das könnte ich dir eines Tages echt übelnehmen. Was die Ausstellung betrifft: Die Mama hat mich gestern auch angerufen. Ich hätte ja fast vergessen. GsD ist sie nicht besonders nachtragend. Emoji mit Tröpfen oben. Jedenfalls wär's echt cool, wenn wir uns auf der Ausstellung wiedersehen würden. Fand das Wochenende mit dir nämlich echt schön. Es schreit also quasi nach einer Wiederholung. Bussi-Emoji.

Raphael geht online und kurz darauf schreibt er im Rekordtempo zurück:

Cool. Das freut mich voll. Btw: gibt es da eigentlich irgendeinen Kleider-Kodex oder so? Ich meine, man muss bei einer Ausstellung deiner Mutter doch nicht im Latex-Anzug erscheinen oder? Ein Munch-Emoji.

Ich kichere, als ich mich um eine Antwort bemühe, die aus drei lachenden Emojis und folgendem Text besteht:

Ich denke, du kannst da ziemlich normal aufkreuzen. Aber wenn du gern Latex trägst, ist das auch kein großes Ding.

Raphael reagiert erneut im Rekordtempo:

Puhhh ... dann bin ich erleichtert, dass ich endlich wieder mal meinen Latex-Anzug ausführen kann. Ich dachte schon, das wird nie passieren. Wann wirst du denn am Samstag da sein bzw. soll ich dich von irgendwo abholen?

Mit einem Kribbeln im Bauch und einem breiten Grinsen im Gesicht tippe ich:

Ja, das wär total lieb. Vielleicht kannst du mich von der U-Bahn-Station Alte Donau abholen. Schließlich ist das schon ein ziemlich gefährliches Ghetto bei meiner Mama.

Weil unsere Konversation von einem Anruf meiner Großmutter unterbrochen wird, komme ich nicht sofort dazu, Raphaels Mitteilung zu lesen.

Klasse. Auf die Lebensweisheiten des Satans in Stöckelschuhen kann ich nun wirklich verzichten. Deshalb wische ich kurzerhand den Anruf weg und lese aufgeregt:

Drei lachende Emojis. Kann ich gut verstehen. Ich meine, schließlich können so unterzuckerte Pensionisten ziemlich gefährlich werden.

Ich tippe nochmal drei grinsende Emojis ab und erhalte als Antwort weitere drei zurück, um danach das Smartphone beiseite zu legen und mein Facebook-Profil auf dem PC zu öffnen. Weit komme ich damit nicht, da mich das plötzliche Erscheinen meiner Chefin unterbricht: »Oh ich hoffe ich störe sie nicht, Frau Altwein.«

»Äh ... Nein. Ich hab nur gerade etwas nachschauen wollen«, erkläre ich stotternd und schließe dann so schnell wie möglich den Browser.

»Ach sie brauchen nichts zu erklären. Ich verstehe, dass sie in ihrer momentanen Situation ein wenig Ablenkung brauchen. Es ist ihnen deutlich anzusehen, dass sie sich nicht besonders gut fühlen.«

Was? Sehe ich so schlecht aus?

»Ist alles in Ordnung mit ihnen, Frau Altwein. Es tut mir furchtbar leid, wenn ich ihnen zu nahegetreten bin. Das wollte ich nicht. Vielleicht machen sie mal eine kurze Pause und gehen an die frische Luft. Sie sehen so blass aus«, schlägt die Kotenbeutel vor.

»Danke, aber es geht schon wieder. Mir war nur ein wenig flau im Magen.«

Meine Chefin legt ihre Hand auf meine Schulter und sieht mich dann ernst an: »Sie müssen vor mir nicht die Starke mimen, Frau Altwein. Ich weiß, wie sie sich im Moment fühlen und sie dürfen sich hier ruhig ein wenig fallen lassen.«

»Ach das geht schon.«

»Nun gut. Ich will ihnen da auch nichts dreinreden. Sie werden schließlich am besten wissen, was gut für sie ist.«

Sie geht zum Fach, in dem sich der Posteingang befindet, und legt ein paar Mappen hinein.

»Hier sind noch ein paar Fälle zum Bearbeiten. Aber machen sie sich keine Umstände, Frau Altwein. Wenn sie es heute nicht schaffen, dann ist morgen auch noch ein Tag.«

»Kein Problem. Ich werd's mir dann ansehen. Ich brauche ohnehin Ablenkung.«

Mein Handy läutet ein weiteres Mal.

So ein Mist. Meine Oma ist echt hartnäckig, das muss man ihr lassen. Hastig lehne ich den Anruf ein weiteres Mal ab und murmle dann in mich hinein: »Ich kann jetzt nicht.«

»Wenn es wichtig ist, können sie aber ruhig telefonieren, Frau Altwein.«

»Nein. Das passt schon. Das war nur meine O ... Ohrenärztin.«

»Haben sie denn Ohrenprobleme?«

»Äh ... ja, hin und wieder. Das liegt daran, dass ich meistens einfach zu laut Musik höre.«

»Tja, das kenne ich ja auch gut. Aber bestimmte Songs muss man halt einfach in voller Lautstärke hören.«

Ich zucke mit den Schultern: »Ja, das stimmt.«

Nach einer Minute des Schweigens, in der sie sich im Zimmer umsieht und ganz offensichtlich nach einem weiteren Gesprächsthema sucht, lächelt sie mir schließlich zu: »Na gut. Dann lasse ich sie mal wieder allein.

»Mmh«, murmle ich und lächle ihr aus purer Höflichkeit zu.

Scheinbar geistig ein wenig verwirrt, macht meine Chefin nochmal einen Schritt auf das Postfach zu, überlegt es sich dann aber offenbar doch anders und verschwindet endlich wieder in ihrem Zimmer, um mich von meinem Martyrium zu erlösen. In diesem Moment meldet sich mein Smartphone schon wieder zu Wort.

Oh mein Gott! Es ist meine Ex-Schwiegermutter! Was will die denn von mir? Der Toni wird ihr doch nichts von gestern erzählt haben, oder?

Läuten.

Hm ... ich könnte den Anruf einfach ignorieren.

Läuten.

Ich will nicht abheben!

Läuten.

Aber ich tue es trotzdem: »Hallo.«

»Emilia?«

»Ja. Was gibt's denn?«, frage ich sie etwas genervt.

»Na ja, im Gegensatz zu dir besitze ich so etwas wie Verantwortungsbewusstsein. Ich meine, wie konntest du es wagen, meinem figlio so etwas anzutun? Hast du denn auch nur die geringste Ahnung, wie der sich gestern gefühlt hat, als er zu Hause angekommen ist?«

»Na geh. Hat er das Kriseninterventionszentrum gebraucht, oder was?«

»Nein, das nicht. Dafür hat er ja seine amata madre. Ich frage mich allerdings, was du für ein Mensch bist und wie du es verantworten kannst, meinem figlio mit Selbstmord zu drohen, wenn er über Nacht wieder zurück zu seiner Verlobten fährt.«

»Das hat er dir also erzählt?«, hake ich wütend nach.

»Ja, natürlich. Mein Figlio und ich sind un cuore e un'anima und wir haben keinerlei segreti voreinander.«

»Ts, du hast echt keine Ahnung davon, wie Toni wirklich ist, Laura.«

»Das glaubst du vielleicht. Weißt du eigentlich wieviel superamento es den Toni gekostet hat, zu dir zu fahren, um diese ganze Trennung mit dir zu klären. Wenn die Claudia nicht auf ihn eingewirkt hätte, hätte er das ohnehin nicht gemacht.«

»Ja, es war bestimmt Claudias sehnlichster Herzenswunsch, dass mir Toni vorschlägt, seine Zweitfrau zu werden.«

Stille am anderen Ende der Leitung und dann ein empörtes Ächzen: »Also wirklich, Emilia. Ich hätte dir niemals zugetraut, dass du solche Geschütze auffährst. Hast du denn gar keinen Funken onore mehr im Leib?«

»Du Laura, unterlasse es bitte deine Persönlichkeit auf mich zu projizieren. Besten Dank auch.«

Sie schnappt am anderen Ende der Leitung hörbar nach Luft: »Du ... Du ... dass du dich überhaupt traust, so mit mir zu reden.«

»Warum sollte ich mich nicht trauen? Hast du etwa vor, die Weltherrschaft an dich zu reißen und mir wegen Majestätsbeleidigung den Kopf abhacken zu lassen?«

»Es ist mir wirklich ein Rätsel, wie es mein Figlio so lange mit dir ausgehalten hat.«

»Na dann haben wir ja was gemeinsam. Für mich ist es nämlich auch ein Rätsel, wie ich dich und deinen Sohn so lange ertragen konnte. Obwohl ich eigentlich Mitleid mit dir haben müsste, weil dich Toni sowieso nur für seine Zwecke benutzt und du zu dämlich bist, das du bemerken.«

Sie lacht verächtlich: »Also ich bin ganz gewiss nicht dämlich, Emilia. Ich kenn den Toni schon sein ganzes Leben lang und vertraue ihm sicherlich mehr als dir.«

»Wenn du meinst«, entgegne ich bloß trocken.

»Witze machen kann ich selbst«, erklärt mir meine Ex-Schwiegermutter indigniert.

»Dann solltest du mal lernen einen Witz von einem Nichtwitz zu unterscheiden.«

»Aber so ...«

»Du, ich hab jetzt echt keinen Bock mit dir zu telefonieren. Tschüss Laura!«

Sie setzt zu einem Satz an, aber ich lasse sie nicht mehr aussprechen, sondern lege stattdessen auf und stelle mit Entsetzen fest, dass mich meine Großmutter in der Zwischenzeit zwei weitere Male kontaktiert hat. Ich wähle die Nummer, als sich meine Bürotür nach einem zurückhaltenden Klopfen öffnet und meine Oma mit einer Topfpflanze auf dem Arm den Kopf hereinstreckt.

Scheeeeeeißeeeeee!!!

»Hallo Oma! Was machst du denn da?«, begrüße ich meine Großmutter, während diese das undefinierbare Gewächs auf dem Parkettboden abstellt, die Tür hinter sich schließt und auf mich zukommt, um mir einen Kuss auf die Stirn zu hauchen.

»Hallo Kind!«

Würg. Sie hat wohl kurz vor ihrem Eintreffen eine Zigarette geraucht und einen Kaffee getrunken.

»Also du bist ja wirklich genauso vergesslich wie deine Mutter, Emilia. Ich habe dir doch vor einer Woche versprochen, dass ich dir meinen Kunstbaum mitnehme.«

Sie deutet lächelnd auf ihr Mitbringsel neben der Tür.

»Echt? Daran kann ich mich gar nicht mehr erinnern«, erkläre ich zerstreut und werfe dann einen besorgten Blick auf die Bürotür meiner Chefin.

Hoffentlich ist sie länger mit irgendeinem wichtigen Fall beschäftigt, sonst droht mir heute noch die Hölle auf Erden.

Meine Großmutter wedelt indessen mit der Hand: »Na ja ... wir haben uns ja keinen genauen Tag ausgemacht. Aber ich musste heute sowieso in die Stadt und da hab ich mir gedacht, dass ich dich gleich besuchen könnte. Ich hab ein paarmal angerufen, um dir Bescheid zu geben, aber dich, wie so oft, nicht erreicht, Madame.«

Wann wird sie endlich verstehen, dass ein Schweigen noch lange nicht als Zustimmung gewertet werden kann?

»Komisch, ich hab gar nicht gehört, dass du angerufen hast«, verteidige ich mich.

Sie seufzt: »Emilia, Emilia, ist denn dein Akku schon wieder leer? Ich glaub ich werde dir jetzt mal ein zweites Ladegerät fürs Büro kaufen, damit du immer ein aufgeladenes Handy hast.«

»Mmh«, antworte ich bloß.

»Das war aber auch ein Stress heute hierherzufahren. Zuerst steh ich stundenlang im Stau, weil diese Idioten vor mir einfach nicht weiterfahren und dann sind die unnötigen Ampeln permanent auf Rot geschalten«, beklagt meine Großmutter ihr schwer zu ertragendes, klassisch urbanes Schicksal, während sie sich ihrer rosafarbenen Jacke entledigt und diese auf dem Sessel am Besprechungstisch ablegt.

»Bist du dir sicher, dass du den Stau nicht mit deiner Fahrweise verursacht hast?«

»Geh Kind, du mit deinen Scherzen. Natürlich hab ich nicht den Stau verursacht. Ich fahr doch wie eine Rennfahrerin.«

»Jep, wenn es bei Autorennen darum geht, der Langsamste zu sein«, sage ich mit einem Grinsen im Gesicht.

Wenn sie nicht bald geht, bin ich sowas von am Arsch. Fuck! Fuck! Fuck!

»Emilia, Emilia. Jetzt sei doch nicht so frech zu deiner Oma.« Nach einer kurzen Pause fügt sie hinzu: »Aber das kann ich heute eh gut brauchen. Stell dir vor. Da war ich kurz vor dem Wegfahren noch in der Trafik, um mir Zigaretten zu kaufen und was ist passiert?« Sie sieht mich mit ihren stechenden grauen Augen an, so als müsste ich das wissen, woraufhin ich ratlos mit den Schultern zucke.

»Keine Ahnung. Was denn?«

»Dieser muslimische Trafikant betrügt mich doch glatt um meine wohlverdiente Pension. Das ist wieder einmal so typisch für diese Ausländer. Das einzige, woran die interessiert sind, sind die Möglichkeiten wie sie hier ohne viel arbeiten zu müssen an unser Geld gelangen können. Ich sag's dir, die sind alle Verbrecher. Allesamt. Nicht nur, dass die nichts arbeiten wollen, nehmen die unseren armen arbeitswilligen Österreichern auch noch den Arbeitsplatz weg«, erklärt mir meine Oma leidenschaftlich.

»Klaro, ich will eigentlich auch nix arbeiten, mach es aber trotzdem und nehme jemand anderem, der wahrscheinlich auch nix arbeiten will, aber müsste, den Platz weg. Am besten du stellst mich postwendend an den Pranger, weil ich meinen Job nicht mag, ihn aber erledigen muss, um zu überleben. Wie kann ich nur?«

Sie wedelt mit der Hand: »Du drehst einem ja auch wieder nur das Wort im Mund um. Diese Ausländer sind alle gleich. Denke an meine Worte.«

»Sowieso. So wie wir Österreicher alle gleich sind und jeden Sonntag mit dem Kruzifix in der Hand in die Kirche laufen, um danach gemeinsam die Ungläubigen ausfindig zu machen und an den Pranger zu stellen.«

»Du machst dich nur wieder über mich lustig.«
Jep.
»Nein, Oma. Das würde ich nie tun.«
Verdammte Scheiße. Ihre Augen werden feucht.
»Du brauchst das überhaupt nicht schönzureden, Emilia. Da tut man alles für euch Kinder und ihr dankt es einem, indem ihr uns Pensionisten hinstellt, als wären wir blöd.«

»Aber ich hab doch gar nichts Böses gesagt, Oma.«
Sie streckt ihre Hand abwehrend vor sich: »Hör bloß auf, Emilia. Ich will gar nicht mehr weiterreden. Ich kann dir nur sagen, dass du bei weitem noch nicht so viel Erfahrungswerte gesammelt hast, wie ich. Du musst erst mal in mein Alter kommen und dann sehen wir, wie du zu diesen Themen stehst. Du wirst schon sehen. Bis dahin ändert sich deine Meinung vielleicht auch noch.«

Demonstrativ auffällig wischt sie sich ihre Tränen mit dem Handrücken vom Gesicht und macht sich ächzend daran die offensichtliche Kunstpflanze aus ihrem Billa-Plastik-Präservativ zu befreien, um sich dann im Zimmer nach einem geeigneten Stellplatz für ihr Mitbringsel umzusehen.

»Wie du meinst«, entgegne ich schulterzuckend und widme mich wieder meinem Bildschirm, um planlos irgendwelche Icons anzuklicken und damit vorzutäuschen, dass ich etwas zu tun habe. Meine Großmutter schiebt in der Zwischenzeit die Kunstpflanze quer durch das Zimmer und richtet währenddessen, entgegen ihrer Behauptung, das Wort an mich.

»Weißt du, ihr werdet schon noch sehen, was ihr alle von eurer übermäßigen Toleranz habt. Ich werde euch daran erinnern, wenn es so weit ist«, setzt sie mich keuchend über ihr künftiges Vorhaben in Kenntnis.

»Wenn was so weit ist?«, frage ich nach.

»Ihr werdet es dann schon sehen. Ihr werdet es dann schon sehen«, antwortet sie und stellt die Plastikpflanze vor dem Fenster ab, um dann ein paar Schritte zurückzugehen und ihr vollendetes Werk mit in die Hüfte gestemmten Händen zu begutachten.

»Was werden wir dann schon sehen?«, versuche ich ein weiteres Mal eine vernünftige Antwort von ihr zu bekommen.

»Ach stell doch nicht so dumme Fragen«, ruft meine Oma mich zur Raison.

Hey, die Tatsache, dass ihr die Argumente ausgegangen sind, lässt Hoffnung in mir aufkeimen, dass ihr bald auch die Energie ausgeht und mein klitzekleiner harmloser Betrug nicht auffliegt.

Mit nachdenklichem Blick in Richtung Baum fragt mich meine Großmutter: »Was sagst du denn zu dem Platz für den Baum?«

»Ja, das ist okay«, antworte ich mit wenig Begeisterung in der Stimme.

»Sicher? Vielleicht ist er auch da neben der Tür im Eck besser aufgehoben«, grübelt sie lautstark und schiebt dann den Baum in die entsprechende Richtung.

Es ist mir sowas von scheißegal, wo sie diesen bescheuerten Kunstbaum hinstellt. Hauptsache sie verschwindet möglichst schnell wieder, damit sie meine Chefin nicht sieht.

»Ich glaube er passt da und dort gut«, antworte ich und bemühe mich dabei um einen neutralen Tonfall.

»Hm ... also ich weiß nicht«, denkt meine Oma laut nach, als sie den Baum neben der Tür platziert. »Ich glaube er würde doch besser beim Fenster passen.«

»Du, Oma, du kannst ihn aber auch einfach dort stehenlassen und ich schau dann selbst, wo er am besten hinpasst«, schlage ich ihr lösungsorientiert vor.

»Aber geh, Emilia. Das ist wirklich lieb von dir, dass dir mein Wohlergehen am Herzen liegt, aber du brauchst dir keine Sorgen um mich zu machen. Ich bin zwar schon alt, aber ein wenig Arbeit muss ich einfach erledigen, sonst fällt mir die Decke am Kopf, weißt du.«

Eigentlich liegt mir eher mein Wohlergehen am Herzen, aber das muss sie ja nicht wissen.

»Sodala. Also wo stellen wir jetzt diesen Baum hin. Hm ... vielleicht da auf den Tisch.«

Bevor ich etwas erwidern kann, hat sie den Plastikbaum auf die freie Stelle neben mir gehoben und strahlt mich dann an.

»Ja schau! Das ist genau der richtige Platz. Wunderbar, ganz wunderbar«, sagt sie zufrieden und zur Unterstreichung ihrer überaus bedeutsamen Worte entkommt ihrem Hinterteil ein Darmwind, dessen Gestank Übelkeit in mir aufkommen lässt.

Wäh, ich will sofort hier raus. Das ist der reinste Albtraum. Davon abgesehen, wenn sie schon so penibel und inhuman beim Thema Migration ist, sollte sie sich mal die Frage stellen, ob ihr Furz denn überhaupt einen berechtigten Asylanspruch in meinem Büro hat.

»Ja wirklich sehr schön«, stimme ich ihr zu. »Du Oma, musst du nicht langsam wieder zurück? Ich meine, sonst verpasst du womöglich noch das Mittagessen«, versuche ich sie loszuwerden.

»Aber nein. Das hab ich doch extra abgesagt, damit wir gemeinsam Mittagessen gehen können.«

»Ähm ... ich werde aber nicht lange Zeit haben. Mein Kollege ist heute nicht da und wir haben ziemlich viel zu tun.«

»Aber bitte, das darf doch wohl nicht wahr sein. Ich meine, deine Chefin muss dir doch eine Mittagspause zugestehen. Soll ich vielleicht mal mit ihr reden?«

»Nein, du das ...«, setze ich zu einer Erwiderung an, als hinter mir plötzlich die Tür aufgerissen wird und meine Chefin das Zimmer betritt.

Mir wird ganz heiß im Gesicht. Das ist mein Untergang!

»Oh ich wusste gar nicht, dass wir Besuch haben«, stellt die Kotenbeutel mit übertrieben freundlicher Stimme fest.

Angst. Angst. Angst.

»Grüß Gott«, wendet sich meine Oma mit ausgetreckter Hand meiner Vorgesetzten zu. »Ich bin Emilias Großmutter, Eleonore Altwein.«

Angst. Panik. Meine Blase macht mir zu schaffen und ich hab Bauchweh!

»Grüß Gott, Frau Altwein. Also das finde ich wirklich bewundernswert, dass sie sich in ihrem Zustand noch aufraffen und hierherkommen, um mit ihrer Enkelin Zeit zu verbringen«, entgegnet die Kotenbeutel die Begrüßung des Satans in Stöckelschuhen. »Ich bin übrigens die Frau Doktor Kotenbeutel.«

Mit leuchtenden Augen ergreift sie die Hand meiner Großmutter und mein Blick fällt indessen auf das Fenster.

Wenn ich meine Jacke und den Schal zusammenbinde, wäre es möglich, über ein selbstgemachtes Seil zu flüchten, ohne mir dabei den Hals zu brechen.

»Na ja, ich mag schon alt sein, aber so schnell kriegt man mich dann doch nicht klein«, erklärt meine Großmutter. »Vor allem, wenn es darum geht meine Enkelin zu besuchen. Die Gute hat leider absolut kein grünes Händchen und da hab ich ihr unbedingt noch diese Kunstpflanze vorbeigebracht. Wissen sie, letzte Woche wurde das Haus von mir und meinem verstorbenen Gatten geräumt und ich bin immer selig, wenn ich etwas an Verwandte weitergeben kann. Da weiß man seine Habseligkeiten wenigstens in guten Händen.«

Panik! Ich muss flüchten! Aber wie und wohin?

»Also sie sind wirklich ein Phänomen, Frau Altwein. Als meine Mutter in ihrem Zustand war, hat sie sich kaum noch aus dem Bett bewegt. Wie machen sie das bloß?«, fragt die Kotenbeutel meine Oma und ich rutsche immer weiter mit dem Sessel zurück, um im Fall der Fälle den notwendigen Sicherheitsabstand einzuhalten.

Meine Oma nimmt von all dem nichts wahr und strahlt bei dem Kompliment über das ganze Gesicht: »Nun ja, ich bin ja schon immer hart im Nehmen gewesen und hab mich von den kleinen Leiden des Alltags nicht so schnell unterkriegen lassen.«

Scheiße. Das geht niemals gut. Sie sieht einfach viel zu gut aus, für eine Frau, die Krebs im Endstadium hat.

Verblüfft starrt sie die Kotenbeutel an: »Das nennen sie ein kleines Leiden des Alltags?«

»Aber ja, so schlimm ist das nicht. Das bringt eben das Alter mit sich und ich bin froh, dass ich noch herumfahren und Verwandtschaftsbesuche machen kann.«

»Wow, also an ihnen können sich wohl noch einige Menschen ein Beispiel nehmen. Vielleicht sollten sie mal überdenken, Vorträge zu halten. Zumindest solange ihre Schmerzen noch erträglich sind.«

»Finden sie, dass ich das sollte? Also ich weiß nicht. Natürlich habe ich schon immer gespürt, dass ich etwas Besonderes bin und eine Botschaft zu verbreiten habe, aber wissen sie, ich glaube für Seminare bin ich einfach schon zu alt. Da muss man doch sicher PC-fit sein und sich eine Internetseite anlegen und so und das zahlt sich dann wirklich nicht mehr aus.«

»Schade, da entgeht der Welt etwas mit ihren Erfahrungen, aber natürlich ist es vollkommen verständlich, wenn sie ihre letzten Monate mit ihren Liebsten verbringen wollen.« Dann wendet sich die Kotenbeutel an mich: »Frau Altwein, sie haben gar nicht erzählt, was für ein besonderer Mensch ihre Großmutter ist.«

Ich lächle verlegen und krächze dann so etwas wie ein »Ja«.

»Es ist wirklich schade, dass wir uns nicht eher kennengelernt haben, dann hätte ich sie einmal mit meiner Mutter bekannt machen können. Die hat es am Ende ohne Morphium kaum ausgehalten.«

Ich wage es nicht, einen Blick auf meine Großmutter zu werfen.

»Na ja , sie dürfen da nicht so streng sein, Frau Doktor Kotenbeutel. Ich war selbst auch schon knapp daran, Morphium zu ordern.«

Oh mein Gott. Meine Oma ist eine Drogendealerin!

»Aber so schlimm ist es dann doch noch nicht und ein Glaserl Rotwein am Abend tut auch seine Pflicht«, fügt sie augenzwinkernd hinzu.

Schweigen, dem ein wässriges Glänzen in den Augen meiner Vorgesetzten folgt.

»Also sie sind einfach unglaublich, Frau Altwein. Wenn das meine Mutter noch hätte miterleben dürfen. Es hätte ihr so viel Hoffnung gegeben, eine Krebspatientin wie sie kennenlernen zu können. Vielleicht hätte sie dann noch ein paar Wochen mehr gehabt.«

»Wieso denn Krebspatientin?«, hakt meine Großmutter verwirrt nach.

»Ihre Enkelin hat mir alles erzählt. Aber sie dürfen
ihr deshalb nicht böse sein, Frau Altwein. Ich glaube
einfach, dass die seelische Belastung zu viel für sie
war.«

Meine Oma wendet sich an mich: »Ich verstehe es
noch immer nicht, Emilia.«

Piiiiiiiiiiiiiiiiiiiiiieeeeeeeeeeeeeeeeeeeeeeeeep!!!!

»Na ja ... sie waren doch in Venedig, um ihre letzten Tage auf dieser Erde noch zu genießen, wissen sie
das denn nicht mehr?« Mit einem Flüstern wendet
sich meine Vorgesetzte mir zu: »Das muss die alters-
bedingte Demenz sein. Machen sie sich keine Sorgen.
Meiner Mutter ist ständig etwas entfallen.«

Wutentbrannt stemmt meine Großmutter eine
Hand in ihre Hüfte: »Also wirklich. Jetzt reicht's dann
aber. Ich leide doch nicht an Demenz.«

»Das hat meine Mutter auch ständig bestritten«, erklärt mir die Kotenbeutel augenzwinkernd. »Aber wir
sollten ihr diese kleine Freude lassen. In ihrem Zustand kann das nur hilfreich sein.«

»Ich kann euch beide sehr gut hören und ich
möchte jetzt bitte endlich darüber aufgeklärt werden,
warum wir hier von Krebs und Venedig sprechen?«

Die Kotenbeutel ergreift mitfühlend die Hand meiner Oma und tätschelt diese liebevoll.

»Ja ja, Frau Altwein. Alles in bester Ordnung.«

Schnaubend entzieht ihr meine Großmutter die
Hand: »Nehmen sie sofort ihre Hand weg und von dir
Emilia, erwarte ich mir jetzt endlich eine Erklärung.
Was soll das denn bitte alles?«

»Ich ... Äh ...«

»Versuchen sie Verständnis aufzubringen, Frau Altwein«, mischt sich die Kotenbeutel ein. »Ihre Großmutter ist eine alte Frau, die an Krebs und Demenz leidet und nicht mehr lange hier sein wird. Bedenken sie das in ihrer Reaktion.«

Meine Oma verschränkt die Arme vor der Brust: »Also wie kommen sie bitte auf die absurde Idee, ich hätte Krebs? Ich leide ganz sicher nicht an Krebs und auch an keiner Demenz und wenn sie mir nicht glauben, dann können sie ja gerne meinen Hausarzt konsultieren.«

»Ich ... Äh ...« Manno, wieso ich. Wieso immer ich?

Die Kotenbeutel wirkt verwirrt: »Aber ihre Enkelin hat doch ...«

»Ich ... Äh ... es könnte sein, dass ich ein paar Details ein wenig ausgeschmückt habe, als ich sie um einen Urlaubstag gebeten habe«, stammle ich kleinlaut. Das ist das Ende! »Tut mir leid«, füge ich hinzu.

»Was soll das heißen, Frau Altwein?«, hakt meine Chefin nach.

»Ja, das wüsste ich auch gerne, Emilia. Hast du etwa behauptet, ich hätte Krebs?«

»Das ... äh ... nun ja ... ähem. Das könnte vielleicht und unter Umständen so sein«, antworte ich.

»Soll des etwa haßen, dass ihr Großmutter går ned krånk is?«, fragt die Kotenbeutel nochmal zur Sicherheit nach und verfällt dabei wieder in den Meidlinger Dialekt.

»Äh ... nun ja ... genau«, antworte ich wahrheitsgemäß.

Ich will hier sofort weg!

Die Augenlider meiner Vorgesetzten zucken verräterisch, so als würde der Geist einer anderen Person in ihren Körper fahren und ihr Gesicht färbt sich dunkelrot vor Wut.

»Frau Altwein, san sie vollkommen deppert wurdn, oder wås?«

Ist das eine rhetorische Frage?

»Wissens eigentlich wås sie då gmåcht håben?«

Offensichtlich nicht.

»I man, sie kennan mi jå ned anfåch so ånliagn.«

Doch, konnte ich. Es war nur nicht besonders schlau.

»Es tut mir wirklich leid«, entschuldige ich mich und starre dabei betroffen auf den Parkettboden.

»Åber mir tuats ned lad, Frau Altwein. Am besten sie påcken ihre Såchen und dann veschwindens. I wüll sie nia wiada då sehn, håbens mi?«

»Es tut mir leid. Muss das ...«

»Auße då!«, brüllt sie mich an.

So eine Scheiße. Ich glaube, die zerreißt sich gleich in zwei Teile.

Kapitel 23

ie betäubt sitze ich auf dem Beifahrersitz im Auto meiner Großmutter und starre aus dem Fenster.

Jetzt geht wirklich alles den Bach hinunter. Kaum zu glauben, dass ich mich vor zwei Tagen noch mit Raphael auf einem Ball amüsiert habe. Das Ganze kommt mir jetzt so vor, als wäre es schon eine Ewigkeit her. Kann ich nicht wieder zurück nach Venedig, wo alles in Ordnung war? Da war kein Exfreund, der mich für eine Zweitfraubeziehung missbrauchen will und keine miese Schwiegermutter, die mich für die Vergehen ihres Sohnes niedermacht, keine Oma, die der Inbegriff der Intoleranz ist und glaubt, überall und jederzeit unvorangemeldet auftauchen zu können und keine Chefin, die mich feuert, weil ich sie hinsichtlich der Begründung für einen Urlaubstag belogen habe. Ich meine, hey, es ist mein verdammtes Recht, einen Urlaubstag zu konsumieren. Aber habe ich ihr das gesagt? Nein, natürlich nicht, weil ich eine feige Sau bin. Und als wäre es nicht genug, mit dieser Schande leben zu müssen, wird mich meine Familie jetzt auch noch für die Lüge über meine Großmutter ächten. Dann bin ich in der Tat ganz auf mich allein gestellt.

Ich hasse mein Leben und diesen fetten Kloß in meinem Hals, der dafür verantwortlich ist, dass sich meine Augen allmählich mit Tränen füllen.

Meine Oma hält den Wagen vor einer roten Ampel neben einem dunkelblauen Mercedes an. Am Steuer des Nachbarautos sitzt ein beleibter Mann im Ärmelschoner-Pulli, der sich aufgebracht zu einem ungefähr zwölf Jahre alten, ebenso übergewichtigen Burschen mit blondem Haar umwendet, ihn zurechtweist und sich dann wieder der Straße zuwendet. Der Bursche verschränkt beleidigt die Arme vor der Brust und entdeckt dann meine weinerliche Gestalt durch die Glasscheibe des Fahrzeuges.

Wieso sieht mich der Junge so an wie die Hauptattraktion in einer Freak Show? Angesichts meiner Situation ist wohl kaum etwas dabei, wenn ich mal in Tränen ausbreche. Blödes Arschlochkind.

Der dicke Junge verzieht sein Gesicht zu einer wimmernden Grimasse und hält sich gespielt jammernd beide Fäuste vor die Augen, um mich zu verspotten.

Boah, jetzt reichts aber. Dem blöden Arschlochkind werd ich's zeigen.

Kampflustig strecke ich die Zunge aus dem Mund. Mein Widersacher jedoch schreckt nicht wie erwartet zurück, sondern präsentiert mir ungeniert seinen dicken Mittelfinger.

Hat dieses Kind nicht gelernt, dass man mit nacktem Finger nicht auf angezogene Leute zeigt?

Meine Oma räuspert sich und richtet dann das Wort an mich: »Also Emilia, was hast du dir denn bloß bei deiner Lüge gedacht?«

Vorsichtig wende ich mich ihr zu und zucke dann hilflos mit den Schultern: »Keinen Plan. Ich war irgendwie verzweifelt.«

Was soll ich sonst sagen? Es ist doch auch ohne meine Erklärungen ziemlich offensichtlich, dass ich mir nicht besonders viel dabei gedacht habe.

Schweigen, während sie das Lenkrad mit beiden Händen umklammert und einen kurzen Blick in den Rückspiegel wirft, ehe sie den Wagen wieder in Bewegung setzt, wobei ich mir ziemlich sicher bin, dass die Kupplung sie bald wegen Nötigung verklagen wird.

»Weißt du, mein Kind, es ist ja nicht so, als wäre ich dir böse. Ich weiß ja, dass du es nicht so meinst, aber so unvernünftig kenne ich dich gar nicht. Du bist doch immer so eine verantwortungsvolle junge Frau gewesen und da frage ich mich schon, wie dich so eine Venedig-Reise in die Verzweiflung treiben kann?«

»Keine Ahnung.« Wenn sie weiter so einfallslose Fragen stellt, wird das die einzige Aussage sein, die sie heute zu hören bekommt. »Kim hat die Reise gewonnen und ich wollte halt unbedingt mit.«

»Aber warum hast du deine Chefin denn nicht rechtzeitig gefragt?«

»Keinen Plan. Vielleicht bin ich masochistisch veranlagt und will mein Leben unterbewusst zerstören, weil ich der festen Auffassung bin, dass ich so etwas wie Glück nicht verdient habe und deshalb vom Schicksal bestraft werden muss«, entgegne ich nicht ganz ernst gemeint.

»Geh Emilia. Kannst du mir denn keine vernünftige Antwort geben?«, ermahnt mich meine Oma.

Wenn sie lernt, vernünftige Fragen zu stellen, dann gebe ich ihr vernünftige Antworten.

»Sorry.« Ich habe mein Glück heute ohnehin schon über Gebühr beansprucht, weshalb ein wenig reumütige Stimmung in Gegenwart meiner Großmutter durchaus angebracht ist. »Meine Chefin ist, wie du vielleicht bemerkt hast, kein besonders einfacher Mensch.«

»Ja, aber ich meine, du bist ja auch kein besonders einfacher Mensch. Ein wenig Respekt im Umgang mit deiner Vorgesetzten hätte dir bestimmt nicht geschadet. Du siehst ja, was du davon hast. Jetzt stehst du ohne Arbeitsplatz da. War es das denn wert? Schließlich kann man doch jederzeit nach Venedig fahren.«

Ja, das ist genau das, was ich jetzt hören will.

»Ja eh«, gebe ich zu. »Obwohl genaugenommen gewinnt die beste Freundin nicht jedes Jahr eine Reise zur Karnevalszeit mit Eintrittskarten für einen Ball und einer Übernachtung. Also so gesehen ist es schon verständlich, dass ich unbedingt mitfahren wollte. War ja irgendwie ein besonderes Ereignis.«

»Schön und gut«, stimmt sie mir zu. »Aber dafür hätte deine Chefin doch bestimmt Verständnis gehabt, wenn du sie rechtzeitig gefragt hättest.«

Vehement schüttle ich den Kopf: »Du kennst die Kotenbeutel nicht so wie ich sie kenne. Die ist so ungefähr jeder vorhandene Comic-Bösewicht in einer Person.«

»Geh jetzt übertreibst du aber.«

»Nein, glaub mir, ich übertreibe keineswegs. Selbst wenn ich sie rechtzeitig gefragt hätte, hätte ich ihr eine

Begründung liefern müssen, um diesen Urlaub zu bekommen. Deshalb hab ich das so lange hinausgezögert. Ich glaube, am liebsten wäre es ihr, wenn keiner ihrer Mitarbeiter je auf Urlaub geht. Die ist voll die Sklavenhalterin und sie hatte nur Verständnis, weil ich ihr diese Notlüge aufgetischt habe. Andernfalls hätte ich never ever fahren können.«

»Also das kann ich mir nicht vorstellen. Die hat doch eigentlich ganz nett gewirkt.«

Wahrscheinlich denkt sie das nur, weil sie innerlich Seelenverwandte sind.

Skeptisch mustere ich meine Großmutter: »Echt jetzt!? Du hast aber schon gehört, wie sie mit mir gesprochen hat, oder?«

»Natürlich. Ich bin doch nicht taub, Emilia, aber ich finde ihren Tonfall jetzt auch nicht großartig verwunderlich, bedenkt man die Auswüchse deiner Lüge.«

»Oma, sie redet auch so mit uns, wenn wir gar nichts gemacht haben.«

»Na ja, vielleicht meint sie es ja nur gut mit dir.«

»Ja total. Deshalb hat sie mich jetzt auch gefeuert. Das war wirklich voll lieb von ihr, ein richtiges Geschenk an mich. Und diese Beschimpfungen sind in ihrer Sprache in Wirklichkeit liebkosende Worte der Wertschätzung.«

Meine Oma schmunzelt: »Veräppelst du mich gerade, Emilia?«

Nö, gar nicht. Wie kommt sie bloß auf die Idee?

»Vielleicht ein bissi«, gebe ich zu. »Aber ich will damit ja nur sagen, dass meine Exchefin eine Ausgeburt der Hölle ist.«

»Weißt du, Emilia, ich bin vielleicht schon alt und hab auch manchmal ein wenig verstaubte Ansichten, aber lass dir eines gesagt sein: ein wenig einfach machst du es dir da jetzt schon. So ganz unschuldig bist du an deiner Situation gewiss nicht. Vielleicht ist deine Vorgesetzte wirklich ein schwieriger Mensch.«

»Nein, Oma. Nicht vielleicht. Sie ist mit hundertprozentiger Gewissheit ein schwieriger Mensch.«

»Schön und gut. Aber das wusstest du ja und dann musst du dich eben mit der Situation arrangieren. Du bist ja keine fünf Jahre alt, dass du sinnlos für eine Gerechtigkeit eintrittst, die nie Realität sein wird, weil deine Chefin nun mal am längeren Ast sitzt.«

»Ach, zum Rebellieren ist man nie alt genug«, stelle ich trocken fest.

»Ich sag ja nicht, dass du all deine Grundsätze aufgeben und dich Situationen hingeben sollst, die du auch ändern könntest. Nur, Emilia, es ist nicht immer sinnvoll einfach nur aus Prinzip für Gerechtigkeit zu kämpfen. Das muss schon mit Hirn passieren und ehrlich gesagt war deine ganze Aktion ziemlich hirnlos. Auch wenn du das jetzt nicht gern hörst. Was wäre denn so schlimm daran gewesen, auf diese Venedig-Reise zu verzichten? Dir muss doch klar sein, dass dein Job wichtiger ist. Ich mache mir wirklich Sorgen um dich, Kind. Was soll denn jetzt aus dir werden?«

»Keine Ahnung. Ich könnte es ja mal mit Prostitution versuchen«, schlage ich vor.

Leider versteht sich meine Oma nicht unbedingt auf den Umgang mit sarkastischen Aussagen, weshalb sie mich entsetzt anstarrt, sodass sie beinahe in

das Auto vor ihr kracht und gerade noch rechtzeitig
abbremsen kann.

»Emilia, bitte. Das darfst du auf keinen Fall. Weißt
du denn überhaupt, was du deinem Kind damit antun
würdest? Die Leute zerreißen sich doch alle so schnell
den Mund. An soetwas darfst du nicht einmal denken.«

»Es war nur ein Spaß, Oma. Natürlich will ich keinen Beruf in der Horizontalen ergreifen.«

»Über so etwas scherzt man nicht, Emilia.«

Nein, kein Augenrollen. Das bist du ihr schuldig.

»Ja ja. Schon gut.«

»Außerdem finde ich sowieso, dass du das mit deinem Arbeitsplatz ernster nehmen solltest.«

Wenn ich es ernster nehmen würde, dann würde
ich in eine Depression verfallen und ob das bei der Ar-
beitssuche so hilfreich ist, bleibt höchst fragwürdig.

»Ich nehm' das ja eh ernst. Vielleicht beruhigt sich
meine Chefin wieder und dann starte ich halt nochmal
einen Versuch, mich bei ihr zu entschuldigen.«

Meine Großmutter strahlt: »Ja, das ist eine gute
Idee. Sag ihr, dass dir das alles sehr leidtut und erklär
ihr, wie abhängig du von deinem Arbeitsplatz bist
und dass du und dein Kind sonst nicht wisst, wo ihr
hin sollts.«

»Ja, werde ich machen.«

»Na dann bin ich gleich beruhigt. Du weißt eh. Das
ist immer so ein Stress für mich. Ich sollt mich eigentlich nicht aufregen, aber ich mach mir halt Sorgen um
euch. Das wird mir wohl immer bleiben als eure Oma.
Weißt du, ich bin so stolz auf deine Mutter und euch
Mädchen, weil ihr alle drei berufstätig seid und damit

nicht abhängig von einem Mann. Das war das Einzige, was ich mir immer für euch gewünscht habe. Zu meiner Zeit war das alles ganz anders. Bei der Geburt deiner Mutter war ich noch sehr jung und alleinerziehend hätte ich mich damals nie durchschlagen können. Ich habe ja nicht einmal einen vernünftigen Beruf erlernt und bin damit vollkommen abhängig gewesen von deinem Opa.« Sie macht eine kurze Pause, in der sie offenkundig über etwas nachdenkt, ehe sie weiterspricht: »Ich will deinen Opa keineswegs schlechtmachen. Für die damaligen Verhältnisse war er ein durchaus passabler Mann, der sich wirklich um das Wohlergehen deiner Mutter und mich bemüht hat.«

»Oma, er hat die Mama enterbt, als sie ihm eröffnet hat, dass sie ein Kunststudium anstrebt«, stelle ich fest.

»Ich weiß, aber im Grunde wollte er damit nur das Beste für deine Mutter und hat damit seine Sorgen zum Ausdruck gebracht.«

»Aber wenn er das Beste für sie gewollt hat, warum hat er sie dann nicht einfach bei dem unterstützt, was sie gerne macht?«, frage ich vorsichtig nach.

»Ach die Herzen der Männer sind unergründlich, Emilia. Das wirst du auch noch lernen. Dein Opa hat sich sehr schwer darin getan, seine Gefühle offen zu zeigen, aber wenn man ihn so gut gekannt hat, wie ich, dann weiß man, dass er euch Mädchen und eure Mutter sehr geliebt hat.«

»Wenn dem so war, hat er das aber nicht besonders gut gezeigt.«

»Ja, darin war er leider nicht besonders talentiert«, stimmt sie mir zu. »Nichtsdestotrotz war es so, aber ich gebe offen und ehrlich zu, dass ich sehr mit meiner Ehe gehadert habe, als dein Opa und deine Mutter so wegen ihres Kunststudiums zerstritten waren. Und genau aus diesem Grund ist es mir so wichtig, dass du einen sicheren Arbeitsplatz hast und keinen Mann brauchst, Emilia. Weißt du, das macht dich frei und diese Freiheit ist wesentlich wichtiger als eine Reise nach Venedig, die du jedes Jahr machen kannst.«

Manno, wie oft stellt sie das jetzt noch fest? Mittlerweile ist es bis zu mir durchgedrungen.

»Ja, das versteh ich eh. Vielleicht wäre es sowieso besser gewesen, wenn ich nicht mitgefahren wäre. Dann hätte ich wenigstens nicht diesen Raphael getroffen, der mein ganzes Gefühlsleben durcheinanderbringt«, murmle ich in mich hinein.

»Ach geh, Kind. Es werden noch so viele Männer in deinem Leben kommen.«

»Oh mein Gott. Ich bin schon mit dem einen überfordert.«

»Also wenn ich nochmal so jung wäre wie du, dann hätte ich gleich mehrere Männer gleichzeitig, von denen jeder etwas anderes für mich machen kann.«

Oh mein Gott! Sie klingt wie meine beste Freundin. Was ist denn bitte los? Bin ich etwa in einer Parallelwelt gelandet?

»Alles schön und gut, aber dann wär ich ja voll nutznießerisch.«

Meine Oma zuckt unberührt mit den Schultern, ehe sie einparkt: »Na und? Glaubst du, die Männer sind mit uns früher anders umgegangen? Die haben geheiratet und dann haben sie sich Geliebte genommen. Emilia, Kind, du musst das genauso machen. Nimm dir ein Beispiel daran. Die moderne Frau von heute macht das so.«

Mein Mund klappt nach unten.

»Der Opa hatte eine Geliebte.«

»Aber geh. Auf was für Ideen du da kommst. Natürlich nicht. Das hätte er sich nie getraut. Aber das bedeutet ja nicht, dass du nicht einen Ehemann und mehrere Geliebte haben kannst. Du bist doch eine moderne Frau, oder nicht?«

»Äh ... aber es hat doch nichts mit modern sein zu tun, wenn man mehrere Männer zeitgleich hat. Das ist nichts für mich, Oma.«

Sie wedelt mit der Hand: »Sowieso, weil du einfach viel zu sentimental bist, wie deine Mutter. Das habt ihr nicht von mir.«

»Jep, eindeutig«, stimme ich ihr zu.

»Na ja, ich hab ja schon, als deine Mutter noch ein Kind war, immer wieder gesagt, dass sie sie bei der Geburt wahrscheinlich vertauscht haben, weil sie ganz anders ist als ich.«

»Wie liebevoll«, stelle ich fest, werde in dieser Hinsicht allerdings von meiner Großmutter ignoriert, weil der Missbrauch ihres Wagens ihre vollständige Aufmerksamkeit erfordert. Als es ihr endlich gelungen ist, ihr Auto unfallfrei abzustellen, wendet sie sich an mich.

»Aber das Problem mit deinem Arbeitsplatz ist mit unserem Gerede über Beziehungen noch immer nicht gelöst. Was machst du denn, wenn dich deine Chefin wirklich nicht mehr zurücknimmt?«

»Mach dir keine Sorgen, Oma. Mir ist noch immer etwas eingefallen.«

Kapitel 24

»Voll arg. Dein Leben gleicht ja allmählich einer Seifenoper«, stellt Kim keuchend fest und lässt ihren Oberkörper nach hinten auf die grüne Sportmatte sinken, um nach ihren zehn Sit-ups, die sie angesichts ihrer dürftigen Schweißentwicklung eher pro forma gemacht hat, einmal tief durchzuatmen.

»Wem sagst du das«, entgegne ich, während ich mich im Bauchtrainer sportlich betätige und dabei aussehe wie ein auf dem Rücken liegender Käfer, der verzweifelt versucht, wieder auf seine Beine zu kommen. »Es wäre nur schön, wenn diese verdammte Pechsträhne endlich mal nachlassen könnte. Ich meine, wenn ich es nicht besser wüsste ...« Was ich sowieso nicht tue, aber das muss Kim ja nicht wissen. »... dann würde ich echt glauben, dass ich von irgendeiner bösen Hexe oder so verflucht wurde.«

Meine Freundin zuckt mit den Schultern: »Na ja, wer weiß. Vielleicht war deine Chefin in einem früheren Leben eine Hexe und jetzt will sie sich an dir rächen, weil du sie auf den Scheiterhaufen gebracht hast.«

»Geh bitte. Dafür bin ich viel zu empathisch.«

»Ja, jetzt vielleicht. Aber du weißt nicht, ob du nicht in einem früheren Leben mal weniger empathisch warst«, erklärt mir Kim augenzwinkernd.

»Das würde dann zumindest mein schlechtes Karma erklären.«

Meine Freundin hält inne, begibt sich in eine aufrechte Position und neigt mitleidig den Kopf, um mich mit ihren rehbraunen Augen anzusehen.

Ich könnte kotzen. Ich will kein Mitleid, sondern einfach nur Lebensglück. Das kann doch nicht so verdammt schwer sein.

»Mia Moon, ich weiß du machst jetzt gerade eine schwere Zeit durch, aber weißt du, du musst das alles positiv sehen.«

»Echt jetzt? Ich bin arbeitslos. Was soll daran bitte positiv sein?«

»Na ja … schau, du bist eindeutig am Tiefpunkt und das wiederum bedeutet, dass es einfach nicht mehr tiefer gehen kann. Außerdem blendest du ständig die positiven Entwicklungen deines Lebens aus, wie diesen Raphael, der sich schon auf ein Treffen mit dir freut.«

»Das blende ich ganz bewusst aus, weil sich die paranormalen Geschöpfe, sobald ich den Tiefpunkt erreicht habe, eine Schaufel schnappen und noch tiefer graben. Mich würde es nicht großartig überraschen, wenn dieser Raphael nur zu der Ausstellung kommt, um mir mitzuteilen, dass er noch in seine Exfrau verliebt ist«, entgegne ich und beginne dann mit dem zweiten Satz Sit-ups, um wenigstens die Kontrolle über meinen Bauchspeck nicht zu verlieren.

»Was für ein Schwachsinn. Außerdem gibt es selbst dann ein Licht am Ende des Tunnels. Das gibt es nämlich immer.«

»Jep, wenn man stirbt«, gebe ich keuchend von mir.

Und so als wolle mich das Schicksal verhöhnen, grinst mich jetzt auch noch das Gesicht einer top gestylten Fitnesstussi in einer Nahaufnahme während des Workouts an und ich höre sie in meinem Kopf mit piepsiger Stimme sagen: »*Selbst schuld. Wenn du mehr für deinen Body machen würdest, wie ich, dann müsstest du nicht darüber nachdenken, ob du gut genug für einen Anwalt bist.*«

Hastig wende ich den Kopf ab und sehe in das entsetzte Gesicht meiner besten Freundin.

»Du ich muss mir aber eh keine Sorgen um dich machen, oder? Wenn es dir wirklich so schlecht geht, dann schlafe ich heute bei dir und wir machen uns einen gemütlichen Mädelsabend mit Pizza und Wein.«

»Nein, kein Ding. Ich pack das schon. Ich bin hart im Nehmen. Schlimmstenfalls sterbe ich eben irgendwann alleine und einsam in meiner Wohnung. Obwohl genaugenommen werde ich die nicht lange behalten, jetzt wo ich arbeitslos bin. Insofern werde ich wahrscheinlich gar nicht alleine sterben müssen, weil es ja genug andere Obdachlose gibt, denen ich mich dann anschließen kann.«

»Emilia, das tut mir so leid«, entschuldigt sich Kim aus heiterem Himmel.

»Wieso tut dir das leid? Du hast ja nichts getan«, hake ich nach.

»Na ja, wenn ich dich nicht gefragt hätte, ob du mit nach Venedig kommst, dann hättest du jetzt noch einen Job.«

Von der Seite habe ich das noch gar nicht betrachtet. Das ist die einmalige Chance, die gesamte Eigenverantwortung in dieser Geschichte abzuwälzen und mich als willenloses Opfer meines Bekanntenkreises zu präsentieren, womit ich dann unumstritten zum »normalen« Teil der Gesellschaft gehöre. Yeah, meine Omega-Zeit ist vorbei!

»Aber geh. Mach dir keinen Kopf. Ich hätte einfach ehrlich zur Kotenbeutel sein können.«

Gut, meine Omega-Zeit hätte vorbei sein können.

Etwas zu abrupt lasse ich mich nach hinten sinken und stoße mir ausgerechnet in dem Moment den Kopf am Bauchtrainerbügel, in dem ein attraktiver Trainer an Kim und mir vorüberschreitet.

»Voll süß. Der hat dich voll lieb angeschaut, Mia Moon«, flüstert mir meine Freundin zu, als sich der Typ außer Hörweite befindet.

»Ja, weil er sich wahrscheinlich Sorgen gemacht hat, dass ich das Fitnessstudio wegen einer Kopfverletzung verklagen könnte.«

Richtig, wer sollte mich schon gernhaben? Den arbeitslosen Loser, deren Exfreund nach neun Jahren eine andere Frau ehelicht. Oh mein Gott! Jetzt wo ich das so durchdenke, klingt das noch schlimmer als vorhin.

Kim schüttelt den Kopf: »Mia Moon, jetzt stell dich doch nicht immer so unter den Scheffel!«

»Ich stell mich da eh nicht freiwillig hin. Nur platzieren mich die anderen immer ganz tief unten.«

»So ein Blödsinn. Das redest du dir nur ein, Mia Moon. Die meisten Menschen beneiden dich um dein buntes Leben, weil ihr eigenes so farblos ist.«

»Dann sollen sie sich eben Ausmalhefte besorgen, wenn sie es auch bunter haben wollen. Mein Leben fühlt sich so an, als würde man mit verbundenen Augen Achterbahn fahren. Ich weiß nie, wann und wie tief es nach unten geht.«

»Sei doch froh, dass du nicht so wie diese Normalozombies bist, deren einziges Hoch aus dem Lesen fremder Statusmeldungen und Fotos auf Facebook und Instagram besteht und die jeden Tag dasselbe tun, wie ein Hamster im Rad.«

»Der Hamster im Rad mag zwar jeden Tag dasselbe machen, aber er weiß wenigstens, dass er am Abend, wenn er alles brav erledigt hat, sein Futter und seine Streicheleinheiten bekommt«, gebe ich meiner Freundin zu bedenken.

»Das mag sein, aber der Hamster bleibt auch bis zum Tod von anderen abhängig. Stell dir mal vor, jemand vergisst, sich um den Hamster zu kümmern. Der Hamster wär total überfordert, wenn er das selbst erledigen müsste und würde elendiglich verrecken. Du bist nicht abhängig und lebst auch nicht in einem Käfig. Du bist frei.«

»Juhu«, gebe ich wenig begeistert von mir. »Am besten wir feiern eine wilde Party, weil ich mich endlich von den lästigen Ketten meines Jobs befreit habe.«

»Siehst du, das ist mal eine gute Idee.«

»Kim das war ein Scherz. Ich hab eine scheiß Angst, weil ich nicht den geringsten Plan habe, was jetzt aus mir werden soll. Und als wär das nicht genug, hab ich nicht einmal einen Freund daheim sitzen, der mich irgendwie in meinem Tief mit Ratschlägen unterstützen könnte. Und das wahrscheinlich nur deshalb, weil ich einfach ein total nerviger Mensch bin.«

Meine beste Freundin verzieht das Gesicht und beginnt dann mit Dehnungsübungen: »Wie kommst du denn auf die blöde Idee? Du bist doch nicht nervig. Wieso hätte dir Raphael schreiben sollen, wenn du nervig bist? Davon abgesehen, dass er es auch sicher nicht schlimm findet, wenn du dich mit deinen Problemen an ihn wendest. Dafür ist er schließlich da, wenn er dich auch nur irgendwie gernhat.«

»Ja, ja schon gut. Wahrscheinlich hat da gerade mein inneres Schattenkind aus mir gesprochen. Aber wer kann schon mit Sicherheit ausschließen, dass mein Schattenkind viel schlauer ist als ich.«

»Wenn du dich schon selbst psychologisch analysierst, solltest du wissen, dass Schattenkinder meistens im Unrecht sind. Und das sind sie deshalb, weil sie die Gewohnheit haben, in der Vergangenheit festzustecken.« Sie setzt zu einer pathetischen Pause an, ehe sie mit ernstem Blick feststellt: »Mia Moon, du bist nicht mehr das Omegamädchen von früher!«

»Toll. Kannst du das auch meinem Unterbewusstsein mitteilen? Das scheint das nämlich nicht zu kapieren.«

»Genau da liegt dein Problem.«

Das habe ich doch gerade gesagt.

Ich schiebe den Bügel von mir, um die Verletzungsgefahr während des Aufsetzens auf ein Minimum zu reduzieren, ehe ich entgegne: »Mein Problem liegt darin, dass ich immer alles falsch mache. Wahrscheinlich wäre es am besten, ich würde meine Wohnung einfach nicht mehr verlassen oder andere die Entscheidungen für mich treffen lassen. Dann kann wenigstens nichts mehr schiefgehen.«

»Bullshit. Du machst doch nichts falsch. So darfst du gar nicht denken.«

»Siehst du! Schon wieder ein Fehler.«

Kim verdreht die Augen: »Emilia Altwein, hör jetzt sofort damit auf, dich schlecht zu machen.«

»Ich spreche ja nur die Wahrheit aus. Scheinbar bin ich die totale Katastrophe, wenn es um Männer und Autoritätspersonen geht. Sonst hätte ich schließlich noch einen Job und würde mich vor Anrufen meines Exfreundes kaum erwehren können, während mich Raphael bereits mit einem Verlobungsring erwartet.«

»Oh mein Gott, Mia! Wo ist denn deine ganze positive Energie hin?«

»Sie war nie da. Also im Nichts.«

Kim hält inne und mustert mein vom Schweiß verunstaltetes Gesicht während meiner Dehnungsübungen, die mich in den endgültigen Ruin treiben werden.

»Kim, hör auf mich anzustarren.«

»Oh, sorry. Es ist nur ... ach vergiss es.«

Ich richte mich auf, was meine Bänder davor bewahrt, zu reißen, und sehe meine beste Freundin fragend an: »Was?«

Sie zuckt mit den Schultern: »Keinen Plan. Ich hab mir nur gedacht, dass wir unbedingt noch etwas gegen die tiefen dunklen Ringe unter deinen Augen und den Pickel neben deinem Mund machen müssen, bevor du zu der Ausstellung deiner Mutter am Samstag gehst.«

»Eigentlich will ich da gar nicht mehr hin, weil ich für Raphael sowieso nur der totale Loser bin und ich die vorwurfsvollen Gesichter meiner Familie kaum ertragen würde.«

Kim reißt entsetzt ihre Augen auf: »Boah, Mia Moon. Wo ist denn dein Kampfgeist geblieben? Das pack ich nicht. Außerdem kannst du jetzt nicht einfach so kneifen, weil du dem Raphael doch schon zugesagt hast.« Sie ergreift mit beiden Händen meine Schultern und rüttelt mich sanft: »Du darfst dich nicht einfach so geschlagen geben, nur weil du deinen Job verloren hast! Raphael und du seid füreinander bestimmt.«

Ich sehe meiner Freundin ernst in die Augen. »Ich weiß nicht. Nur weil wir miteinander geschlafen haben, muss das noch lange nicht bedeuten, dass wir füreinander bestimmt sind. Vielleicht braucht er nur eine Freundschaft Plus und wenn er dann eine andere, selbstbewusste Frau mit einem guten Job, gefunden hat, lässt er mich stehen. Wär schließlich nicht das erste Mal, dass das passiert.«

»Das glaub ich einfach nicht. Er steht auf dich. Ganz sicher. Ich weiß das. Es wird bestimmt alles gut, Mia Moon.«

»Kim, es gibt tausend schönere und erfolgreichere Frauen als mich. Sein Interesse wird also nur von kurzer Dauer sein, bis eine hübsche Klientin auftaucht. Das ganze Drama kann ich mir gleich ersparen, indem ich allein bleibe.«

Kim schüttelt den Kopf: »Das sind voll die negativen Vibrations, die da von dir ausgehen. Das muss sofort ein Ende haben, Mia Moon. Glaub doch endlich wieder ein bisschen an dich.«

»Du tust so, als wäre es das Einfachste auf der Welt an mich zu glauben, aber das ist es eben nicht. Ich meine, du hast mir doch vorhin zugehört, oder?«

»Klaro. Ich hör dir immer zu, Mia.«

»Ich habe keinen Job mehr und werde mir deshalb auch in Folge bald meine Wohnung nicht mehr leisten können. Was soll Raphael mit so einer verantwortungslosen Frau wie mir anfangen?«, erkläre ich im Brustton der Überzeugung und nehme dann etwas zu hastig einen Schluck von meinem Wasser, sodass mir die Hälfte davon über das T-Shirt in den Ausschnitt rinnt. Wunderbar. Das Leben verarscht mich weiter und zu allem Überdruss kommt in genau dem Augenblick auch wieder dieser attraktive Trainer vorbei und starrt mich an, als hätte ich soeben Blut getrunken.

»Mia, du bist voll der liebe Mensch und so nebenbei auch total heiß. Verinnerliche diese Tatsache!«

»Blödsinn. Ich bin einfach nur ein Loser, der es nicht einmal geschafft hat, so ein Arschloch wie den Toni an sich zu binden. Kein Wunder, dass ich ihm keine Sicherheit gegeben habe. Ich meine, ich habe echt für einen Venedig-Urlaub meinen Job geopfert. Wie dumm kann man sein?«

»Ja, aber erstens: wer will denn ein Arschloch an sich binden? Und zweitens: Scheiß drauf. Du bist doch kreativ. Dir fällt bestimmt eine Lösung für dein Jobproblem ein. Sieh es doch positiv. Jetzt hast du endlich die Möglichkeit, deinen Traum vom eigenen Roman und dem Künstlercafé zu verwirklichen.«

Ich verdrehe die Augen: »Ja und mit welchem Geld?«

Sie zuckt mit den Schultern: »Na ja, dann musst du halt einen Bankbeamten nerven. Das wird schon.«

»Kim, ich glaube das verstehst du nicht, weil du so eine fesche und selbstbewusste Frau bist, aber ich bin da ganz anders und bevor ich wieder mit dem Kopf gegen die Wand laufe, lasse ich es lieber ganz sein.«

»Mia Moon, du musst endlich aus deinem Schneckenhaus herauskommen. Seit der Toni mit dir Schluss gemacht hat, verkriechst du dich da drinnen, weil du dich da sicher fühlst, aber das wird dich nicht weiterbringen. Wo ist denn die Mia Moon von früher? Du warst immer so tough und hast überhaupt keine Angst gehabt. Darum hab ich dich immer beneidet.«

»Früher hat niemand mit mir Schluss gemacht. Früher hat mir niemand angeboten, seine Zweitfrau zu werden. Früher bin ich nicht wegen einer Dummheit gefeuert worden.«

»Jetzt lass dich doch nicht von deiner dämlichen Chefin so unterkriegen. Zeig endlich wieder mal ein wenig Rückgrat!«

»Kim, ich hasse mich im Moment selbst. Ich muss einfach Geduld haben und warten, bis ich mich wieder besser fühle.«

»Mia Moon, du wirst dich nie besser fühlen, wenn du nichts dafür tust. Es wird Zeit, dass du lernst, dich wieder selbst zu mögen.«

Provokant verschränke ich die Arme vor der Brust: »Ich würde mich ja selbst mögen, wenn mir so Menschen wie meine Chefin und der Toni nicht ständig mein Selbstwertgefühl ruinieren würden.«

Meine beste Freundin richtet sich zu voller Größe auf: »Wenn du dich wirklich selbst mögen würdest, dann könnte dir niemand dein Selbstwertgefühl zerstören.«

»Sagte ich ja schon. Ich bin eine Idiotin und mache alles falsch. Deshalb mache ich lieber gar nichts mehr.«

»Mia Moon, dein Problem liegt genau darin, dass du dich permanent schuldig fühlst und meinst, du hättest die Ereignisse vorhersehen müssen. Aber hey, du konntest das nicht wissen. Wie hättest du bitte auf die Idee kommen sollen, dass deine Oma heute im Büro auftaucht?«

»Das nicht, aber ich hätte hinsichtlich ihres Gesundheitszustandes gar nicht lügen dürfen. Das war scheiße von mir und ich fühle mich voll schlecht deshalb.«

Kim wedelt mit der Hand: »Aber sie hat dir doch verziehen?« Ich nicke. »Na dann scheiß doch drauf. Verzeih dir endlich selbst.«

»Aber ...«

Sie unterbricht mich: »Nein, Mia Moon, ich dulde kein ‚aber‘ mehr und du machst dich auch nicht mehr selbst fertig, wegen vergangener Fehlentscheidungen. Wir treffen alle mal die ein oder andere falsche Entscheidung. Das ist kein großes Ding, aber statt um dich herum eine Mauer der Sicherheit aufzubauen und sofort vom Schlechtesten auszugehen, wäre es sinnvoller, aufzustehen, dein Krönchen zu richten und weiterzugehen.«

»Ich muss mir jetzt aber eh keine Kampfbemalung ins Gesicht schmieren, oder?«

Meine Freundin grinst: »Nein, aber du solltest das zumindest visualisieren. Das würde schon helfen.«

»Und wobei soll es helfen?«

Sie verdreht die Augen, zieht mich zu sich hoch und setzt sich dann mit mir an der Hand Richtung Umkleidekabinen in Bewegung: »Na dabei deinen Kampfgeist zu erwecken.«

»Einen Kampfgeist kann man nur erwecken, wenn er da ist. Ich habe soetwas nicht. Der Weg des geringsten Widerstandes war schon immer eine gute Lebensdevise.«

Kim bleibt abrupt stehen: »Emilia Altwein, du gehst jetzt bestimmt nicht wieder den Weg des geringsten Widerstandes, sondern du holst dir, was dir zusteht! Wiederhole das!«

Ich werfe einen skeptischen Blick in den Raum und bleibe am Fitnesstrainer hängen, der immer wieder verstohlen zu Kim und mir hinüberblickt.

Oh Gott. Das kann ich nicht. »Ich hol mir, was mir zusteht«, sage ich deshalb kleinlaut.

»Das geht besser, Mia Moon«, fordert mich Kim auf.

»Ich hol mir, was mir zusteht!«, erkläre ich in noch leiserem Tonfall und verdrehe dabei genervt die Augen, während mein Gesicht heiß wird.

Kim schüttelt den Kopf: »Das ist total schwach, Mia Moon! Jetzt komm schon. Mach mit!«

»Aber das ist voll peinlich hier.«

»Das muss dir egal sein. Du musst einfach lernen deine Komfortzone zu verlassen. Also los!«

»Ich hol mir, was mir zusteht!«, sage ich etwas lauter, aber noch immer ziemlich zurückhaltend.

»Mia Moon, du kannst das. Komm schon.«

»Ich hol mir, was mir zusteht!«, überwinde ich
mich zum Schreien und sorge schließlich für den endgültigen Lachausbruch des Fitnesstrainers.

Kapitel 25

Also gut. Ich habe mir geholt, was mir zusteht. Ich habe mich mit Raphael getroffen und es ist alles gut gegangen und das ist noch nicht einmal die einzige positive Entwicklung. Denn nachdem ich seit fast einer Woche arbeitslos bin, hatte ich sehr viel Zeit zur Verfügung, um an meinem Roman und einem Konzept für ein Kaffeehaus zu arbeiten, und es ist tatsächlich ein Ende in Sicht. Es geht also bergauf in meinem Leben.

Im Vorgarten meiner Mutter, der von einer riesigen Penisinstallation ausgeleuchtet wird, machen Raphael und ich Halt, um die Türklingel zu betätigen. Kurz darauf öffnet meine Erzeugerin mit einem Tablett voller Cupcakes, deren Topping aus einem aus Fondant geformten Penis besteht, der sich zu einer Palme formiert, die Tür und augenblicklich schießt Lilly heraus, um meinen Begleiter schwanzwedelnd willkommen zu heißen.

»Hallo!«, begrüßt uns meine Mutter strahlend. »Das ist ja ein lustiger Zufall, dass ihr beide gleichzeitig hier ankommt.«

»Ähm ... na ja ... So zufällig ist das gar nicht«, stammle ich, woraufhin die Augen meiner Mutter auf Raphaels und meine ineinander verschränkten Finger wandern und sich ihre Lippen zu einem Lächeln kräuseln.

»Was? Seid ihr etwa ein Paar? Also das ist ja eine positive Überraschung«, gibt sie erstaunt von sich. Wer's glaubt. In Wirklichkeit beglückwünscht sie sich insgeheim für ihren gelungenen Plan. »Und das mit deinem Job bekommen wir auch noch hin, Schatzl. Du wirst schon deinen Weg gehen. Da bin ich mir ganz sicher. Ich hoffe ja, dass du jetzt endlich wieder mit dem Schreiben begonnen hast. Das hast du viel zu stark vernachlässigt mit dem Toni. Dabei bist du so talentiert«, spricht Muttern ungefragt weiter, während Raphael und ich eintreten und hinter Lilly, die das Schlusslicht bildet, die Tür verschließen.

Ich bin ehrlich erleichtert, dass ich meinem Begleiter bereits von meinem traurigen Schicksal als arbeitslose Schnorrerin erzählt habe. Seine Reaktion: Er hofft, dass ich jetzt nicht sämtliche Banken in Österreich überfalle, weil er mich nicht im Knast besuchen will.

»Danke Mama. Das ist wirklich lieb von dir.«

»Im Übrigen, wenn du dir deine Wohnung nicht mehr leisten kannst, dann kannst du auch jederzeit bei mir einziehen, Schatzl«, schlägt mir meine Mutter vor.

»Super«, antworte ich und deute zur Unterstreichung meiner Aussage mit dem Daumen nach oben, um mir danach von Raphael aus meinem Mantel helfen zu lassen, unter dem ich einen nagelneuen schulterfreien Jumpsuit trage, den Kim mit mir ausgesucht hat. Meine Mutter reißt erstaunt die Augen auf.

»Wow, wie siehst denn du heute aus? Hast du dich für den Raphael so fesch gemacht?«

Wieso ist meine Mutter dermaßen peinlich?

»Ich glaub, sie hat sich für dich so hergerichtet«, erläutert Raphael an meiner Stelle und zwinkert mir dabei zu.

»Wirklich?«

Vorsichtig nicke ich und habe dabei Mühe, nicht lauthals loszuprusten, was Raphael nicht entgeht, weswegen er grinst.

»Ich hab gar nicht gewusst, dass dir meine Ausstellung so wichtig ist«, stellt meine Mutter erstaunt fest und ich sehe, wie ihre Augen verräterisch glänzen.

Mit der freien Hand streichelt sie mir über meine Haare, um mich danach fest an sich zu drücken, sodass ich befürchte, dass das Tablett mit den Cupcakes jeden Augenblick auf dem Boden landet: »Mah, du weißt gar nicht, wie sehr ich mich darüber freu, dass du dir so viel Mühe für mich gibst.«

»Ja, das mache ich doch gern«, erwidere ich und löse mich vorsichtig aus ihrer Umklammerung, um meine Frisur mit den Fingern wieder in Form zu bringen. Ich will mich gerade an meinen Begleiter wenden, doch sein Smartphone ist schneller, sodass er sich entschuldigend an mich wendet.

»Sorry, aber da muss ich rangehen. Ist meine Tochter.«

»Oh. Kein Problem«, entgegne ich und werfe ihm dabei einen liebevollen Blick zu.

Er ist so ein toller Vater. Am Weg hierher hat er permanent von Jana gesprochen. Ich bin ehrlich zuversichtlich, dass unsere Kinder gut miteinander zurechtkommen werden.

»Wenn du in Ruhe telefonieren willst, dann geh am besten in die Küche«, rät meine Mutter ihrem Scheidungsanwalt, der ihr daraufhin dankbar zunickt, mir einen Kuss auf die Lippen haucht und sich dann mit zwischen Schulter und Ohr eingeklemmten Handy in die Küche zurückzieht.

Meine Mutter sieht mich indessen an, als wäre ich Dornröschen, das soeben aus dem hundertjährigen Schlaf erwacht ist, um dann ihre freie Hand auszustrecken und mir über die Wange zu streicheln. Aus ihren Augen bahnen sich ein paar glitzernde Tränen ihren Weg in die Freiheit. Die sind wahrscheinlich froh, dass sie meine verrückte Mutter endlich loswerden.

»Ich kann dir gar nicht sagen, wie erleichtert ich darüber bin, dass du endlich deinen Weg gehst, Mia. Ich bin furchtbar stolz auf dich.«

»Danke Mama.«

Begleitet von Lilly folge ich meiner Mutter ins grün ausgeleuchtete Wohnzimmer. Im Hintergrund läuft »Urgent« von Foreigner und neben der Terrassentür wurde eine provisorische Beachbar errichtet, an der mein Schwager und meine Schwester stehen.

»Yeah, Germanys Next Topmodel«, ruft mir mein Schwager lautstark quer durch das Wohnzimmer zu.

Was? Wieso? Oh mein Gott! Ich bin unbewusst mit in die Hüfte gestemmter Hand in den Raum getreten. Mir wird ganz heiß im Gesicht.

Den Blick der anderen Gäste meidend eile ich vorbei an zu Phallussymbolen drapierten Klopapierrollen und Frauenporträts die mithilfe von Papptellern und Plastikbesteck erstellt wurden und bleibe schließlich vor einer schreienden *Arielle* stehen, deren Schwanzflosse sich in einem Sixpackbehälter aus Plastik verfangen hat.

»Ein wirklich beeindruckendes Gemälde«, spricht mich ein Typ mit grauen Haaren und Sonnenbrille von der Seite an.

Manno, wo sind die Männer, wenn man sie mal braucht. Vergeblich sehe ich mich nach Raphael um, während mich der Fremde zutextet: »Sophia kann einen ja immer wieder in Erstaunen versetzen mit ihren überaus gut durchdachten Werken. Diese Arielle zum Beispiel, die eine auf das Tier reflektierte menschliche Seele darstellt, die sich mit der Kontamination der Erdatmosphäre selbst verstümmelt und in ihrer Verzweiflung um Hilfe schreit.« Vorsichtig berührt er mit seiner schwieligen Hand das Porträt. »Unglaublich wie undurchdringlich die Luft um diese Meerjungfrau erscheint. Fast so, als bestünde sie aus Styropor. Ein stummer Schrei um die Absolution der menschlichen Seele durch Mutter Natur.«

Nein, nicht lachen Emilia. Tu es bitte nicht. Das würde dir deine Mutter niemals verzeihen.

»Was sagen sie zu dem Gemälde?«, fragt mich der Typ schließlich neugierig, woraufhin ich die Arme vor der Brust verschränke und mal zumindest so tue, als würde ich über die Bedeutung des Kunstwerkes nachdenken, das meine Mutter wahrscheinlich im berauschten Zustand erschaffen und sich nur wenig dabei gedacht hat.

»Ich frage mich ja, ob sie schreit, weil sie sich verletzt hat, oder weil sie gerade festgestellt hat, dass sie niemals Sex haben kann?«

Erstaunt nimmt der Fremdling die Sonnenbrille ab und entblößt ein Paar graue-grüne Augen, die mich fasziniert mustern: »Das ist genial. Einfach genial. So weit hätte ich nie gedacht. Wenn sie je einen Job suchen, dann würde ich mich wirklich freuen, wenn sie sich bei mir in der Galerie melden.«

Er steckt mir eine Visitenkarte zu, die er zuvor aus seinem blau-glitzernden Jackett gezogen hat.

»Äh … ja, aber ich weiß nicht, ob …«, wende ich ein, da unterbricht er mich mit einer abrupten Geste.

»*Sch sch sch* … Stellen sie sich jetzt bloß nicht unter den Scheffel. Ihre spontane Catwalk-Performance, mit der sie auf das problematische Frauenbild in den Medien aufmerksam gemacht haben, war eine wirklich mutige Aktion, die auch perfekt zum heutigen Abend gepasst hat, der doch mit der Sexualisierung der Umwelt nicht zuletzt auch die generell biologisch-patriarchalen Strukturen kritisiert.« Traurig schüttelt er den Kopf: »Aber wir Ökokünstler hier, sind doch nur ein winziger Tropfen auf dem heißen Stein der Veränderung.« Er tätschelt freundlich lächelnd meine Hand: »Wie dem auch immer sei, können sie in ihrer Bescheidenheit eine gewisse Affinität zur Kunstszene kaum abstreiten, weswegen ich mich wirklich freuen würde, von ihnen zu hören.«

»Danke«, antworte ich, woraufhin mir der Typ die Hand schüttelt und sein nächstes Opfer mit den patriarchalen Strukturen unserer Umwelt behelligt.

»Hat der Kerl dich belästigt?«, fragt mich mein Schwager mit besorgtem Blick, als ich an der Bar ankomme.

»Es ist ja wirklich lieb von dir, dass du dir solche Sorgen um mich machst, aber selbst wenn mich der Typ belästigt hätte, was er natürlich nicht gemacht hat, dann bin ich ein großes Mädchen, das sich zu wehren versteht.« Zur Unterstreichung meiner Aussage klopfe ich ihm liebevoll auf die Schulter.

»Ja, ja. Jetzt hast du leicht reden, weil du noch nie in eine brenzlige Situation geraten bist. Wollen wir mal hoffen, dass das auch so bleibt. Weißt du, all die Frauen, die bei mir landen, um Anzeige zu erstatten, haben irgendwann einmal so gesprochen wie du jetzt«, stellt mein Schwager mit vor der Brust verschränkten Armen fest und fügt dann hinzu: »Du solltest wirklich besser auf dich Acht geben, Emilia.«

»Ja, passt schon. Ich hab's verstanden, Rainer.«

»Nimm's ihm nicht übel. Er meint's ja nur gut«, raunt mir Kathrin ins Ohr und begrüßt mich mit einem Kuss links und rechts auf die Wangen.

»Ja, du, die meisten Diktatoren meinen es auch nur gut mit ihrem Volk, aber wir sehen ja, was dabei herauskommt.«

»Willst du damit etwa sagen, dass ich etwas von einem Tyrannen habe?«, hakt Rainer bei mir nach.

»Nein, so war das nicht gemeint. Ich wollte damit eigentlich nur sagen, dass die Menschen, die am besten schleimen können und es mit allen anderen am besten meinen, die schlimmsten sind, weil man deren wahre Beweggründe nicht kennt, bis man mit dem sprichwörtlichen Hackel im Kreuz aufwacht.«

Mein Schwager nickt mir zustimmend zu: »Eben und genau deshalb hab ich mir vorhin auch Sorgen um dich gemacht.«

»Gott, ich brauch dringend Alkohol«, murmle ich
in mich hinein, woraufhin der Barkeeper endlich No-
tiz von mir nimmt und sich mir so schwungvoll zuwendet, dass die kleinen bunten Perlen in seinem langen weißen Bart aneinanderklimpern.

»Servas! Du bist die Tochter von der Sophia, gell?«,
spricht er mich plötzlich mit einem Grinsen an, das die
vorangehende Konsumption von aufputschenden
Drogen vermuten lässt.

»Äh... ja. Warum?«

»Na endlich lern ich dich mal kennen«, erklärt er
mir begeistert. »Ich bin der Karli. Die Sophia hat dir
bestimmt schon von mir erzählt.«

Klar, er ist ja auch so prominent, dass eine Fotogra-
fie seiner Person in nahezu jeder Tageszeitung zu finden ist. Wer ist der Kerl, verdammt nochmal?

»Hm«, entgegne ich bloß.

Was soll man da auch sonst sagen? Hoffentlich
überreicht er mir jetzt nicht gleich ein Autogramm.
Dann muss ich auch noch so tun, als wäre sein Leben
von ehrlichem Interesse für mich.

Sein Grinsen nimmt an Breite ab, als er mir erklärt:
»Ich kenne deine Mutter aus der Selbsthilfegruppe für
Ghosting-Opfer.«

Ach ja, der Graue Star der Selbsthilfegruppe. Jetzt
kenn ich mich aus. **Memo an mich:** Spitznamen nicht
in seiner Gegenwart aussprechen.

»Ah, jetzt erinnere ich mich wieder.« Schön lächeln
und ihm freundlich die Hand hinstrecken!

»Freut mich wirklich, dich kennenzulernen. Du
und deine Schwester seid's eurer Mutter ja wie aus

dem Gesicht geschnitten. Wahnsinn. Kaum zu glauben. Einfach ein Wahnsinn.«

»Danke.«

»Aber genug der Rederei. Was darf ich dir denn Hübsches zum Trinken machen?«

Mir wär's lieber, er würd mir nichts Hübsches, sondern stattdessen etwas Gutes mixen.

»Keine Ahnung. Was habt ihr denn?«, frage ich nach.

»Also ich kann dir den *Bloody Sex* empfehlen«, erklärt mir Karli.

»Jep, der ist voll gut. Kann ich dir auch empfehlen«, stimmt ihm meine Schwester zu, um mir dann etwas leiser zuzuraunen: »Dann erträgt man auch die Ausstellung besser.«

»Okay, also dann trink ich diesen *Bloody Sex*.«

»Wird gemach.«, kündigt Karli überschwänglich an und macht sich dann an die Arbeit.

»Was hat sie dem denn für Drogen verabreicht?«, flüstere ich meiner Schwester zu, als ich mir sicher bin, dass uns der Graue Star nicht hört.

Kathrin grinst: »Na vielleicht hat er schon ein paar *Bloody Sex* intus.«

»Das schaut mir eher nach ein paar Special-Cookies aus«, gebe ich augenzwinkernd von mir und zucke heftig zusammen als mich der heilige Superkarli in meinen staatstragenden Gedankengängen über diverse Zubereitungsmöglichkeiten von Hanf unterbricht, indem er mir ein rotes Getränk überreicht, in dem kleine zu Penissen geformte Eiswürfel schwimmen.

»Dein *Bloody Sex* Cocktail.« Er zwinkert mir zu. »Lass ihn dir schmecken.«

»Danke«, entgegne ich und nippe dann an meinem Getränk, während ich mich möglichst unauffällig im Wohnzimmer unter den Gästen nach Raphael umsehe.

»Nach wem suchst du denn die ganze Zeit?«, fragt mich meine Schwester plötzlich.

»Nach dem wirklichen einzigen und wahren Gott.«

»Emilia, jetzt sag doch schon«, quengelt Kathi weiter, woraufhin ich meinen Mund zu einem breiten Grinsen verziehe und mit euphorischer Stimme von mir gebe: »Ich bin mit meinem neuen Freund da. Also zumindest denke ich mal, dass er soetwas wie mein Freund ist.«

»Was?«, fragt Kathi begeistert nach und fasst sich dabei an die Brust. »Ich wusste gar nicht, dass du einen Freund hast. Wieso hast du nichts gesagt? Das ist ja klasse. Freut mich voll für dich.«

»Ich freu mich vor allem für uns, weil ich jetzt nicht befürchten muss, dass deine Schwester bei uns einzieht«, wirft Rainer grummelnd ein.

»Ha ha ha, das ist wirklich liebreizend von dir. Als würde ich freiwillig den abartigen Sexspielen von dir und der Kathi lauschen.«

»Hey, unsere Sexspiele sind nicht abartig, sondern …«

»Stopp … bitte. Ich will das nicht hören«, schreite ich rasch ein.

»Schon gut, schon gut. Ich sag eh schon nichts mehr. Wo ist denn jetzt eigentlich dein neuer Freund

und vor allem: Wer ist er?«, fragt mich Kathrin aufgeregt.

»Keinen Plan, wo er ist. Er hat vorhin kurz zum Telefonieren wegmüssen.«

»Wer musste zum Telefonieren weg?«, ertönt plötzlich Raphaels Stimme neben meinem Ohr.

»Du«, antworte ich und lächle ihm zu.

Schmetterlingsalarm!

»Puh und ich dachte schon du redest von einem anderen Mann«, stellt er augenzwinkernd fest, legt dann den Arm um meine Hüfte und haucht mir einen Kuss auf die Wange.

»Na ja, wenn du noch lange weggeblieben wärst, hätte ich mir das vielleicht überlegt«, erkläre ich ihm grinsend, woraufhin meine Schwester, diese miese Verräterin, mit der Hand wedelt.

»Aber geh. Da brauchst du dir bei der Mia keine Sorgen machen. Die ist voll die treue Seele.« Sie streckt ihm die Hand entgegen. »Ich bin übrigens die Kathrin. Die Schwester von der Emilia.«

Raphael nickt meiner Schwester zu: »Das habe ich mir schon fast gedacht. Raphael. Freut mich.«

»Willkommen im Club!«, begrüßt Rainer meinen Begleiter und streckt ihm dabei ebenfalls die Hand entgegen. »Mein Beileid.«

Provokant recke ich das Kinn nach vorne: »Was soll denn das jetzt bitte heißen? Ich meine, es ist schließlich ein Geschenk des Himmels mit den Altweinfrauen Zeit verbringen zu dürfen.«

»Also das trau ich mich erst dann zu bestätigen, wenn ich deinen Badezimmerschrank auf etwaige

Psychopharmaka überprüft habe«, wirft Raphael grinsend ein. »Ich hoffe du nimmst mir das nicht übel.«

»Das muss ich mir noch überlegen«, entgegne ich und umarme ihn lächelnd, um ihn zu küssen.

Wow, ich bin so glücklich. Das ist viel besser als die Oscar-Rede vor den Alpha-Kids. Ich liebe mein Leben, auch wenn ich nicht den geringsten Plan habe, wie die Zukunft aussieht ...

Danksagung

Mein besonderer Dank gilt meinem Sohn, der meinen verzweifelten Zustand während der Covergestaltung ertragen musste (nicht nur Emilia hat den Spitznamen *kleiner Edmund*). Ich glaube, am Ende habe ich ihn schon ziemlich genervt, aber er hat es ertragen, wie ein kleiner (großer) Superheld.

Außerdem bedanke ich mich bei Sara Klaus, Markus Kaspar und Manuel Fürholz, die nicht müde geworden sind, meine Texte zu lesen und zu korrigieren. Ihr seid die Besten und ich bin schon neugierig auf eure veröffentlichten Geschichten. Lasst euch nicht mehr allzu lange Zeit! Ein bisschen Druck muss sein.

Ich bedanke mich zudem auch bei Alexander Swoboda für das Korrekturlesen und Lektorieren meiner Arbeit. Es hat immerhin dazu geführt, dass einige Ungereimtheiten ausgemerzt werden konnten.

Und zu guter Letzt bedanke ich mich bei all den interessanten, witzigen und lieben Menschen, die mir im Laufe meines Lebens begegnet sind und mich inspiriert haben. Ohne sie würde gar nichts gehen.

Jetzt hoffe ich eigentlich nur noch, dass ich auch alle Namen richtig geschrieben habe. Aber was soll's. Fuck Perfection!!!

Mehr Lesestoff

Eigentlich will Lena mit ihrer besten Freundin nur ein paar entspannte Tage in Italien verbringen. Dann passiert das Unglaubliche: ein Mord in der Ferienanlage, in der die beiden Frauen mit ihren Teenagern untergebracht sind. Doch wer ist der Mörder und hat der attraktive Mann, den Lena am Strand kennengelernt hat, vielleicht doch mehr zu verbergen als sie denkt?

www.sabrinahafenscher.com
www.shop.tredition.com